Las huellas del Cardamomo

Olga Casado

Título original: *Las huellas del Cardamomo*
Primera edición: Enero 2017

www.editorialkolima.com

Autora: Olga Casado
Dirección editorial: Marta Prieto Asirón
Maquetación de cubierta: Sergio Santos Palmero
Maquetación: Daniel Ignacio Ortiz Bieliukas

ISBN: 978-84-16364-99-2

A Líah, que me ha devuelto a la infancia

Índice

I

Un lugar sin coordenadas

–¡Corre, Manu, corre! –gritó Eesha soltando el ramillete de flores que Manu vio caer al suelo antes de poder reaccionar.

Monte abajo, la lluvia había dibujado un sendero que parecía filigranas plateadas sobre el barro seco de la tormenta anterior. Primero bailaba sobre la tierra dura, y después iba adentrándose y reblandeciendo el terreno hasta dejarlo resbaladizo y pegajoso. Bajo la lluvia solían chapotear en los charcos que la repentina tromba formaba en la tierra, hasta lograr que las gotas densas del lodo salieran disparadas en todas direcciones como un estallido monocromo de fuegos artificiales. Aquello les divertía.

Era domingo. Sister Soul había recibido la visita inesperada del doctor Shade, y muy a su pesar, había tenido que levantar la guardia. Los dos habían burlado fácilmente la vigilancia de Sachet y habían huido al bosque con intención de regresar antes de que la hermana Soul volviera a hacerse cargo de todo. Habían estado deambulando durante horas. El sol declinaba. Había sido una temeridad esperar a que se hiciera tan tarde para volver al hogar. Sin embargo, ¡había sido una tarde gloriosa! Se sentían libres como pajarillos iniciándose en el arte del vuelo. Y aquella sensación placentera de libertad sin límites mecía sus corazones como alas al viento, que batía con suavidad los árboles haciendo que las ramas se balancearan como si en la montaña estuviera celebrándose un baile.

Los niños habían huido furtivamente hasta un altozano desde el que la meseta se dibujaba enigmática y sinuosa. Siempre que podían zafarse de la estricta vigilancia del orfanato corrían hasta allí, ascendiendo un poco más cada día. O perdiéndose en senderos que no hubieran transitado antes. El placer del enigma era más fuerte que el temor a los peligros que pudieran acechar en el bosque. Pero al caer el sol, la luminosidad dorada urgía su inminente retirada. Era momento de correr ladera abajo antes de que el astro se ocultara del todo detrás de la colina.

En aquella época del año era frecuente que durante las últimas horas del día se formaran nubes de gran densidad sobre la cima de la montaña. De pronto, el cielo se rompía y parecía gruñir como la hermana Soul, que sacaba una voz de caverna que hacía que el hábito pareciera un disfraz colocado sobre un ser monstruoso. El bosque amplificaba el estruendo sonoro. Primero el resplandor de los rayos que se reflejaba en las copas de los árboles, e incluso llegaba a iluminar con una claridad blanquecina el suelo resbaladizo. Enseguida, la temible detonación en el cielo que parecía ir pisándoles los talones. Durante la carrera, la huida provocaba a la vez excitación y temor. Y aquella ambivalencia emotiva era tal vez la razón por la que siempre volvían a escaparse, aun sabiendo que más allá del río el bosque no era seguro.

Habían descubierto muy pronto el sabor de la libertad. Parecía imposible parar. Ya no pertenecían tanto a las cuatro paredes que cobijaban a un puñado de niños de los que nadie, salvo la monja, había querido hacerse cargo. Ante todo eran hijos del bosque. Los pies descalzos sorteaban con habilidad el terreno evitando los cantos afilados de algunas rocas que podrían cortarles la carne con sus aristas que parecían dispuestas para el ataque. Sus cuerpos eran enjutos y flexibles como ramas frescas. Manu había nacido en aquellas montañas, y en cuanto a Eesha, llevaba la mitad de su corta vida en aquel lugar. Ambos habían aprendido a mimetizarse con el relieve, a olfatear las huellas de las alimañas y a presentir la lluvia mucho antes de que asomara en el horizonte de aquella mole que llamaban el Monte Olvidado. También lo llamaban Alaia, porque aquella palabra significaba alegría, y era la alegría lo que había puesto en pie aquellos muros que estaban casi derruidos cuando llegó allí Sister Soul.

La meseta estaba tranquila. *«¿Qué podía haber pasado por la mente de Eesha?»*, repetía mentalmente el niño mientras huían colina abajo. Nadie los perseguía. No había visto huellas de leopardo, y en cualquier caso no era habitual verlos tan cerca de Fátima. El camino al hospicio serpenteaba entre la profusión de variedades vegetales que crecían alborotadas, como si la vegetación fuera también una cuestión de urgencia. Le pareció que la Naturaleza corría también. La fronda se abalanzaba sobre los claros de bosque dificultando la vista del camino que habían recorrido en ascenso. Parecía que la espesura quisiera engullir el sinuoso sendero que llevaba hasta el hogar de Fátima. La vista desde lo alto era deslumbrante, casi temible. Por ello, se decía que el Monte Olvidado era como la cima del mundo. Un enclave secreto que no había sido elegido al azar. Un lugar donde el silencio solo era roto por la tormenta, que en aquella época descargaba impulsivamente durante una o dos horas y enseguida dejaba otra vez paso a la calma.

Pero aquel día, el grito de la niña había provocado un desgarrador eco que también serpenteaba colina abajo, como un riachuelo de letras huyendo aterrorizadas.

–¿¡Qué pasa!? ¿¡Qué pasa!? –preguntó alarmado cuando ella detuvo la carrera para tomar aliento.

Parecía poseída. La piel había palidecido y la dilatación de ambas pupilas reflejaba el estado de shock. Era imposible saber qué le había provocado aquel repentino estallido.

–Pero, ¿qué ha pasado? –volvió a repetir.

Se habían separado escasamente unos segundos mientras ella cortaba un pequeño ramillete de flores que había sugerido llevarle a Sister Soul para evitar el enfado. Manuel le había respondido que quizá era demasiado tarde para ganarse a la monja. Lo era desde luego a esas horas. Anochecía de manera inminente. Habían cruzado los límites otra vez, y estaba seguro de que en aquella ocasión estaría esperándoles un sonado castigo.

–No pasa nada, Eesha –le había dicho después para calmarla, a sabiendas de la inquietud que aquellos repentinos cambios de humor de la anciana podían llegar a provocar en la niña.

Él, sin embargo, la conocía tanto que sabía hasta qué punto ella podía llegar a blindarse hasta parecer un muro de hielo, sin que ello supusiera ninguna amenaza real. Más allá, claro, del propio castigo. Es verdad que una vez este había llegado a ser incluso brutal, pero solo esa vez. En el fondo la comprendía. La vida en Fátima era difícil y habían sucedido cosas en el interior de aquel bosque. Cosas de las que ella no daba detalles pero que debían ser horribles. *«¡Alejaos de ese bosque infernal!»*, gritaba cuando alguien se saltaba las normas como acababan de hacer ellos sin que hubiera ya marcha atrás. Por eso le había dicho a Eesha que olvidara lo de las flores.

En momentos así, los ojos de la monja se llenaban de sangre y su voz se volvía grave hasta el punto de parecer la voz del propio doctor. Podía entender que Eesha temiera verla en aquel estado. A fin de cuentas, él era el único que la conocía desde siempre. Sabía que debajo del hábito, Sister Soul era en el fondo un pedazo de cielo. Pero no era fácil llegar a ese centro de bondad de la monja. De hecho, cada vez era más reacia a tocar o sentar a los pequeños sobre su regazo. Incluso aquella sonrisa relativamente cómoda que esbozaba cuando todo marchaba sin sobresaltos era una simple impostura, una careta. Pero hasta ese rictus que podía confundir a otros, a él le resultaba evidente. Estaba seguro de que solo él conocía de verdad a la hermana del alma. Cuatro flores cortadas al atardecer no tendrían el efecto que Eesha esperaba. Los castigaría por saltarse la única norma que la monja cumplía sin vacilaciones. Aun así, ¿qué más daba? A fin de cuentas, solo era un castigo. Quizá los dejaran sin cena o los recluyeran durante algunas horas. Él estaría a su lado.

Eso le había dicho a su amiga para tratar de convencerla de que olvidara la tontería de las flores. Que él estaría a su lado. Lo urgente era salir de allí cuanto antes. *«¡Vámonos, Eesha!»*, había insistido vuelto de espaldas mientras la niña se alejaba unos pasos. Lo siguiente habían sido aquellos gritos. Su mente había grabado el instante en que las flores caían de sus manos mientras emprendía una huída que aún no había podido entender.

Habían llegado corriendo sin detenerse hasta el claro donde se iniciaba el sendero de acceso al hogar de Fátima. Todavía quedaba un pequeño trecho hasta llegar a la casa. Se miraron sin saber qué venía detrás. Eesha callaba. Tenía dibujada una mueca de terror en su rostro.

–¿Qué te pasa? –preguntó Manu con voz temblorosa.

Eesha acercó su mejilla al pecho del niño, que sintió un estremecimiento caluroso en el interior de su estómago. La niña rompió a llorar y se agarró aún más fuerte al cuerpo delgado de su mejor amigo. El único en realidad.

–Había unos pies y tenían gotas de sangre –balbuceó entre lágrimas.

–Pero, ¿qué dices, Eesha? ¡Eso no es posible! –De pronto sintió alivio al oír el increíble relato que trataba de narrarle su amiga.

–Manu, eran unos pies –repitió ella levantando los ojos para mirarlo de frente, como si de aquel modo pudiera convencerlo de que estaba diciéndole la verdad.

–Seguro que eran raíces de baniano, Eesha –dijo tratando de calmarla, convencido de que la merma de luz le había jugado una mala pasada.

–Pero yo he visto...

–Los banianos tienen muchísimas formas, ¿recuerdas? Es imposible que hubiera unos pies en el bosque. ¡Anda, Eesha! Vamos a casa o nos castigarán durante una semana.

La niña volvió la cabeza en dirección a la colina que acababan de descender. Manu observó el rostro de su amiga, que casi había recuperado del todo su color habitual. La noche estaba a punto de cerrarse detrás de la cima del Monte Olvidado. El reflejo dorado le trajo a la mente la última salida al bosque en compañía de Kyran, días antes de su desaparición. Quizá fuese cierto que en aquel bosque pasaban cosas, como aseguraba la monja cuando les alertaba de los peligros de adentrarse más allá del riachuelo. Sin embargo, le costaba creer el relato de Eesha. En realidad estaba convencido de que la niña había visto una de aquellas tortuosas raíces que podían salir retorciéndose a la superficie a metros de distancia de donde estuviera el tronco central. Había una explicación muy sencilla para lo que le había pasado a su amiga. Comenzó a hablar sin pausa, hilvanando unas palabras con otras. Trataba de recordarle a Eesha las formas más caprichosas que podía llegar a adoptar aquel inmenso árbol. Entretanto, ella parecía cada vez más calmada.

–¿Recuerdas el día en que Kyran nos enseñó una rama que parecía un pez? –preguntó profiriendo una carcajada que sonó hueca y pareció salir en estampida para adentrarse en la fronda.

–Sí –respondió la niña, que casi había borrado por fin la mueca de terror de su rostro–. Kyran ya no está –se lamentó después, bajando la mirada al suelo. Hacía semanas que ninguno de los dos pronunciaba aquel nombre.

Manu se quedó callado observándola. Desde la desaparición de Kyran, se habían unido todavía más. Recordó por qué se sintió enfadado consigo mismo durante tanto tiempo, aunque también había estado enfadado con Kyran, justo antes de él que se esfumara sin dejar rastro. Durante meses se había sentido tremendamente culpable. Aunque la desaparición de Kyran había fortalecido aún más su lazo con Eesha, no dejaba de pensar que tal vez él mismo había tenido algo que ver con la marcha del que había sido su único amigo hasta que Eesha apareció un buen día en el orfanato. Habían transcurrido ya cinco años desde que la niña llegó en uno de los camiones para quedarse. Cinco años eran mucho tiempo. De hecho, aquellos cinco años sumaban casi la mitad de la vida de Manu en aquel edificio de mala construcción, donde cada semana llegaban al menos diez o doce niños, cuando no veinte, o incluso los treinta y siete que había llegado a contar Manu una tarde. Niños que al día siguiente volvían a marcharse.

A veces, algunos permanecían en el orfanato unos cuantos días antes de su marcha a donde quiera que los llevaran después. Aquellos niños no volvían a pisar nunca más el hogar, ni nadie volvía a nombrarlos o a preguntar siquiera qué había sido de ellos. En gran medida, Fátima se había convertido en un lugar de tránsito para huérfanos, cuyo destino era solo una incógnita. No había respuestas, quizá porque aquel lugar no existía para nadie. El mundo más allá del riachuelo era como la neblina densa que coronaba el horizonte montañoso por donde se ocultaba el sol cada tarde.

A lo largo del tiempo, el orfanato había sufrido una importante remodelación para albergar a un mayor número de huérfanos sin hogar. Aunque solo temporalmente. La idea le había llegado impuesta a la monja. El doctor Shade le había hablado de un gran conflicto en el Oriente Medio, y debían prepararse para albergar a cuantos niños pudiera rescatar la organización. El islamismo ganaba posiciones y estaba cada vez más organizado. Por eso el proyecto de Fátima era incluso más importante de lo que hubieran imaginado al principio. No era solo el futuro de la Humanidad, sino también su presente. ¿Cómo darle la espalda?

–No se preocupe, hermana, todo estará coordinado para que el proyecto continúe a salvo. Aquí no permanecerán niños con traumas, tranquila. No se mezclarán con nuestros pequeños, puedo prometerle eso sin duda. Llevaremos a cuantos podamos al hogar de Kullu, y ¡que Dios nos ayude! Algunos tal vez puedan echar una mano en la carretera también. ¿Qué le parece, hermana? De ese modo uno aprende que el trabajo dignifica y hace hombre... Esa es una de las grandes enseñanzas de Jesús, ¿no, hermana? Pero no tema, mi buena amiga, ambos tenemos claro cuál es la prioridad del proyecto, ¿recuerda?

En un sentido le había tranquilizado la seguridad del doctor. Todavía tenía esperanza en que, de un modo u otro, su sueño se haría realidad. Sin embargo, era poca la información que recibía la religiosa de lo que estaba sucediendo más allá de aquellas cuatro paredes. Ni siquiera estaba del todo informada de la matanza coordinada de cristianos que se había iniciado en distintos lugares. El doctor trataba de darle la información justa para que se centrara solo en lo que era importante. Pero podía intuir lo que estaba pasando. Siempre había sabido que tarde o temprano se iniciaría en la tierra una gran batalla por la conquista del cielo. Por eso estaba allí. Por eso entregaba sus días a construir un nuevo mundo desde la infancia, aunque al final fueran pocos los que se quedaran a vivir entre aquellas paredes. De hecho, cada vez menos. Solo los elegidos. Por eso, a pesar de las remodelaciones que habían permitido multiplicar por tres el espacio original de la construcción, los niños eran en su mayoría visitantes de paso.

La propia monja había construido con sus manos la sala de tránsito, como la llamaba el doctor. En el interior de la construcción principal, las estancias se habían estrechado dejando espacio para algunos dormitorios ciegos sin una mínima entrada de luz. Eran los dormitorios comunes donde dormían las niñas que ya habían entrado en edad adolescente. Los chicos ocupaban el ala opuesta. Lo que en otro tiempo había sido una edificación espaciosa, había ido sufriendo cambios en su interior que habían convertido el espacio en un lugar lleno de recovecos y de apariencia lúgubre. Parecía que una sombra se hubiera posado sobre el tejado, extendiéndose más allá del pequeño jardín en el que habían crecido, hasta convertirse en arbustos, algunas plantas medicinales que Sister Soul había sembrado con sus propias manos el día en que aquel edificio en pésimo estado había pasado a convertirse en su sueño más ambicioso. Todavía lo era, sin duda. Pero a veces sentía que la realización del proyecto era una ilusión vaga que había quedado atrás en el tiempo.

Se creía que el origen del edificio databa del siglo XVIII, cuando la India era una colonia de gran interés estratégico para el Imperio Británico. El paso de tropas hacia el continente asiático había dejado construcciones como aquella en lugares remotos del Oriente Medio y la vasta cordillera del Himalaya. La hermana desconocía el uso que se le había dado a aquel enclave durante la ocupación británica, ni por qué ni cómo habían llegado a tener noticia de su existencia. Incluso era posible que los datos fueran erróneos, aunque aquello poco importaba. Todo lo que sabía era que, de algún modo, aquellas paredes habían pasado a ser parte de la organización que había dado el primer impulso al proyecto y aquello le había parecido un regalo del cielo.

Pero el edificio no era lo único que había cambiado durante aquellos años bajo el auspicio de la hermana del alma. Al menos, eso pensaba Manu después de haber pasado allí dentro toda su vida. Desde su visión de las cosas, todavía la mirada de un niño sobre una realidad demasiado compleja, la oscuridad en el interior de Fátima era un fenómeno contagioso. Había observado cuidadosamente a la hermana Soul. Ella misma se había oscurecido con el paso del tiempo. Casi no podía recordar sus ojos tal y como eran antes de que apareciese aquel efecto vidrioso en el cristalino que a veces helaba la sangre. ¡No era de extrañar que incluso Eesha temiera encontrarse con su mirada después de haber cometido una infracción como la de aquella tarde! Por lo menos, él sabía quién era en realidad la hermana... Pero entendía que los más pequeños rehuyeran a la monja cuando esta avanzaba con aquel paso quejumbroso que le había traído consigo la artrosis. Eso se le oyó una mañana al doctor: que la artrosis había llegado para quedarse, y que aquel dolor de cadera solo podía empeorar.

Le había llevado mucho tiempo atar cabos, pero la desaparición de Kyran le había hecho sospechar que algo más estaba pasando entre los muros de Fátima; y no solo en el bosque, como repetía la monja para evitar así que pudieran perderse entre la espesura. Se sentía tremendamente responsable. El día antes habían discutido por Eesha. Su amigo le había confesado que Eesha le gustaba desde que la vio llegar con su vestido blanco y los pies descalzos. Manu se había abalanzado sobre él y le había agarrado de la camiseta como si aquella confesión le hubiera escupido en el rostro. Sentía que las palabras líquidas de Kyran resbalaban por su frente y le inundaban los ojos. Era una mezcla de sudor y de llanto. Una amalgama de rabia e impotencia. Jamás había tenido nada. Jamás había deseado nada para sí mismo... hasta la llegada de Eesha. También recordaba, como Kyran, la fragilidad de aquellos deditos y cómo quiso arroparlos con sus manos de niño. Tenían cinco y seis años. Y desde entonces la amaba como aman los niños, con desmedida locura.

Los ojos de Kyran al evocar aquella escena en la que ambos la vieron llegar al hospicio, le habían recordado la mirada acuosa del doctor Shade. No le gustaba en absoluto aquel hombre, que por algún motivo le recordaba la idea de Dios, y entonces la hermana Soul era algo así como ese mensajero en la Tierra sentado a la derecha del

Padre. Imaginaba que él era el dueño de todo aunque fuera la monja quien había puesto allí el alma. Al ver aquella mirada en los ojos de Kyran, su ira se había disparado y había querido pegarle. Ni siquiera entendía qué le había pasado. «*¡Además de irracional era estúpido!*» Se había abalanzado sobre un chico dos años mayor y Kyran se había defendido golpeándole con el puño en el centro del estómago. Aquel dolor todavía estaba presente como una huella dibujada en la arena. «*¡Eres como él!*», le había gritado mientras se alejaba llorando del escenario donde vio por última vez a su amigo.

Después de aquella pelea, Kyran había desaparecido sin más. Manu estuvo días metido en su catre con la excusa de sentirse enfermo, hasta que alguien lo sacó de allí y le dijo que debía comer algo o enfermaría. Era la primera vez en mucho tiempo que escuchaba aquel tono de voz. La dulzura siempre apetecible de la hermana del alma, que un día sencillamente se había extinguido. Casi había olvidado aquel delicioso timbre de voz. De hecho, lo había añorado hasta conseguir fortalecer el pecho, donde se alojaba el vacío afectivo que después solo había venido a llenar Eesha. Ya no lo echaba de menos, pero al rememorar aquellos momentos, podía volver a sentir el desasosiego de entonces.

–¿Qué te pasa, Siso? –Así solían llamarla.

Recordaba con nitidez aquella pregunta, y como Sister Soul le había cogido por los hombros y le había ordenado marcharse y no hacer nunca preguntas. «*¡Ni una! ¿Me entiendes?*» Sister Soul había dejado de ser la voz del alma allí dentro. Y al apagarse su voz, había llegado la oscuridad, y la sombra había crecido adentrándose en los muros de la casa que era su hogar. Ahora esa sombra parecía querer engullirlo todo hasta agotar el último resquicio de luz. Por eso hacían sus incursiones montaña arriba. En la cumbre se hacía de nuevo la luz y desde allí podían divisar la extensa neblina de extremo a extremo y disfrutar de una vista asombrosa.

Había sido idea de Manu tratar de llegar a la cima semanas después de la desaparición de Kyran. Y desde entonces, muchas tardes aprovechaban de esa forma su tiempo libre, o simplemente escapaban de la vista de todos aun a riesgo de ser castigados por ello. Subían un poco más cada vez con la idea de llegar algún día hasta el último pico de todos. Para Eesha era solamente otro juego. Para Manu, aquellas incursiones eran parte de un plan de búsqueda que nunca llegó a confesarle a su amiga.

El día de la pelea se había asustado. Las horas en cama le habían ayudado a ordenar sus ideas, y había llegado a la conclusión de que temía llegar a ser él también de aquel modo. La mirada de Kyran había sufrido la misma transformación que la de la propia Sister Soul. Por eso intuía que había algo más detrás de la desaparición de su amigo. Los ojos parecían guardar todos los secretos del alma humana y él necesitaba saber. Pero Kyran había desaparecido sin dejar rastro, llevándose las respuestas consigo. Por eso intuía que debía salir al bosque a buscar indicios de lo que estaba pasando. ¿Dónde si no podía haber ido?

Desde el día en que a Kyran se lo había tragado la tierra, el tiempo parecía transcurrir a una velocidad inusual, y a su paso cerraba también con gran rapidez las heridas que provocaba la pérdida. Aquella tarde, semanas, o tal vez meses después de la pelea que no había olvidado, Manu había llevado a Eesha un poco más lejos que de costumbre, justo hasta un punto donde los truenos parecían romper el cielo en diminutas porciones que cubrirían la tierra de un manto azul. En lo alto aguardaron silenciosos la descarga, hasta que un primer relámpago en la distancia rompió el silencio, como el pistoletazo de salida de una competición de montaña. Era tarde. El sol declinaba a lo lejos. Habían cruzado los límites y temían volver al hogar tanto como permanecer más tiempo en el bosque. Estaban a punto de salir corriendo como almas que se lleva el diablo, cuando Eesha reparó en aquel puñado de flores silvestres y le dijo que esperara solo un momento... Después había oído aquel grito aterrorizado, y antes de que pudiera darse cuenta, su amiga corría colina abajo como si sus pies fueran alas.

Era, como cada tarde, la hora de la tormenta, la caída del sol en los bosques que circundaban la ladera este del Monte Olvidado. Ese instante de luz mermada donde se confunden el día y la noche. Donde las nubes más densas descargan su implacable aguacero. Donde el tiempo impertérrito se detiene y el sol a contraluz dibuja sombras fantasmales que contonean sus formas en una danza macabra. Aquel era el lugar que la hermana Soul llamaba la tierra de Alaia, porque allí había llegado a sembrar de nuevo la alegría en la Tierra. Y aquella tarde, a punto de cernirse la noche sobre las colinas más altas de la cordillera, ajenos a la amenaza de la niebla que durante la noche solía posarse a escasos centímetros por encima de las copas de aquellos árboles, minutos antes del grito desgarrador que enseguida lo cambiaría todo, los niños habían reído a carcajadas, risas que retumbaron como tambores indios bajo los pies, provocando una reverberación rotunda y sostenida, solo rota por el zumbido de un nuevo trueno en la distancia. Y después el prometido haz de luz, iluminando el sendero que trazaba el camino de regreso al hogar.

II

En el hogar de Alaia

El hogar de Fátima estaba situado a varios kilómetros de una pequeña población que llamaban Kullu, donde se había creado el primer «*Orphan House*», también bajo aquel mismo nombre, Fátima, porque ese nombre inspiraba por igual a devotos cristianos y a musulmanes. Aquel enclave era una encrucijada confesional estratégica para el proyecto que habían ideado, y el apelativo de Fátima suponía un acercamiento simbólico que favorecía la concordia y la integración en un ambiente confuso y en constante zozobra. La idea era tan grande como habían sido siempre los sueños de Sister Soul.

La llegada al lugar era solo posible recorriendo una senda de montaña que no tenía reflejo en los mapas. Al menos, no en los que la religiosa tenía consigo hacía años, cuando llegó al continente asiático sin saber que no volvería a pisar su tierra natal nunca más.

La principal forma de vida en la aldea era el cultivo de peras, manzanas, ciruelas y almendras, además de una singular variedad de baya silvestre que solo crecía en aquellas montañas. Además de la fruta, la leche de búfala era otro de los alimentos básicos que producían aquellos parajes; aunque la mayor parte de la producción era exportada a otros lugares, y solo un pequeñísimo porcentaje quedaba en manos autóctonas. Se mezclaba con agua antes de emplearla como alimento. Así era como la monja había conocido aquel remoto enclave, y así seguía siendo.

Un lugar que conservaba en gran medida su naturaleza virginal, y donde la inmensidad rocosa se erigía de manera imponente sobre una espesa llanura, por la que avanzaba con lentitud la construcción de una carretera cuyo destino era una incógnita para la hermana del alma. Lo más que había logrado sonsacarle al doctor era que tal vez llegara hasta China, atravesando la zona norte de Cachemira, pero que él solo recibía órdenes, y únicamente porque la carretera les había ofrecido una forma de financiación para mantener con vida su proyecto.

Sin embargo, la hermana estaba segura de que el acercamiento al mundo civilizado era un riesgo que debían medir cuanto antes. Aquella carretera que avanzaba lentamente hacia el Norte acercaba regiones en eterno conflicto, la propia Cachemira, y un poco más al noroeste, la ciudad de Kabul. Tan solo 800 kilómetros en línea recta separaban aquel rincón apartado del mundo, que nadie más conocía, del estratégico enclave donde el poder talibán había impuesto hacía años su dictadura. Desde el año 2003 parecía que la ciudad de Kabul iba recuperándose de la devastadora acción talibán, pero Sister Soul temía que en diferentes puntos del globo estuviera gestándose la batalla final. Sabía que la última guerra que libraría el mundo conocido hasta entonces situaría en un bando la irracionalidad islamista, cuyo despegue había sido propiciado por los propios gobiernos que decían estar construyendo la libertad, y en el bando contrario a quienes defendieran la libertad y la vida. Y como símbolo de libertad y vida, lo femenino llamado a cuidar la Tierra.

Pensar en la mujer le provocaba una dolorosa rotura interna. Había dedicado una vida a entender. Quizá su propia infancia la había abocado a ese presente de lucha en solitario para preservar al menos la esencia de la auténtica dadora de vida. Una esencia llamada a unirse en equilibrio, y que se había visto brutalmente diezmada a lo largo de siglos. Las propias mujeres se hacían la guerra a sí mismas, y unas a otras. Pero el origen no estaba en ellas, sino en el orden de cosas que habían aceptado. Lo femenino se había aliado con el ejecutor y parecía imposible dar marcha atrás. Solo llegando al origen de todo podría el ser humano retornar al equilibrio que hacía posible la continuidad de la vida. Había dedicado tiempo a estudiar bien la Historia, y todo la llevaba a una sola respuesta. No era casual que fuera precisamente en sus propias mujeres donde aquellos hombres monstruosos descargaban su rabia. Ella también había sido víctima de la brutalidad y solo había encontrado consuelo en el Reino de Dios. Le causaba pavor la idea del Padre como el castigador que esos fundamentalistas proclamaban mientras sostenían un machete ensangrentado con una mano y con la otra una cabeza humana, que podía ser la cabeza de un bebé. ¡Era una realidad macabra por la que había pasado noches enteras rezando!

El árbol de la sabiduría, la manzana de Adán, el purgatorio, el infierno... ¡Tenía todo tanto sentido! Si los hombres llegaran a verse a sí mismos descubrirían su miedo a la nada. Tener dominada la esencia de la mujer era sentir el dominio absoluto sobre la fuente de la vida. No necesitaba leerlo en un libro. Estaba segura de que ningún psicólogo llegaría tan lejos en su estudio del hombre. Quizá alguna rama de la antropología que se hubiera interesado por el sentir religioso de esa criatura tan débil que eran los seres humanos, tuviera algo que decir al respecto. Pero en líneas generales la ciencia decepcionaba. Había que mirar mucho más allá de lo que era observable. Allí es donde estaban los verdaderos conflictos del hombre y sus soluciones. Allí estaba la verdad de las cosas. La angustia de existir sin control era la clave de todo. Por eso la necesidad de control sobre el vientre de sus mujeres, y de las mujeres de otros, de la esencia misma que albergaba en el útero el cáliz de la creación, el misterio total de la vida... De alguna forma la mujer suponía una amenaza para el «Creador» que ellos mismos habían inventado.

¡Valiente osadía! ¿Cómo podían atreverse a denominar Creador a un ente vengativo y lleno de odio? El hombre que irracionalmente poseía y tomaba a la fuerza era peor que un animal en la selva, porque su ansia iba más allá del instinto. Era un anhelo de poder sin límites. Una violenta inadaptación a las leyes de la Naturaleza que había destruido el equilibrio en el mundo. En el cuerpo femenino estaba contenida la esencia misma del origen de todo lo vivo. Pero esas mentes irracionales no podían entenderlo. Solo conocían el odio. Les resultaba inconcebible la grandeza creadora de la mujer. Por eso las forzaban a esconder sus rostros, mataban sus esperanzas y violaban lo que para Sister Soul eran templos sagrados.

Pensar en las atrocidades cometidas le producía náuseas. Era vital que sus niños no recibieran ningún impacto emocional negativo. Solo la extrema pureza podría garantizar el éxito de su idea. Por eso le preocupaba cada día más el destino de aquella carretera y su avance gradual hacia el Norte. Tanto como el flujo constante de extraños que pudieran traer influencias nefastas para el proyecto. Aunque aquellos extraños fueran tan inocentes como los suyos (y que Dios se apiadara de ella por albergar pensamientos que dividían en rangos lo humano). ¡Había tenido que extremar su vigilancia por culpa de aquella infernal carretera! Los riesgos eran motivo suficiente para detener todo avance y acercamiento a un mundo que ya agonizaba, como había tratado de decirle al doctor. No podía entender que los impulsores del proyecto se hubieran lavado las manos, y ahora no tuvieran otra alternativa que no fuera mantener la construcción de aquella vía, aunque amenazara con diezmar todo lo construido hasta entonces. Si algo amaba Sister Soul con el corazón y la piel eran sus niñas de Fátima. Ellas eran la semilla de un nuevo mundo, y por ellas había sacrificado más de lo que nunca se hubiera permitido a sí misma. Pero era evidente que todo estaba cambiando.

La creación del hogar había sido la punta de lanza de todo el proyecto. Siempre había soñado con la idea romántica de fundar un lugar apartado de la realidad en el que iniciar una vida de paz, y el doctor había venido a culminar sus aspiraciones. Cuando todo lo conocido se hubiera devorado a sí mismo, una generación nueva repoblaría la Tierra. Lo habían llamado la infancia eterna, o Alaia, origen de la alegría; un lugar donde sería posible mantener esa pureza que la niñez albergaba. Por eso el proyecto llevaba aquel sobrenombre, «la infancia eterna», porque la infancia era el eslabón último de la vieja cadena, y el primer eslabón de aquel mundo nuevo. Era esencial que el enclave permaneciera oculto tal y como se había ideado. Sister Soul sabía que para sobrevivir de forma secreta y autónoma debían mantener cierto contacto con el mundo exterior, solo hasta que hubieran logrado concebir un lugar autónomo donde solo quedarían los elegidos. Ese día, ella se iría para morir más allá del horizonte nevado. Entretanto, se había creado el fondo de adopción de menores en la aldea de Kullu. La fórmula tramada era perfecta y servía para dar una mejor vida a aquellos pequeños, que de otro modo tenían pocas alternativas de llegar a convertirse en adultos. Si pasaban la edad permitida para el fin del proyecto, el doctor arreglaba todo para que pudieran acogerlos en el «Orphan House» de Kullu. Así había funcionado al principio con ayuda del dinero de adoptantes y benefactores. Después se había detenido el ritmo de ingresos y habían atravesado un momento dramático. Todavía recordaba la tarde en la que Shade llegó desencajado y se desplomó sobre una silla con los ojos llenos de lágrimas. Esa tarde le dijo lo que iban a hacer para lograr apoyo económico y ella había aceptado. Sin embargo, no dejaba de pensar que el dinero no justificaba el sacrificio de ningún inocente. Pero, además, le inquietaba sobremanera la proximidad imprevista de aquella pista de asfalto.

Desde su inicio muchas cosas habían cambiado entre las paredes de Fátima. Sin darse cuenta, la idea primera se había convertido en una visión lejana de lo que podría ser el retorno al equilibrio perdido. Sabía bien lo que se jugaban y que no podría subsistir ella sola con todo aquello entre manos. El primer equilibrio necesario era el que permitiera que aquellos terrenos llegaran a convertirse en una aldea autosuficiente. Todo era una cuestión de dinero y trabajo, le había dicho el doctor, y sin duda ella estaba de acuerdo. Claro que entonces no imaginaba que la carretera se acercaría tanto al lugar que habían elegido para poner en marcha el origen del nuevo mundo. Entendía el sacrificio pero también los riesgos. La carretera suponía un ingreso de dinero continuado para financiar el proyecto. Y en cuanto al trabajo, le había sido difícil asimilar el envío de los mayores a picar piedra. Primero unos cuantos, después muchos más. Era así como se elaboraba la base de asfalto para que fuera posible llevar la modernidad a las zonas empobrecidas donde no se disponía de maquinaria para moler la piedra. Sin embargo, el doctor le había asegurado que el secreto de Fátima estaba a salvo. Nadie sabía, ni sabría jamás, que existía aquel lugar en pleno bosque virgen.

Del primer grupo de niños, solo quedaba Manu, Manusabio lo llamaban a veces los otros. Aquel pequeño había atrapado su corazón el día que una joven se lo entregó envuelto en unos trapos porque su familia lo mataría. Era un bebé nacido hacía pocas horas, y Dios había querido que fuera ella precisamente la que recibiera aquel pequeño regalo el mismo día en que recibía también la bendición del prefecto para poner en marcha aquella locura. Sabía que su destino era ser el primero, el nuevo Adán en su particular paraíso. Aquella idea daba aliento a sus días. Y al llegar Eesha seis años más tarde, supo enseguida que el destino había unido las vidas de aquellos dos niños. No cabía duda de que la propia vida se organizaba para seguir adelante. Por eso continuaba ella también.

El emplazamiento de Fátima era un hermoso lugar, como la descripción del Edén a la que también se aferraba la monja. Más allá del lindero norte donde se cerraba el terreno que de alguna manera pertenecía al hospicio, había un sendero que cruzaba el río e iba en ascenso a través de un exuberante paraje donde las variedades florales podían contarse a centenas. El suelo era fértil. Aguas cristalinas como cielos de primavera bañaban la tierra, ensombrecida en algunos rincones, abierta en otros a los rayos del sol como una dama entregada al amante. La diversidad cromática hechizaba la vista, y a través de los ojos se posaba en el alma; y allí dentro era paz, y alegría de nuevo. Era el bosque lo que había ayudado al pequeño Manu a sobrevivir a la pérdida de Eesha pocos meses después de perder a Kyran. De alguna forma, aquel era su hogar, su único mundo.

Manu recordaba haber estado allí siempre y solía entretenerse observando la organización metódica de aquel lugar, que con los años había ido perdiendo su calor de hogar. Un calor que él había conocido y que desde luego añoraba. Recordaba que antaño, la hermana Soul les hablaba de otros países y prometía que algún día quizá alguien llegara a buscarles para enseñarles el mundo. Después había dejado de hablarles y hacerles soñar con esos otros lugares donde la vida era tan diferente. Durante años habían llegado vehículos para llevarse a los niños que habían encontrado otro hogar. Eran despedidas felices aunque algunos sentían añoranza de aquella otra vida que quizá no conocerían nunca. Él había sido uno de los primeros y el único de los mayores que aún vivía en el hospicio. En ocasiones había imaginado cómo sería vivir en otro país, aunque no llegaba a entender del todo lo que significaba aquella palabra. Sin embargo, era también consciente de que jamás hubiera querido marcharse de allí, y por algún motivo nadie se había interesado nunca en él de aquel modo. Pensaba que quizá el deseo era más fuerte que cualquier intervención de los otros en la vida de uno, y el suyo había sido permanecer allá desde la llegada de Eesha una tarde que lo cambió todo.

Con los años, la estructura organizativa del hospicio había ido mutando en todo lo que para él era más importante. El flujo de llegadas era constante. Fátima le recordaba a una organización himenóptera, con sus zánganos de ojos quebradizos ejecutando las órdenes de la reina. En el bosque había aprendido más cosas del mundo de las que podían aprenderse allí dentro. Si uno era capaz de observar con detenimiento la vida salvaje, toda respuesta estaba allí contenida. Lo más difícil había sido entender qué era lo que producía esa transmutación en la mirada que había visto en Kyran y que después había observado en muchos de los visitantes de paso que llegaban en camiones, la mayoría para marcharse de nuevo a la mañana siguiente. Los niños-zángano le parecían sombras al servicio de la abeja reina. Seres encarcelados entre los muros de su propia existencia. Ni siquiera entendía lo que eso significaba, pero tenía la certeza de que podía alcanzarle a él también, y por eso huía a internarse en el bosque. Y, por alguna razón, la hermana le había permitido vivir a su aire. Incluso le había alentado a estar más tiempo fuera que dentro después de la muerte de Eesha. Quizá por eso los árboles, el riachuelo, la tierra mojada y el ascenso rocoso hasta la cima del monte, se habían convertido en su nuevo hogar.

Le atraía la vivacidad con la que se movía todo en el interior apacible del bosque, sus divertidos colores y formas. Podía pasar horas examinando la fronda. Le resultaba divertida la idea de que los agricultores que divisaba a lo lejos desde lo alto de la colina eran en realidad los recolectores de las colmenas que libaban el jugo de flores para hacer con ellas la miel. En realidad solo eran pequeños puntos que imaginaba labrando la tierra y recogiendo sus frutos. La distancia era inmensa, pero el mirador desde la cima de la montaña le ofrecía una vista privilegiada de la llanura. La hermana le había explicado como se organizaba la vida en la aldea situada a muchos kilómetros de distancia. También le había dicho que aquella no era la vida que le estaba destinada desde su nacimiento. Él estaba llamado a iniciar un mundo distinto, pero debía confiar en ella aunque viera cosas extrañas, inexplicables incluso para ella misma. Por eso le había mandado callar y no hacer preguntas. Ese era el lazo que le unía desde siempre a la hermana del alma, y todavía perduraba aquel vínculo aunque ella ya no era la misma mujer de entonces.

Por eso trataba de entender observando a los zánganos y otros insectos. En algún lugar de aquella inmensa colmena estaba la abeja reina, el ser que todos alimentaban. Invisible a los depredadores. Invulnerable gracias a la organización sistemática de sus esclavos, dispuestos a dar la vida por ella. La reina tirana por la que no sentía la más mínima simpatía. Letal como la propia muerte. La visión de la reina siempre le traía a la mente la misma silueta. Sucedía durante la noche, a veces en forma de sueño en el que él ascendía la colina hasta llegar a su mirador, desde donde podía divisar decenas de abejas con sus cuerpos combados, que de pronto eran chicos y chicas de su misma edad vestidos con un trajecito a rayas y dos alitas delgadas vibrando en su espalda. Se elevaban a unos cuantos pies del suelo y enseguida volvían a bajar, lo justo para saltar de un árbol a otro. Entonces reparaba en la potencia de los rayos del sol, aquellas espaldas ardían, y un nubarrón negro ascendía por encima de las copas de los árboles y formaba la bruma que había oscurecido el cielo por encima del tejado de aquel perdido orfanato. Entonces despertaba empapado en sudor y con frecuencia lloraba.

La sombra de algo sórdido se cernía sobre la niñez de Alaia, el hogar donde la alegría ya no flotaba en el aire. Aquellas visiones le mantenían despierto durante noches enteras. Se preguntaba por qué no le habían metido en un camión a él también. Imaginaba que Sister Soul tenía algo que ver con aquello, pero no lograba entenderlo. Incluso se preguntaba por qué motivo entonces había permitido Siso la desaparición de Eesha y Kyran. ¿Por qué seguía él allí? Después recordaba la mirada que vio en su amigo, y la propia mirada de la hermana Soul. Impenetrable, fría como la escarcha en invierno. Si no la hubiera querido como a una madre, hubiera odiado esos ojos. Quizá por esa razón se miraba él también en el agua del río, tratando de buscar algún indicio en el interior de sus pupilas negras. Buscaba una mirada en la que ya no pudiera reconocerse, huellas de aquello que le había herido tanto cuando se abalanzó queriendo pegar a Kyran.

Su amigo le había pedido que echara un vistazo a los dos «*botoncitos*» de Eesha, y él no había entendido siquiera qué había querido decir con aquello. El otro había insistido... «*¡Mira cómo le han crecido, Manu!*» Entonces había comprendido. Le había devuelto a su amigo una mirada con la que hubiera querido fulminarle. Kyran había esbozado una mueca y le había confesado que el doctor le había enseñado algo pero que no podía contárselo porque era solo un niño. «*¡No entiendes nada del mundo de los hombres!*», le había reprochado. «*¡Eres casi una nena como ella!*» Después había reído con esa risa hueca que odiaba. Enseguida había sentido una punzada de dolor en el abdomen, y había saltado como un resorte sobre su amigo, aunque al final era él quien se había llevado una buena paliza. Aún se preguntaba por qué le había molestado tanto la manera de hablar de Kyran, y por qué había sentido náuseas justo en aquel mismo punto donde el otro le había dado con ganas. Enseguida había comprendido que Kyran ya no era el de siempre. Aquello le provocaba dolor, pero también le llenaba de cólera. ¿Por qué no podían volver a ser los de siempre? Ellos dos, Eesha... Era como si el Kyran que él conocía hubiera muerto aquel día.

Ahora temía morir él también. Por eso se aferraba a quien era, y se miraba en el agua del río para sentirse tranquilo. Amaba lo que era aunque hubiera perdido todo lo que había significado algo en su vida hasta entonces. Aquella soledad era mejor que olvidar quién había sido. Ese olvido era casi peor que la muerte. O al menos eso es lo que sentía en relación a Kyran. También su amigo pareció haber olvidado. No estaba seguro de cómo había llegado a aquellas conclusiones él solo, pero las sentía útiles de alguna manera. Por eso quería custodiarlas. Sentía que debía aguantar al menos hasta poder poner sus descubrimientos a salvo. Alguien debía continuar aquella búsqueda cuando él ya no estuviera. Porque si algo temía realmente, era que un día fueran a buscarle a él también, y que ese día la hermana no pudiera ya protegerlo como tampoco había podido salvar a Eesha.

Por eso pensaba que el bosque le brindaba su cobijo sin pedir nada a cambio. Observaba la Naturaleza a su alrededor y sentía ganas de gritar y saltar. La belleza insondable de aquellas montañas inundaba su pecho que parecía abrirse como las aguas del Mar Rojo, y a través de su tórax pasaba el aire cálido que era como una caricia. La hermana Soul les había contado, hacía ya mucho tiempo, que aquellos brazos de agua que recorrían la ladera este del Monte Olvidado eran como canales de lluvia que devolvían el agua de las nubes a su lugar de origen. Y que aquel origen era el Mar Rojo. Por eso sabía de aquel milagro. También sabía que en la tierra de Alaia había nacido la civilización más antigua del mundo. Eso le había contado la monja. Y que el principio de todo había que buscarlo cincuenta millones de años atrás, cuando dos grandes placas de litosfera se golpearon furiosamente la una contra la otra, provocando un movimiento de tierras que levantó aquella gran cordillera. En algún momento, Sister Soul le había dicho, a él solamente, que Alaia guardaba en sus orígenes respuestas para todos los misterios del mundo, y que él era el heredero único de aquel saber ancestral. Que todo lo que debía saber llegaría a su debido tiempo. Por eso buscaba el origen. Tenía prisa por encontrar respuestas a todo. Necesitaba hacer algo antes de que vinieran a llevárselo de allí a él también.

III

Perdido en el bosque

Aquella tarde sucedió algo inusual. Manu salió al bosque como de costumbre, aprovechando el descanso después del almuerzo. Alguien a su espalda le había dicho «*¿dónde vas, Manusabio?*», y a él le había alegrado escuchar de nuevo aquel nombre aunque la risa hueca que iba con la pregunta le había perturbado. Hacía ya mucho tiempo que nadie le llamaba de aquella manera. No se había girado siquiera para responder. Había contestado sin detener la marcha que iba a buscar ejemplares de fásmidos entre las hojas de los árboles al otro lado del río, y sin más había salido al bosque como otras veces.

Le llamaba la atención el camuflaje de aquel insecto. Imaginaba cómo sería poder convertirse en tronco de uno de aquellos árboles imponentes. Observar sin ser observado. Claro que un tronco de semejante tamaño eran palabras mayores. El insecto palo tenía un camuflaje mucho menos pretencioso, aunque resultaba fascinante la perfección del disfraz. De entre todas las variedades de fásmido conocidas, existía una curiosa especie difícil de localizar en aquellos parajes cuya forma de hoja le hacía pasar desapercibido a la vista. A lo largo del día reposaba entre la espesura como una hoja más, ubicado en algún lugar que garantizara un buen aprovisionamiento de comida durante la noche, cuando era menos probable el encuentro con alguno de sus depredadores naturales. Manu había tenido la suerte de toparse con algunos ejemplares de fásmido en más de una ocasión. Su movimiento de avance era delicado y de una lentitud extraordinaria. Pero lo asombroso era la capacidad de quietud como si realmente fuera un objeto inerte. Le encantaba observar la tremenda impasibilidad del insecto. Podía pasar las horas muertas sentado frente a la misma rama y en idéntica posición sin necesidad de moverse. Cruzaba las piernas y dejaba los codos enclavados sobre sus muslos, situando las manos juntas debajo de la barbilla.

Manu había desarrollado una paciencia y una tenacidad inusuales. Incluso sentía que él mismo se comportaba ya como un fásmido en aquel bosque. Imitaba los movimientos pausados que había observado en aquellos insectos, y podía deslizarse entre la maleza sin hacer el más mínimo ruido. Su habilidad en esa espesura le hacía sentirse poderoso de alguna manera. Quizá la hermana tuviera razón, y él estuviera llamado a hacer algo grande. Aquello explicaba por qué seguía allí. Tal vez estuviera esperándole un destino especial, como el de los héroes antiguos de Grecia que reflejaba aquel libro de Homero que a veces leía para ellos la hermana del alma. Había transcurrido mucho tiempo desde la última vez que ella se había sentado con ellos formando un corro para la lectura. Ya no sucedían en el hogar cosas como aquella. Ya nadie sentaba a los niños en círculo para contarles historias que inspiraban lo mejor de cada uno. Él había nacido entre aquellas paredes de color amarillento y había visto la llegada de todos. Y también su marcha. Sabía más que los otros. Sabía incluso que a veces sucedían cosas horribles en el interior de la casa, y que no había nadie con quien pudiera hablar de ello. Por eso había elegido olvidar. Había tenido que guardar algunos de sus recuerdos donde no hicieran daño, pero no podía evitar que a veces afloraran de nuevo como una llamada.

En realidad era Eesha quien lo llamaba. Estaba seguro de ello. La veía caer sobre la mesa de nuevo y buscaba sus ojos, pero la imagen era cada vez menos nítida. La secuencia era confusa, aunque todavía recordaba perfectamente que había estado llorando en una esquina del pasillo. Aún podía sentir el frío hiriente del suelo bajo los pies descalzos. Era un recuerdo vago porque todo sucedió demasiado rápido. Aquella mañana, horas antes de lo sucedido, Eesha le había contado que durante la madrugada habían ocurrido cosas en el exterior de la casa. Había oído la voz de un hombre desconocido, y como la hermana Soul discutía con el doctor. No había podido entender gran cosa, pero sabía que la monja no aprobaba que aquel hombre hubiera llevado el camión hasta Fátima. «*¡Esto era labor de Sachet!*», le había increpado al doctor.

A pesar del temor a la noche, se había atrevido a caminar sola por el pasillo a oscuras, y había salido al exterior de la casa. En ese momento, una sombra humana había cruzado por delante de ella, con el tiempo justo para ocultarse detrás de un arbusto. De pronto había sentido un fuerte calambre en el corazón, y todavía tenía dentro esa sensación. Después de contárselo, le había pedido que permaneciese a su lado durante todo el día, y Manu le había confesado que siempre deseaba estar a su lado. Enseguida había sentido que aquella confesión delataba sus sentimientos, que eran mucho más fuertes que la amistad que había sentido nunca por cualquier otro, incluido Kyran. Como era domingo, habían celebrado una misa y después habían tenido tiempo libre el resto de la mañana. Tras el almuerzo, todos habían ido juntos al bosque a recolectar bayas silvestres para hacer una compota que utilizaban en la cocina como condimento de casi todo lo que se preparaba allí dentro. De camino hacia el río se habían ocultado detrás de los árboles y habían vuelto al hogar los dos solos, mucho antes que el resto y con las manos vacías. Al llegar a la entrada de la casa, Eesha le había dicho que tenía una sensación muy extraña. La niña estaba temblando. Esa vez, él mismo se había asustado. Había mirado a los ojos a su mejor amiga, y había sentido aquel revoloteo en el pecho que nunca era capaz de parar. Entonces Eesha le había abrazado y le había dicho «*te quiero, Manu*». Aquel día estaba empezando a ser el día más feliz de su vida, por eso le había pedido que entrara con él en la casa para darle algo antes de que los otros volvieran del bosque. Al entrar en el pequeño vestíbulo, habían observado la merma de luz, como si el interior de la casa pudiera convertir el día en noche en el simple acto de cruzar sus paredes. Debían ser solamente las tres de la tarde.

De pronto, oyeron unos pasos al final del pasillo, donde el corredor doblaba hacia la derecha. Una sombra se acercaba hacia ellos. La visibilidad era escasa. Resultaba imposible distinguir claramente quién era. Los pasos resonaban en los muros hasta perderse hacia el fondo, como si se marcharan por el mismo camino por el que la presencia había llegado ante ellos.

–Buenas tardes, Manuel, ¿cómo va el día? –había preguntado el recién llegado, cuyo rostro permanecía de incógnito en la penumbra.

–Bien, señor.

Manu se había mostrado aturdido. Le resultaba imposible distinguir con claridad las facciones del recién llegado, pero la voz era sin duda la del doctor. Le pareció un gigante cuya voz se hubiera colado en un pozo, y que le hablaba desde su fondo. Eesha agarraba su mano.

–Verás, Manu –había dicho con lentitud–, hoy tengo algo que hablar a solas con Eesha. ¿Por qué no vas a dar una vuelta por ahí? Los demás están en el río. Lo sabes, ¿verdad? Bien, ¡ve con ellos!

Manu había mirado a su amiga y ella le había mirado también. Ese era el momento en el que la sombra se había inclinado sobre él y había podido ver esos ojos azules en los que faltaba pigmento.

–¡Venga, chaval! –había insistido, esta vez con premura, volviendo a recuperar su posición vertical. Después había reposado una de sus manos sobre el hombro de Eesha, que parecía temblar como una humilde ramita que se desprende del tronco de un árbol, y queda suspendida en el aire y abandonada a su suerte. Igual que aquel insecto hoja que le había traído como una cascada todo el hilván de recuerdos.

La niña le había mirado con ojos de súplica pero él no había sido capaz de moverse. Se quedó allí congelado, como el instante fugaz que recoge una cámara fotográfica. La oscuridad era casi total. Un finísimo hilo de luz se reflejaba en el vestido azul de la niña. Al fondo, el pasillo evocaba la visión de una gruta. Frente a él, la silueta del hombre que extendía la mano para abrir una puerta. «*Acompáñame, Eesha*». Era lo último que había dicho antes de cerrar la puerta dejándole a él fuera.

Fue entonces cuando sintió que la rabia recorría su espalda, como si el río volviese a su cauce después de haber estado obstruido. Se sintió como canales de agua, solo que hirviendo. El golpe de la puerta al cerrarse seguía retumbando en el interior de su mente. Durante unos instantes, meditó la promesa a su amiga que parecía obligado a romper. Aquello le exacerbaba. Estaba seguro de que algo grave estaba pasando. Se armó de valor y entreabrió la puerta con sigilo, justo a tiempo de ver como su amiga caía sobre una de las mesas situadas al fondo. Instintivamente buscó los ojos de ella, pero aquel hombre interpuso su cuerpo y Manu solo sintió miedo.

–¡No abras de nuevo esta puerta!

En aquel momento, sintió una dolorosa impotencia. Quiso correr y no pudo. Tampoco fue capaz de gritar. Se miró a sí mismo, y reparó en que se había orinado. Se sintió frágil, demasiado pequeño. Miró sus dos manos y le parecieron inútiles. Los dedos le temblaban. Se agachó sobre sí mismo y sintió el frío de la piedra tosca bajo sus pies. Después rompió a llorar desconsoladamente y en algún momento debió caer dormido. Alguien lo sacó de la cama algunos días más tarde y le dijo que Eesha había muerto. Jamás volvió a pronunciarse su nombre...

Manu había recordado la muerte de su amiga en numerosas ocasiones. La mirada suplicante de la niña lo asaltaba en cualquier momento del día, pero sobre todo en la noche. Solía despertarse jadeando y envuelto en mucosidad y llanto. También le dolían los oídos, como si una voz hiriente se hubiera colado en sus conductos auditivos y martilleara durante toda la noche dejándole solamente dolor. Poco a poco había ido desdibujándose la secuencia acontecida esa tarde hasta el punto de preguntarse si era verdad. En el sueño veía un túnel que se alargaba y comenzaba a ondularse. Al principio le parecía el pasillo de Fátima que se transformaba hasta convertirse en una gruta estrecha y profunda. La impresión era horrenda. Después veía que al final de la gruta se abría una pequeña hendidura, y la visión de la oscuridad en todas partes daba paso a la frondosidad de sus bosques, y en algún punto veía una carretera y cientos de niños arrodillados a lo largo del perfil de asfalto que estaba comiéndose el bosque. Los niños picaban piedras. Tenían los rostros negros y las manos gruesas y llenas de magulladuras y cortes. Alguien dirigía aquella labor a la voz de *«¡seguid picando!»* Entonces se aproximaba, y unos ojos de color azul pálido aparecían entre los árboles y le miraban taladrando los suyos. Se despertaba agitado y empapado en llanto.

Habían transcurrido varios meses desde lo de Eesha. Con frecuencia le parecía que todo había sido solamente un mal sueño. De algún modo le costaba aceptar que su amiga había muerto de aquella manera, pero la evidencia era que Eesha ya no estaba allí. Sin embargo, ¿dónde estaba su tumba? ¿Por qué no habían rezado para que Dios la tuviera en su reino? Hubiera querido preguntarle a Sister Soul, pero instintivamente había elegido protegerse a sí mismo. Poco a poco, el recuerdo se había ido haciendo cada vez más difuso, y a veces tenía la extraña sensación de que su amiga podría no haber existido jamás. Otras, sentía que en realidad seguía viva en alguna otra parte. Por eso subía hasta el mirador y oteaba el inmenso horizonte.

Era así como había descubierto la construcción de la carretera y los chicos que molían la piedra. También había visto hombres, y un ir y venir de camiones. Al principio le había parecido un sendero a cierta distancia, pero poco a poco se había extendido hacia el Norte, aproximándose más al hogar. Era como una lengua gris que a su paso iba comiendo pedazos de bosque, y le intrigaba enormemente su avance. Quizá porque al estar ocupado vigilando la lengua de asfalto, olvidaba un poco más cada vez.

Sin embargo, aquel día había elegido internarse hacia el otro lado del río, bajando hacia el sur en lugar de ir al Norte ascendiendo una vez más la montaña. Sabía que para localizar la hoja de fásmido debía buscar un lugar especialmente húmedo y soleado, donde la vegetación fuera abundante. Después de caminar durante un largo trecho improvisando la ruta, había observado el peculiar contoneo de una hoja dejándose mecer por el viento. La había seguido con la vista y no había podido evitar la asociación de imágenes que había llegado como un torrente de agua. La hoja había resultado ser uno de aquellos insectos, y ahora permanecía inerte camuflado con su curioso disfraz. Le fascinaba que algo tan diminuto tuviera tantos matices. Sus alas inervadas eran réplicas casi perfectas de las hojas del castaño de Indias, un árbol común en aquellos bosques. De pronto, el insecto pareció desperezarse, y Manu imitó el movimiento estirando los brazos. Había estado tanto tiempo inmóvil que tenía los músculos adormecidos. Pensó que seguramente era tarde. Se incorporó con urgencia para desandar el camino recorrido, y entonces reparó en la oscuridad repentina a su alrededor. Caminó durante un buen trecho seguro de estar regresando sobre sus propios pasos. El sol declinaba. Se había adentrado más que otras veces, cruzando el río hasta llegar al punto en el que solía tomar el sendero hacia la carretera, y justo ahí se le había ocurrido que estaría bien caminar en dirección contraria para variar. Era consciente de que no había prestado atención al camino, y en todo caso la merma de luz dificultaba la orientación. No era capaz de saber dónde estaba. Se sentía ligeramente confuso pero no preocupado. Se detuvo a observar los árboles y las rocas alrededor tratando de inferir alguna pista que le ayudara a encontrar el sendero que desembocaba en el punto donde solía desviarse hacia la carretera. De pronto observó a cierta distancia que la vegetación se agitaba, e instintivamente se agazapó ante la posibilidad de que fuera un leopardo. No llevaba nada con lo que poder defenderse. Miró alrededor y todo estaba en calma otra vez. Sin embargo, ya no era posible distinguir con claridad a más de cinco o seis metros de distancia.

–Está bien –exclamó extrayendo de su bolsillo una pequeña linterna–. Al menos tengo esto para ver el camino.

Aquel era un regalo que le había hecho Kyran hacía algún tiempo, aunque no le había contado de dónde había sacado aquel artilugio. «*Te será útil* –le había dicho–*; tú sabes mirar las cosas por dentro, y ahí hay mucha más oscuridad que aquí fuera...*» Aquellas palabras se habían grabado en él de tal modo, que a pesar de no comprender lo que significaban realmente, había guardado la linterna como el símbolo de algo por descubrir. Ahora Kyran ya no estaba. Ni tampoco estaba Eesha. Solo quedaba él de entre todos los que habían formado aquel primer grupo de la hermana del alma. Debía ser por algo. Eso era lo que pensaba en aquel mismo instante mientras alumbraba con la linterna a su alrededor. En breve tendría que darle cuerda otra vez.

«*De acuerdo* –se dijo a sí mismo–. *No puedo quedarme aquí quieto. Debo emprender la marcha o se hará demasiado tarde para llegar a ninguna parte.*»

De repente oyó un chasquido de pisadas sobre la hojarasca a escasos metros de donde él estaba. Pensó en el leopardo de nuevo, y esta vez seguro de que el animal estaría observándole. Estaba completamente desarmado y los árboles no eran una buena opción para huir de un felino. Disponía de aquella linterna, un pequeño cuaderno de notas y un lápiz minúsculo como su dedo meñique. La soledad le abrumaba, pero también la sentía excitante, e incluso deseable de alguna manera. Guardó silencio tratando de pasar desapercibido, camuflándose como pudo entre los arbustos cercanos. En ese momento una sombra humana cruzó delante de él con urgencia y depositó un fardo sobre uno de aquellos arbustos, que desde su rincón le parecía una zarza. Después desapareció dejando una atmósfera densa a su paso.

Manu se mantuvo allí quieto durante algunos minutos, hasta que se hubo cerciorado de que la sombra estaba ya lo suficientemente lejos. Entonces salió de su escondite y se dirigió al lugar donde el bulto había quedado enredado. A cierta distancia pudo comprobar que aquello era efectivamente una zarza llena de espinas, un arbusto traicionero que seducía con sus moras negras y enseguida rasgaba la carne... Al acercarse lo suficiente para ver qué era aquello que la sombra había lanzado entre las espinas, oyó un ligerísimo gemido en el interior del atadijo, que parecía confeccionado con gruesas tiras de harapo. Algo en el interior se movía. El espasmo del bulto le hizo recular unos pasos, pero logró recomponerse enseguida dispuesto a descubrir su interior. Tenía miedo, pero también quería saber qué era aquello. Volvió a sentir la soledad nuevamente, y esta vez con más ímpetu. Entonces comenzó a ver aquellas figuras fantasmales en todas partes y tuvo que agacharse para sentirse roca, o trozo de madera enraizado en el suelo. Para sentirse bosque. Sabía que aquellas siluetas eran las ramas de los árboles meciéndose con aquel viento ligero que siempre soplaba en la noche. Esta vez la caricia del aire en el rostro le trajo de nuevo un instante de calma. Aun así, pronto volvió a reparar otra vez en los árboles con sus ramas de araña moviéndose en todas partes. La Naturaleza cobraba vida a esas horas.

Se aproximó de nuevo con decisión, dispuesto a rescatar el fardo atrapado entre las zarzas. Estaba demasiado alto para su estatura. «*Debo hacerlo desde arriba*», pensó. Con la habilidad de un acróbata se encaramó en un árbol retorcido como el cuerpo de una culebra, enraizado a pocos centímetros de la zarza. Desde allí gateó por una gruesa rama que reposaba sobre la masa de aire alrededor del espino. La rama le serviría para alcanzar el bulto desde lo alto. Al llegar a la altura del fardo, rodeó fuertemente la rama con sus piernas y se descolgó cabeza abajo sobre su tronco, a la distancia justa para que sus brazos extendidos alcanzaran a coger el montón de trapos. Pesaba más de lo que hubiera esperado. Se aseguró de tenerlo bien sujeto antes de dar marcha atrás, y solo entonces comenzó su descenso.

Con sumo cuidado, fue agarrándose al tronco con sus piernas y una de las dos manos. La otra sostenía el fardo asegurándose de que no cayera al vacío. Por fin llegó al suelo con aquel nudo de harapos entre sus brazos, y una vez se sintió en tierra firme, depositó el pesado fardo sobre la tierra y se detuvo a mirarlo. Parecía inmóvil, pero él estaba acostumbrado a ver los movimientos imperceptibles de los fásmidos disfrazados de hoja... Algo en su interior se movía muy despacio, emitiendo al tiempo débiles gemidos. También había aguzado su oído y su olfato como un animal de montaña. Se agachó sobre sus rodillas y acercó el rostro para escuchar el delicado gimoteo, sin atreverse aún a descubrir el misterioso contenido de aquella cosa.

«*¡Dios mío!* –se dijo de pronto–, *¡podría estar asfixiándose!*»

En aquel momento, deshizo a toda velocidad el atadijo, y al descubrir su contenido se llevó las manos a la cabeza y una corriente fría le recorrió la espina dorsal. Olía a podrido. Aquello era un bebé, una pequeña enflaquecida con el cuerpo amoratado a causa de la falta de oxígeno. De su estómago colgaba un trozo alargado de carne ensangrentada, cuyo aspecto le pareció repugnante. Había visto decenas de bebés en su vida y nunca había sido testigo de algo tan repulsivo y al tiempo tan vulnerable. Pero aquel no era, desde luego, un lugar común para encontrar un bebé. No era extraño aquel mal olor y los restos de sangre seca en todo su cuerpo. Alguien lo había lanzado a un espino. ¿¡Quién podría haber hecho una barbaridad semejante!?

La tomó entre sus manos y la miró con ternura. Estaría hambrienta. Confeccionó una cama de hojarasca al pie de un tronco que sirviese como aislamiento del frío y la depositó sobre ella; después se acercó a la zarza y deslizó su mano entre las espinas, que se clavaron en la piel provocando cortes superficiales que rezumaron sangre. Llevó algunas de las moras a su boca y las masticó entre los dientes para lograr una pasta líquida que la pequeña pudiera ingerir sin riesgo de asfixia. Después escupió sobre su mano izquierda, y empapó el dedo índice con aquella sustancia negruzca, para seguidamente llevarlo a la boca de la pequeña, que chupó con ansia. Cuando sintió que se había calmado, Manu la tomó de nuevo entre los brazos y la estrechó contra su cuerpo, que de pronto le parecía imponente en comparación con la frágil complexión del bebé. El miedo a las sombras y fantasmas del bosque había desaparecido completamente. Cansado y al tiempo excitado por aquel inesperado y a la vez mágico encuentro, se recostó sobre el montón de hojas secas con la pequeña bien pegada a su pecho y así cayó dormido hasta que los primeros rayos del sol hicieron su aparición entre las ramas cómplices de los árboles.

IV

Salir de allí

Al despertar, sintió la caricia del viento fresco de la mañana como un cosquilleo en las plantas de los pies, y aquello le hizo soltar una carcajada que resonó en todas partes. La convulsión brusca de su cuerpo despertó al bebé, que reanudó los quejidos de la noche anterior, mientras se llevaba los puños a la boca y succionaba los nudillos con fruición. La pequeña estaba muerta de hambre... Manu observó el bosque a su alrededor en busca de algún otro alimento que no le desgarrara la piel. Tenía arañazos de la noche anterior que le recordaron aquella tarde en la que la hermana les había hecho andar sobre un montón de ramas de espino. Habían sido solo dos o tres pasos porque la monja se había arrepentido enseguida, y nunca más había vuelto a imponer un castigo tan brutal como aquel. Era otro de los recuerdos que le ataban a Eesha, la manera en la que ella había intentado echarse la culpa. Habían cogido las moras de la recolección y las habían utilizado para pintar una de las paredes del comedor. La hermana se había vuelto loca. Aquellas moras eran el alimento más nutritivo que podía ofrecerles el bosque y necesitaban aprender bien la lección. Desde luego, aquel día se le habían quitado para siempre las ganas de acercarse a las moras, y no había vuelto a hacerlo hasta la noche anterior.

Se daba cuenta de lo que cambiaba las cosas la necesidad de cuidar a otro ser. Había olvidado el daño de los espinos hasta verse los cortes que se había provocado al coger moras para el bebé. Cierto que ya no le apetecía volver a intentarlo, y en todo caso, no estaba seguro de que aquello fuera suficiente alimento para un ser tan pequeño. Se decía que aquellas moras tenían un misterioso poder curativo, y que además de alimentar el cuerpo alimentaban el alma y llenaban la mente de sueños que a su debido tiempo se hacían realidad. Se decía también que eran bayas de Dios y que eran las ramas de aquellas zarzas lo que habían empleado para hacer la corona de espinas que le pusieron a Cristo para llevarlo a la cruz. Por eso eran como frutos caídos del cielo. Y por eso quien los comía podía ver a través de los sueños y viajar a otros mundos... Claro que todo eso eran los cuentos que narraba Sister Soul cuando todavía se sentaban en círculo. Ya no se contaban historias como las que él conocía, aunque todavía se decía que aquel era un gran alimento, y se recolectaba a lo largo del verano y hasta a principios de otoño para guardarlo en compota y usarlo durante el resto del año.

Se alejó unos pasos en busca de algún fruto que pudiera servir para calmar el ansia de la pequeña. A escasos metros reparó en uno de aquellos manzanos silvestres cuya fruta era especialmente jugosa. Eran árboles diferentes a los que cultivaban en la otra ladera del monte. Su tronco era recto y levantaba poco más que él del relieve del suelo, por lo que le resultaba fácil alzarse sobre sus ramas y coger las manzanas. Era un fruto dulce y suave a su paso por la boca. No había muchos ejemplares como aquel en el bosque, así es que estaba de suerte. Tocó varías de aquellas manzanas y al final escogió la que le pareció más madura. No soportaba la sensación de acidez en la boca. La limpió un poco con su camisa y masticó su carne dulce y sabrosa, siguiendo el mismo proceso de la noche anterior. De pronto, sintió un inmenso deseo de tragar el jugo, absolutamente delicioso a su paladar. El bebé gemía y se removía entre los harapos, mientras Manu contenía el trago en la cavidad de su boca durante unos instantes, lo que provocó un exceso de salivación que no podría contener mucho tiempo. Se volvió a mirar a la pequeña, y entonces escupió sobre su mano con urgencia y regresó a su lado para tratar de calmar su desesperación. El bebé succionó con ansia el jugo que le ofrecían las yemas de sus dedos. Repitió la operación tantas veces como necesitó la pequeña para sentirse calmada. Cuando por fin se hubo tranquilizado, la niña quedó dormida sobre la tierra, que ya comenzaba a resecarse de nuevo una vez extinguida la humedad de la noche a causa del ímpetu de los rayos del sol.

El astro se elevaba con rapidez hacia lo alto; aquel sería un día caluroso. Manu tomó a la pequeña en sus brazos y emprendió la marcha de regreso al hogar. Pensó que la hermana estaría preocupada por él. ¡Cómo iba a imaginar que había logrado sobrevivir él solo, y que además había sido capaz de salvar a un bebé que alguien había lanzado a unas zarzas! Se sentía pletórico. A su lado avanzaba la silueta de un héroe reflejada en la tierra. Se miró en ella y empezó a comprender que quizá el destino del que hablaba la monja era precisamente ese encuentro. Tal vez lo recibieran en Fátima como el héroe que iba a devolver la alegría al hogar. Le pareció una idea fascinante que enseguida dejó a un lado para volver a concentrarse en el bosque. Necesitaba llegar cuanto antes.

Observó la floresta a derecha e izquierda. A la luz del día, el camino de vuelta se perfilaba ante él mucho más fácilmente. No era en realidad un camino, no un camino que otros hubieran trazado, sino el sendero que él podía entrever a través de la fronda con la intervención al unísono de sus cinco sentidos. Caminó durante dos largas horas hasta llegar a un claro del bosque. La marcha con aquel peso era agotadora y necesitaba reponer fuerzas para soportar la carga durante el resto del trayecto. Buscó una roca de base plana para sentarse. El sonido de los pájaros, que pronto migrarían hacia la ladera sur de la montaña, se mezclaba con el rumor del agua del río, cuya vereda no habían abandonado en todo el trayecto. Según sus cálculos, cerca de aquel lugar había una cascada que decían sagrada, de donde manaba un finísimo chorro de agua que después de un buen trecho repartía en dos su corriente, y más adelante lo hacía en cuatro regueros distintos, y así sucesivamente hasta cubrir las montañas con cientos de brazos cristalinos que regaban los campos y llenaban los pozos, y daban de beber a las bestias. Al final de su largo trayecto, todos los canales llegaban al mismo destino y nutrían con el agua de las montañas la profundidad del océano. Eso era lo que había oído contar. Sin embargo, en todas sus incursiones por aquellos bosques no había podido encontrar aquella fuente donde las primeras gotas de agua brotaban desde el centro de la tierra.

Se sentía hechizado por la enigmática vida del bosque. De no ser por el bebé se hubiera quedado allí para siempre. Había logrado sobrevivir a la noche y ya no podía temer nada, ni tan siquiera el hambre. Sin embargo, aquella inocente vida era lo más importante. Debía mantener la mente firme en su objetivo, o la pequeña cuyos gemidos comenzaban a debilitarse, moriría de hambre en sus brazos.

Trató de valorar las opciones de alimento a su alcance. Salvo el manzano que había dejado atrás, no había nada alrededor excepto bayas silvestres. Debería haber cogido un par de manzanas para el camino. Se sintió torpe. Era absurdo volver atrás para deshacer lo que ya estaba hecho. Había avanzado un buen tramo y debía seguir adelante. Le quedaba la alternativa de las moras. Ya no le preocupaban los cortes que pudiera hacerse con las espinas. Sin embargo, estaba seguro de que lo mejor para el bebé era encontrar un poco de leche. Pidió al Dios al que rezaban en el hogar que apareciera una vaca. Después pensó que era mejor que lo que Dios pusiera delante de él fuera por fin el sendero que llegaba hasta el hogar, porque así podría dejar a la niña al cuidado de Sister Soul y quitarse aquel peso de encima. La posibilidad de verla morir le causaba pavor. Por último, dejó en las manos de aquel Dios, dondequiera que estuviera, la decisión de qué poner a su alcance cuanto antes.

Entretanto pensó que sería buena idea cargar al bebé a su espalda, de manera que sus manos quedaran libres para sujetarse en aquel ascenso que a veces se tornaba demasiado accidentado. Era lo que tenía subir monte arriba improvisando el trayecto. Con la pequeña en los brazos corría el riesgo de caerse de bruces. Se quitó la camisa y envolvió con ella al bebé; después buscó un trozo de enredadera y rodeó a la pequeña hasta haberse asegurado de que su cuerpo quedaba bien amarrado. Cogió los extremos de la liana y rodeó su propio cuerpo con ellos, para seguidamente anudarlos sobre su pecho, dejando al bebé suspendido a su espalda. Estaba seguro de que así aguantaría el trayecto, y habría tramos en los que tal vez podría incluso correr.

Con el bebé asegurado sobre sus hombros, reanudó la marcha y se dispuso a llegar de una sola tacada. El ascenso de la pendiente se hacía más pronunciado a cada paso. ¡A qué demonios le había dado el día antes por bajar en vez de subir! Había recorrido un buen trecho cuando oyó unas voces en algún punto entre la maleza.

–¿Lo ves? ¡Está allí! –gritó alguien desde algún lugar detrás de toda aquella espesura.

Manu volvió la vista y a lo lejos divisó dos siluetas que se acercaban. Una de aquellas figuras levantó la mano tratando de llamar su atención.

–¡Chico! ¿Qué estás haciendo tú solo en el bosque?

–¡Estoy bien! –respondió–. Encontré una cosa y...

En aquel instante, sintió que se mareaba. Algo había golpeado su cabeza y por un momento perdió el equilibrio. Las dos siluetas habían ralentizado su paso, pero aún se acercaban. No podía distinguir de quién se trataba. Temió por la niña. Temió también por sí mismo. Se frotó los ojos y parpadeó varias veces intentando recobrar la visión normal. Observó las dos figuras que a duras penas podían avanzar a través de la fronda, y supo que debía huir de inmediato. Le vino a la mente la imagen de sus dos amigos desaparecidos, y enseguida pensó en el camión y en los chicos que molían piedra en la carretera. Incluso recordó de pronto lo que Eesha creía haber visto entre la vegetación aquel día.

Asustado, comenzó a correr en sentido opuesto, con aquel bebé dando tumbos, a punto de descolgarse de su cuerpo. Le dolía el golpe en la cabeza pero sabía que debía escapar cuanto antes. El rumbo era otra vez una incógnita. Sin embargo, estaba seguro de que la dificultad del terreno le daba ventaja. Sus pies estaban hechos para adaptarse al terreno. Trataba de asir el bulto con sus manos, mientras serpenteaba entre la maraña de troncos corcovados, árboles espinosos y rocas que iba encontrando a su paso. La pendiente se había hecho más pronunciada y a veces sentía que al saltar se descolgaba de la gravedad de la tierra y caía con su protegida al vacío. De nuevo aterrizaba en el firme y sus rodillas cedían con suavidad para amortiguar el impacto del golpe. Ni siquiera necesitaba pensar cómo debía usar su cuerpo en su accidentada carrera. Estaba huyendo, no estaba seguro de qué ni de quién. Lo que sí sabía ya con certeza era que no volvería a ser el mismo.

–¿Qué haces, chaval? –gritó alguien desde algún oculto recodo.

Ajeno a las voces, corrió cuanto pudo hasta que sus piernas parecieron volar sobre el musgo que crecía entre las rocas al borde del río. Sintió su peso elevarse ingrávido sobre la tierra, mientras se alejaba de toda amenaza, y al fin llegó a un claro del bosque donde la hierba era de color rojizo y reflejaba el brillo del sol en cientos de haces de luz que se esparcían por todas partes. Decenas de mariposas multicolores danzaban entre los destellos, y al batir de sus alas, la claridad se rompía en millones de partículas luminosas que se elevaban hacia lo alto y después titilaban delicadamente y se dejaban mecer por la brisa del valle hasta caer sobre la hierba. Se quedó dormido con el bebé abrazado a su pecho.

Le despertó una sensación de humedad pegajosa en el rostro. Un asombroso ejemplar de búfala se había detenido a pastar en el mullido prado que los rodeaba y su gruesa lengua colgaba sobre la frente del chico por encima de sus ojos entreabiertos y atónitos. ¿Cómo era posible que el animal hubiera llegado hasta allí? No había rastro de ningún otro ejemplar. De un salto, se incorporó sobre sus pies y se alejó algunos metros del animal, que continuó pastando plácidamente. El famélico bebé languidecía, su piel había cobrado una tonalidad amarillenta que le asustaba. ¡Pero allí estaba la vaca! Pensó que quizá era momento de elegir a ese Dios que sí concedía deseos. Había probado suerte con los dioses hindúes porque Sister Soul les decía que toda deidad era la misma semilla, pero no había conseguido nada de lo que había pedido hasta entonces.

El rumiante continuaba pastando sin mostrar la más mínima turbación. Ante la apacibilidad del bóvido, Manu tomó a la pequeña y la situó bajo las ubres, que le parecieron gruesas y ásperas. Jamás había tocado los pezones de nadie, y le vino a la mente la imagen de Kyran y esa especie de náusea afilada que había sentido aquel día. La visión esta vez era otra. Sintió que podía rozar aquella parte íntima con dulzura y esperar que respondiera con idéntica suavidad. Acarició uno de los cuatro apéndices pero no obtuvo nada, ni la más mínima reacción de la vaca. La pequeña se retorcía en el suelo. El olor de la ubre había despertado su instinto y parecía agarrarse con su cuerpo a la posibilidad de subsistencia que le ofrecía la vaca. Volvió a tocar la ubre, esta vez con más ímpetu. La pequeña abría la boca con ansia y aquello producía desazón en el chico. Por fin agarró un pezón y tiró con firmeza, de manera que la ubre reaccionó expulsando un chorro de leche que salió disparado como un proyectil, yendo a golpear la yerba donde reposaba la niña. Volvió a presionar con mayor suavidad y esta vez la yema de color pardo rezumó algunas gotas. El bebé comenzó a chupar con desesperación, y entonces asomaron las lágrimas que el muchacho había logrado contener hacía unos instantes. La pequeña jadeaba con su cara pegada a la carne monumental ofrecida como alimento sin la más mínima resistencia. Por fin, quedó dormida con la boca entreabierta hacia aquellas inmensas mamas que colgaban desproporcionadamente por encima de su rostro.

Manu dejó al bebé sobre el pasto verde y se tumbó a su lado para mirar el cielo, donde algunas nubes se arremolinaban alrededor del sol. De nuevo sintió el golpe en la cabeza y se llevó la mano para acariciarlo. Olía a humedad y la brisa del valle había cobrado mayor fuerza desplazando con ímpetu su flequillo. A pocos metros, la búfala rumiaba indiferente. Manu había visto cómo la hermana ordeñaba la vaca de la que extraía la leche que después mezclaba con agua. Colocaba sus manos alrededor del botón –era así como lo llamaban de niños en el hogar–, dejando el dedo pulgar hacia atrás, y después tiraba con un brusco movimiento de muñecas. Siempre le había parecido un proceso muy fácil, pero una vez enfrente de la búfala no se había atrevido a tirar de la ubre por miedo a provocar un espasmo en la vaca que hubiera podido herir a la niña. Al final lo había hecho, y el animal ni siquiera se había inmutado.

Miró al bebé, que había recobrado el color de su piel y dormía de nuevo sobre la hierba. Estaba seguro de que la pequeña ahora sí estaba a salvo, y había sido gracias al Dios de Fátima que les había enviado la vaca. Las nubes comenzaban a cerrar el cielo de nuevo. La noche avanzaba. Con ella, la luz de la comprensión había llegado también: sus días en aquel lugar habían terminado.

–Bebé –dijo acercando sus labios a la pequeña, como si estuviera seguro de que la niña grabaría en su corazón lo que iba a decirle–, estoy seguro de que esos hombres me buscan... No quiero cambiar como Kyran. ¡No quiero que me metan en un camión y tampoco quiero ser una abeja en la carretera! Tú no lo entiendes... –Se detuvo a mirar al bebé y sintió miedo por ella. ¿Debía llevarla al hospicio? No conocía ningún otro lugar y le asustaba la idea de no volver a encontrar alimento para ella. Desconocía qué tipo de cuidados necesitaba una recién nacida, y estaba seguro de que la hermana Soul era quien mejor podía hacerse cargo de ella hasta que lograra entender muchas cosas. ¡En el fondo, necesitaba huir cuanto antes de allí!–. No temas, pequeña; te prometo que algún día vendré de nuevo a buscarte.

En ese momento, el muchacho comenzó a llorar, esta vez con una mezcla de desconsuelo y rabia. No sabía de dónde exactamente procedía aquel llanto, pero poco importaba. Rodeó el cuerpo raquítico y lo atrajo hacia el suyo para sentir el calor de su piel sobre su propio torso desnudo. El bebé estaba sucio de sangre, deposición seca y orina, pero aquel aspecto había dejado de repugnarle. Sentía un vínculo tan fuerte con la niña como el que le ataba al recuerdo de Eesha. La pequeña respiraba con calma. Al fin todo estaba tranquilo. Incluso él mismo había recuperado la serenidad y confianza en el bosque. Ahora, aquel era su único hogar. Sabía moverse a través de la maleza como pez en el agua. Se mantuvo callado, tratando de escuchar el silencio. Estaban a salvo. Observó una vez más aquel cielo inquieto que ahora desplazaba las nubes lejos del sol. La búfala se había alejado a cierta distancia, y Manu pensó que sería bueno seguirla durante un tiempo por si el bebé comenzaba a llorar otra vez. Después de la visión de las dos siluetas, intuía que no debía regresar al orfanato. Al menos hasta saber quién era el monstruo que recorría esos bosques. Un monstruo capaz de arrojar a una recién nacida al interior de una zarza. Por fin reconoció el enclave. Habían descendido por el oeste, lo que les situaba casi a la espalda del camino de acceso a la casa. No estarían a más de un kilómetro. Hizo cálculos y al final pensó que lo mejor sería esperar hasta la caída del sol. Nadie saldría a por él a esas horas, aunque sabía que Sister Soul buscaría como siempre un espacio para sí misma al raso. Estaba seguro de que la monja aprovechaba ese momento para hablar con su Dios, que era el mismo que les había enviado a la vaca.

De pronto sintió un vacío doloroso en el estómago. Con todo aquel ajetreo, había olvidado por completo su propio cuerpo. Estaba muerto de hambre. Se acercó al animal y puso sus labios entreabiertos bajo las ubres, tiró de una de aquellas yemas, esta vez sabiendo bien lo que hacía, y el chorro salió disparado sobre su rostro, lo que le provocó una carcajada. Lo encontró divertido. Bebió hasta saciar el hambre, y después orientó el pezón hacia las hojas de una pequeña flor blanca bajo la sombra del rumiante. Apuntó y disparó una vez y otra, riendo cada vez que el chorro descargaba sobre la humilde florecilla. Cuando se hubo cansado del juego, se tendió de nuevo junto al bebé y allí se quedaron ambos dormidos.

El sol caía en el horizonte rojo. La colina desdibujaba su contorno en la noche incipiente, y unas nubes negras se arremolinaban en torno a las cumbres más altas presagiando tormenta. Manu despertó al escuchar los gemidos que otra vez indicaban que el bebé tenía hambre. La pequeña se removía inquieta. El hogar quedaba a poca distancia de su afortunado escondite, y a esas horas no era probable que hubiera nadie merodeando alrededor de la casa. Estarían a punto de servir la comida. Esperaría hasta que todos se hubieran retirado a dormir y la monja tuviera su instante de soledad observando la noche. Confiaba en que fuera Siso quien encontrara a la niña, y una vez más miró el cielo y habló con aquel Dios que estaba más allá de las nubes.

Tomó al bebé en sus brazos y comenzó a caminar en la penumbra todavía débil de aquel atardecer cálido, que sutilmente anunciaba la llegada del tiempo de la hoja, con un aroma de charcos de lluvia en la tierra. No había comenzado aún la estación del otoño pero su reflejo ya jugaba en la mente. Manu era también capaz de percibir su olor en el aire límpido proveniente de la montaña, mucho antes de que las hojas hubieran comenzado a tomar el color rojizo, anaranjado, amarillo y ocre con el que caerían a la tierra y alfombrarían el bosque, preparando así el suelo para la siguiente floración unos meses más tarde. Le gustaban aquellas mutaciones de la naturaleza.

Al aproximarse a la parte trasera del edificio, pudo percibir el sonido entrecortado de una voz grave en la fachada opuesta. La voz era familiar, pero el viento distorsionaba el sonido y no era capaz de identificarla del todo. Se aproximó un poco más...

–Ella está bien –pudo oír, esta vez con mayor claridad–. No hay motivo para preocuparse. El bebé vino delicado y no resistió el nacimiento, eso es todo. Los sietemesinos no sobreviven fácilmente sin los medios adecuados.

–¿Qué ha sido del cuerpo?

–Eso ahora no importa. Es momento de sacar a la madre cuanto antes.

–¿Es necesario que...?

–¿¡Cómo que si es necesario!? ¿Ha perdido el juicio? ¡Lleva meses metida en...! Déjelo. Hemos hecho lo mejor y ya está. Además, teníamos un acuerdo. Espero que no lo haya olvidado... –Se hizo una pausa y enseguida volvió a oír de nuevo el sonido de voces y aguzó cuanto pudo el oído–. Envíela cuanto antes fuera de aquí. Si tuviéramos que hacernos cargo de tanto desliz... Bueno, ya sabe lo que quiero decir. No hay peticiones, escasean los recursos y parece que este proyecto ha dejado de interesar... No es rentable, ¿lo entiende? Esto se nos va de las manos.

–Lo sé, lo sé... Sé por el hermano Sachet que en la aldea llevan meses sin entregar ninguno, pero ya tenemos la ayuda de la carretera, ¿no es cierto?

–Deje la carretera a un lado, hermana. No mezcle las cosas. Ahora estamos en esto y es lo mejor que podemos hacer. Encárguese de todo para que ella salga de aquí lo antes posible.

–Pero doctor...

–Creo que ya es suficiente. Se ha hecho todo lo posible pero nadie en quien podamos confiar cree en esta locura. Solo podemos seguir adelante y rezar para que al fin logremos hacer realidad nuestro sueño. Es lo que hay. Estamos solos en esto. Ahora no necesitamos añadir más problemas, ¿comprende? Si quiere que su nuevo mundo tenga una mínima oportunidad de éxito, tiene que jugar con las reglas de este otro mundo. ¿Entiende lo que quiero decir?

El chico escuchaba con atención y trataba de entender lo que se hablaba entre líneas. No estaba seguro de lo que significaba la conversación que acababa de oír. Miró al bebé que dormía en sus brazos y volvió a preguntarse si aquello era lo mejor. ¡Parecía tan frágil! Había llorado tanto en las últimas horas que debía estar agotada. Quizá necesitara algún cuidado especial.

–No te veré durante mucho tiempo, pequeña –susurró para no ser oído–, pero prometo que cuando sea un hombre volveré otra vez a buscarte. Tú debes hacerte fuerte también. Tendrás que tener mucho cuidado, pero no temas al bosque.

Tomó la pequeña libreta y el lápiz de tamaño de dedo meñique que guardaba en el interior de un bolsillo y escribió un nombre: Alisha.

–De acuerdo, pequeña, ya está; ahora te llamas Alisha, mi protegida...

Aquellas palabras le hicieron sentirse valeroso. Abrazó una vez más el cuerpo de la pequeña y enseguida se dispuso a depositarla en el suelo envuelta en el atadijo que había confeccionado con su camisa. En el interior había colocado el papel donde había escrito su nombre.

–Así sabré quién eres cuando vuelva a por ti –le dijo entre susurros.

Las voces habían cesado, de manera que quizá podría acercarse un poco más a la entrada. Debía asegurarse de que la hermana Soul pudiera oír los ligeros gemidos que emitía el bebé. Esperaba que ella recogiera a la niña; después de todo ella había sido casi una madre para él. La anciana cuidaría de que nadie le hiciera ningún mal.

Avanzó algunos pasos y el chasquido de una rama le sobresaltó obligándole a recular nuevamente. «*De acuerdo* –se dijo–, *creo que debo dejarte aquí mismo*». Una última lágrima se desprendió de sus ojos y fue a caer sobre la frente de Alisha. Con aquella lágrima puso el punto y final a su vida de niño, solo que no lo supo enseguida. Lo único que sí entendió aquella noche era que desaparecer de allí no significaba morir. Solo estaba marchándose y otros lo echarían en falta; y puede que alguien además de él se preguntara si el misterio de aquellas montañas le había engullido. De alguna manera, también a él se lo había tragado la misma oscuridad que a sus dos mejores amigos. Solo que ahora conocía una verdad diferente. Sintió que aún había esperanza. ¿Por qué no creerlo? Era posible que Eesha y Kyran estuvieran también en alguna otra parte. Kyran se habría ido enojado después de la pelea, y en cuanto a Eesha… Quizá su mente le había jugado una mala pasada sobre lo que sucedió en el interior del hogar. A fin de cuentas, las imágenes que recordaba eran confusas y estaban envueltas en una bruma. Quizá traía sus pesadillas a la vida real y había terminado mezclándolo todo. Tal vez hubieran creído que estaba muerta cuando en realidad había huido. En ese instante, él mismo estaba huyendo de allí. Muchas veces habían pensado juntos en ir a otra parte. Era posible que en algún lugar más allá de aquellas montañas, resonara aún el eco de sus risas de niños corriendo como lobos salvajes colina abajo. Y era posible que los tres estuvieran esperando oír ese eco para volver sobre sus propias huellas y continuar la vida de siempre como si aquella rotura nunca hubiera tenido lugar.

V

Ven...

Alguien salió a rescatar a Alisha del llanto traumático que había acompañado su nacimiento y que de algún modo quedaría prendido entre todos los demás secretos del alma. La pequeña crecería con el sabor del abandono pegado al paladar, donde además se le había instalado un gusto a bayas silvestres que, por algún extraño fenómeno, le hechizaba las palabras y las volvía salvajes y libres.

Le gustaba internarse a solas en el bosque que rodeaba el hogar y estaba convencida de que los árboles le hablaban en sueños y le contaban historias fantásticas sobre aquellas montañas. Por eso no era capaz de temer nada allí fuera, por mucho que la hermana Soul insistiera en los peligros que acechaban entre toda esa delirante espesura que se abría frente a la casa. Decía que ese bosque se había tragado ya a mucha gente, y que jamás debían adentrarse más allá de la corriente de agua, que era como un cerco de protección alrededor de la casa. Pero la niña había descubierto un estrecho sendero por el que había llegado hasta el río, y una vez allí se había atrevido a seguir subiendo, porque había soñado con aquel preciso lugar la noche anterior. No estaba segura de quién era el hombre que le hablaba en sus sueños, pero esa mañana había llegado a la conclusión de que trataba de decirle algo importante. Durante el sueño, que se había repetido varias noches seguidas, le había visto salir del hogar y había ido tras él. Ya en las inmediaciones del bosque, el hombre se había vuelto a mirarla y le había dicho su nombre, un nombre que a la mañana siguiente Alisha había olvidado. En el sueño, el hombre alargaba su brazo y le pedía que confiara. «*Ven...*», decía, ofreciéndole la palma de su mano extendida. Después la conducía por aquel pequeño sendero hasta el lugar exacto al que había llegado esa tarde, y le decía que allí estaba pasando algo que el mundo debía conocer... Despertaba confusa e iba corriendo a ocultarse entre las sábanas junto a su amiga Indira. «*He soñado algo muy raro*» decía. Las dos se abrazaban y permanecían entrelazadas hasta la llegada del alba.

Después de soñar lo mismo una vez tras otra, esa noche el extraño había desaparecido sin más, y lo único que había visto en el sueño era el sendero, que había seguido ella sola. El recuerdo era nítido al despertar, como también lo era la sensación de seguridad que le había transmitido el misterioso visitante nocturno. Por eso esa misma tarde se había atrevido a subir hasta el río para ver qué había allí arriba, y había comprobado que sus sueños eran tan reales como ella sentía en cada nuevo despertar, y que por algún motivo el hombre que aparecía en ellos quería que encontrara aquel escondido sendero. Se había armado de valor y había cruzado por primera vez al otro lado del río, yendo a parar a una gran roca donde había dibujada una marca que la invitó a detenerse. Inspeccionó alrededor y enseguida localizó una pequeña senda que se internaba aún más en el bosque. La vegetación había crecido hasta dejar un paso estrechísimo incluso para la complexión de su cuerpo, aunque aún era accesible. Así era como había descubierto que alguien más había llegado antes hasta ese mismo lugar. Y que tal vez esa misma persona era el hombre capaz de meterse en sus sueños.

Siguiendo la estrecha senda había llegado hasta un claro del bosque. Allí, una gran pista gris se abría paso en la fronda y parecía ir a clavarse en la falda de la montaña más alta, que daba su nombre a toda la cordillera. Había seguido un poco más adelante hasta un lugar donde había escuchado voces de hombre. Se había ocultado entre los árboles y había oteado con la mirada hasta descubrir al menos a tres decenas de niños agachados en la tierra. Se había acercado lo suficiente para ver qué estaba pasando. Eran niños como los del hogar, niños como ella. Se sentaban en cuclillas y partían piedras. El movimiento era monótono. Siempre el mismo: tomaban la piedra, la colocaban en el interior de un recipiente y elevaban una maza con la otra mano que descargaban sobre el recipiente una vez, y una segunda, y una tercera; hasta que por fin volvían a coger otra piedra y repetían con ella el mismo proceso. A veces se levantaban, cogían un cesto y caminaban hasta desaparecer de la vista. Al cabo de un rato aparecían de nuevo en su puesto y descargaban el cesto lleno de piedras.

Le había parecido que aquello era una de esas fábricas que había en la aldea, y de las que les había hablado la hermana con parquedad. Quería que supieran que el trabajo era una gloriosa bendición del cielo, y que dignificaba a los seres humanos en su paso fugaz por la Tierra. «*Algún día* –les había dicho–, *emplearéis vuestras manos para construir obras que engrandezcan el mundo. Sentid que vuestra vida es digna porque el Señor os ofrece el trabajo para que algo de vosotros quede cuando os marchéis...*» Observó el quehacer metódico de los niños y sintió rechazo a lo que allí estaba ocurriendo. No le parecía que aquello dignificara o que sirviera para construir nada bello o glorioso. La montaña había sido horadada hasta provocarle un inmenso agujero que le recordó a la carcoma que había localizado la monja en el tronco del árbol que daba sombra a la entrada. Les había mostrado lo que era la carcoma, su voracidad insaciable. Por algún motivo hizo una asociación inmediata... Fue entonces cuando reparó en el hombre oscuro que voceaba, aunque le resultaba imposible entender lo que estaba diciendo. Llevaba un machete en la mano idéntico al que usaba el hermano Sachet para cortar la maleza y algunas ramas de pequeño tamaño. Lo sintió amenazante y temió por aquel grupo de niños. Aquella tarde, algo punzante le había tocado en el pecho y había dejado su marca, como una cicatriz en la piel.

Durante un par de días no volvió a salir al bosque, pero sí tuvo aquellas imágenes dándole vueltas en la cabeza. No había sido capaz de contárselo a Indira. Sabía que era tan asustadiza que incluso hubiera podido escapársele un grito que hubiera puesto en peligro su pequeño secreto. Por eso lo mantuvo guardado hasta entender qué era lo que el hombre del sueño esperaba que hiciera. Había comprendido enseguida que aquello era lo que el misterioso visitante nocturno quería que viese. Eso que el mundo debía conocer. Pero, ¿qué podía hacer ella? Estaba llena de dudas aunque no sentía miedo. Solo una mezcla de confusión y enfado. Por eso unos días más tarde había subido con todo sigilo un poco más hacia el Norte y había visto algo que esta vez sí la había asustado de veras.

Aquel día, un grupo de cuatro hombres estaba cargando a los niños en el interior de un camión como los que transportaban la fruta. Reconocía el vehículo porque el hermano Sachet conducía un camión como aquel, y en él metían sus cultivos y una buena parte de la recolección de bayas para venderlo todo en el mercado de Kullu, o cambiarlo por otros productos, como arroz y algunas especias. No sabía dónde quedaba la aldea y se preguntó si llevarían allí a aquellos niños. Estaba segura de que algo feo pasaba. Los hombres tenían la cabeza cubierta. Todos llevaban machetes sobre su torso y sostenían algo en las manos con lo que empujaban a los niños para que se dieran prisa en subir al camión. Eran hombres sin alma. Se agazapó temerosa y no se movió hasta que sintió alejarse el camión y todo quedó en calma.

Ese día no pudo dormir hasta bien entrada la noche. Cuando en Fátima se hizo el silencio, se deslizó desde su camastro hasta alcanzar el brazo de Indira que colgaba hacia el suelo. Su amiga dio un pequeño gritito y Alisha reaccionó a tiempo para taparle con su mano la boca.

–¡Indi, soy yo! –susurró a media voz.

–¿Has tenido otra pesadilla?

–No, Indi, ya no son pesadillas… –dudó unos instantes–. Bueno, no importa eso ahora. Tienes que venir conmigo hasta el bosque, he cruzado el río. Muchas veces. –Indira abrió los ojos con pánico.

–¡Ali, estás loca!

–¡No! –exclamó alzando levemente la voz, de manera que instintivamente miraron alrededor temiendo que alguien las hubiera oído–. Esta vez tienes que verlo, Indi. Creo que tengo que contarle lo que pasa a la hermana.

–¿¡A ella!? –De nuevo el semblante de Indira dibujó una mueca de pánico–. Es mala, Ali. Nos castiga si nos alejamos de Fátima. Nunca sonríe, no…

–¡Calla! No sabes lo que pasa… Él… El sueño decía que ella no es mala, pero que…

–Ali, no hagas caso a todo lo que te dicen los sueños, te vas a meter en un lío.

–Bueno, ya veré lo que hago –dijo acomodándose entre las sábanas junto a Indira.

Al cabo de un rato, las dos niñas dormían de nuevo abrazadas como dos ramas nacidas de un mismo tronco.

VI

Alguien llamado Manuel

Manuel se despertó de un sueño profundo que le pesaba en los huesos. Su cuerpo entumecido estaba demasiado lejos de aquel despertar, y se desperezaba lentamente mientras la mente trataba de buscar la referencia adecuada entre el espacio y el tiempo. Había tenido aquel sueño otra vez, un sueño que se movía hacia delante como una historia narrada en capítulos. ¡Tan real! La carretera avanzaba. Se daba la vuelta y la niña volvía a estar allí. Trataba de decirle algo pero ella parecía no verle. Sabía que él la había guiado hasta allí y ahora quería dar marcha atrás. Entonces quedaba rezagado y la niña seguía adelante aun a pesar de haber intentado gritarle para que detuviese el avance. No estaba seguro de haber gritado realmente, pero recordaba una angustiosa sensación de impotencia y le dolían los brazos, como si hubiera tratado de asir a la pequeña que se escurría entre los árboles como un pequeño animalito del bosque. ¡Le parecía todo tan real que creía estar volviéndose loco! Era posible que solo fueran recuerdos desordenados que creaban su propio *collage*.

Se sentó al borde de la cama y trató de recordar los detalles. El lugar era siempre el mismo: un bosque tupido y la oscuridad rodeándole. De pronto aparecía la niña, pero no lograba ver sus facciones. Sin embargo, podía percibir su desconfianza con total nitidez. La idea de provocarle miedo le parecía insoportable. Extendía su brazo y trataba de hacerle entender que con él estaba a salvo en el interior de aquel bosque. De pronto estaban más cerca. Le mostraba un lugar por el que podía cruzar el río sin riesgo de caer al agua, y entonces caminaban a poca distancia hasta llegar a un punto donde el bosque se aclaraba y aparecía una carretera. Allí se le nublaba la visión y la niña se escurría entre la fronda, que se convertía en una gruta negra y profunda. Trataba de avanzar a tientas en aquella oscuridad hermética, y entonces veía un finísimo hilo de luz al fondo, y una puerta entreabierta... Intentaba darle mayor firmeza a sus pasos en el avance hacia la luz, pero quedaba amarrado al suelo, que se convertía en fango y después en manos que agarraban sus pies y tiraban de él hacia abajo. Caía en un abismo sin fondo, y a veces era justo en ese instante donde despertaba, como esa mañana, metido en un cuerpo que al principio le parecía una cárcel. Necesitaba varios minutos para volver en sí y acomodarse al nuevo contexto: su habitación modesta donde podía sentirse a salvo de todo.

Aquel sueño que se repetía cada vez con mayor frecuencia, le llevaba de regreso a algún lugar de la infancia donde sin embargo no era capaz de verse a sí mismo. Tenía pocos amigos, y una evocación de amor instaurada en el alma que le impedía rozar siquiera los labios de otra mujer, excepto en aquellos momentos de instinto que ya no refrenaba. En esos momentos, lo que buscaba con desesperación y anhelo era la piel morena de Sita. Era de los que podía pagar el precio de una mujer como aquella, aunque siempre trataba de explicarle a Sita que él no creía estar comprando nada sino compartiendo, y que el dinero permitía vivir dignamente y por eso pagaba, pero no porque ella fuera algo que pudiera medirse de aquella manera. «*Eres alguien sin precio*», decía. Sita solía responderle que ella era solamente lo que era y que le agradaba que de vez en cuando la rozaran manos como las suyas. Por eso junto a ella, Manuel podía sentirse importante, y quizá esa emoción le invitaba también a buscarla. Sita le recordaba que había llegado lo suficientemente lejos como para estar orgulloso de sí mismo. Sin embargo, en muchos aspectos también seguía siendo el mismo niño huérfano de años atrás, solitario y demasiado vulnerable como para sentirse cómodo en la piel de un hombre.

Trabajaba como operario en la oficina de extranjería del aeropuerto de la ciudad de Delhi, un trabajo suficientemente bien remunerado, rutinario y sin demasiados sobresaltos. Su nombre de origen español le quedaba raro a su tez oscura enmarcada bajo un abundante pelo negro, brillante y finísimo, tan raro como su religión cristiana, minoritaria en aquellas latitudes donde, no obstante, todo convivía con relativa calma. A nadie le preocupaba la rareza de Manuel, que desde luego iba mucho más allá de aquel nombre inusual que para sus compañeros no tenía el más mínimo significado. Decían que era un tipo extraño, pero que no molestaba. De modo que se daban por satisfechos, y tampoco a Manuel parecía preocuparle que sus compañeros raramente se dirigieran a él para nada que no fuera estrictamente trabajo. Se sentaban en sus puestos de control de pasaportes, y si detectaban algo inusual en la revisión de documentos de identidad, levantaban la vista y hacían una seña a los agentes de oficio en el puesto de inmigración.

Manuel hablaba algo de español e inglés que le habían enseñado en la escuela del orfanato, sabía matemáticas y escribía con relativa corrección en su lengua natal. Su vida actual había sido un golpe de suerte que no tenía muy claro si deberle a Dios o a sí mismo, pero tampoco le restaba sueño la duda sobre qué era y no bueno creer, mucho menos aún el miedo a que sus dudas le pudieran llevar al infierno. No era ese tipo de creyente ni lo sería jamás. Lo cierto es que desde el principio se había esforzado por salir de las calles. En sus años de adolescencia había sobrevivido recogiendo chatarra y durmiendo en cualquier esquina. Casi siempre podía comer algo decente que le daban aquí y allá sin tener que gastar ni una rupia de lo que sacaba vendiendo aquella morralla. Había estado muy enfermo de meningitis, casi a punto de morir. Pero ni siquiera entonces se había resignado. Algo en su interior le invitaba a luchar, y eso era lo que había hecho toda su vida. Y había tenido suerte al final.

Una mañana, varios meses después de haber superado la enfermedad, sus habilidades lingüísticas le habían permitido ganarse el favor de un americano que cruzaba las calles mojadas de la vieja Delhi con un pesado equipaje de mano. «*¡Señor!*», le había exhortado en la lengua del extranjero mientras caminaba a su lado tratando de mantener una distancia correcta. «*Déjeme su equipaje. Yo le llevo su equipaje*». Al americano le había llamado la atención la buena dicción del joven, y entonces había reparado en su actitud y enseguida en sus ojos. Tan amable, tan risueño, y a la vez tan triste de ojos para dentro... El visitante le había expresado su agradecimiento y le había preguntado dónde había aprendido su lengua. Ese fue el día en el que descubrió que la meningitis le había dejado secuelas: una parte de su memoria se había borrado. El americano le prometió un futuro mejor, y algunas semanas después un hombre fue a buscarlo y lo sacó de las calles.

Aquel americano había resultado ser un alto cargo de Naciones Unidas. Para entonces, Manuel tenía diecisiete años y había dejado muy lejos su vida anterior. Le quedaban pocos recuerdos y una maraña de conocimientos que le habían sido útiles sobre todo para esperar una vida mejor. En las calles siempre había intuido que su futuro estaba en realidad dentro de sí mismo. Y algún día lo sacaría de allí y sería capaz de dejar atrás la chatarra y prosperar como un hombre. Entonces, Dios había puesto en su camino a una de esas personas que por algún motivo podían tener en sus manos el destino de otros. Había cambiado el suyo y había desaparecido sin más. Ni un nombre, ni un número de teléfono, ni una sola contrapartida para aquel favor que hoy le permitía vivir dignamente en una ciudad llena de contrastes. Así era como había llegado a trabajar en los muelles del aeropuerto, y más tarde y por méritos propios, como ayudante en la oficina de extranjería, donde ahora se sentaba para hacer su trabajo. Llevaba cuatro años en aquel puesto.

Aquella mañana despertó más sobresaltado que otros días y con la piel sudorosa por el calor insoportable del mes de julio. Tenía la garganta seca y le parecía haber gritado en el sueño. Encendió la bombilla de una pequeña lamparita con la que iluminaba la estancia, bebió un poco de agua y se abalanzó sobre un trozo de papel y un lápiz que tenía en la mesilla para escribir cosas que recordaba de sus sueños nocturnos. De forma automática anotó una serie de palabras que parecían inconexas... «*He llevado a la niña a la boca del lobo, la gruta se tragará a la pequeña, sé que esos hombres se ocultan en la maleza, intento gritarle para que dé la vuelta cuanto antes... Es culpa mía, yo la he llevado hasta el paso al otro lado del río... El bosque la engulle y la poca luz se hace noche... Veo un hilo de luz, tengo miedo, me siento vulnerable, ya no puedo proteger a esa niña, quiero agacharme en el suelo y llorar pero el sonido sordo de una puerta al cerrarse me ataca, son disparos de fusil en el bosque, quiero correr y el suelo me atrapa, son como dedos que se enroscan en mis tobillos, la tierra se hace fango y me traga...»*

¿Qué significado podía darle a la maraña de escenarios en los que discurría la pesadilla? Ni siquiera era capaz de entender qué lo atormentaba de tal modo, qué pasaba en su subconsciente para que últimamente fuera incapaz de dormir más de dos o tres horas sin que aquellas horribles escenas le golpearan el cerebro como martillos terroristas de su descanso. Se sentía agotado. Había dejado de escuchar las noticias sobre el avance del estado islamista en zonas relativamente cercanas. Estaban masacrando a los cristianos sin ninguna piedad, niños, mujeres, ancianos. Su maldito Dios cristiano estaba permitiendo el inicio de un nuevo holocausto. No quería saber. No deseaba conocer lo que estaba pasando en la frontera con Pakistán, ni un poco más arriba, donde ya parecía imposible el regreso a una vida de paz. Estaba seguro de que toda esa bazofia se quedaba en la mente y te destrozaba por dentro. Seguro que el sueño tenía mucho que ver con aquello. Por muy real que le pareciera la escena del bosque, solo era un sueño.

Sin embargo, había algo más y eran esos árboles, y esas rocas, y ese río que discurría como si estuviera enojado. Estaba seguro de conocer ese lugar. Antes de que apareciera la niña, la visión le gustaba. Escuchaba el sonido de los pájaros y observaba la coloración de las hojas con el reflejo del sol jugueteando esquivo con la vegetación. Le traía a la mente las sensaciones que aún conservaba de su niñez. Se había borrado casi toda su infancia, pero la memoria guardaba algunas pistas en el olfato y la piel. Lo que le confundía era la idea de que aquella pequeña fuera el bebé que encontró siendo niño en el bosque. De hecho había llegado a dudar de que aquello sucediera realmente, pero le parecía imposible haberlo soñado. Era igual que el olor a humedad que evocaba en sus sueños. También eso era algo vivido, porque podía recordar con total nitidez que el orfanato era un lugar húmedo pero limpio, igual que la humedad también limpia de aquella sala de hospital cuando por fin pudo curar una gripe pagándose las medicinas con uno de sus primeros sueldos.

Volvió a beber un trago de agua de la botella que reposaba sobre la mesilla situada a su izquierda. Se sentía un poco menos desalentado pero aún confundido. Lavó su rostro con agua fresca, se atusó un poco el pelo y se vistió de uniforme como cada día. Después puso a hervir un poco de té con pimienta, canela y azúcar, y se sentó frente a la ventana para sorber aquel *chai* acompañado de un poco de *roti* de maíz con mantequilla. Desde la ventana observó el ajetreo diurno, la indiferencia en los rostros de la gente, la lentitud de algunos, la prisa de otros. Al bajar a la calle, decidió dar un pequeño paseo antes de encaminarse hacia el aeropuerto. Era temprano y podía sorber los aromas de la noche que todavía quedaban impregnados en las calles de barro seco, donde ya se habían instalado los puestos de venta. Anduvo un rato por las callejuelas adyacentes, observando la vida de la ciudad, en la que aún se sentía un extraño. En algunos aspectos, y a pesar de las distancias entre uno y otro extremo de la ciudad, Delhi era encantadoramente cercana y acogedora para el forastero. Al menos, eso era lo que se oía en el aeropuerto, que los visitantes extranjeros percibían la honestidad y la transparencia de ese viejo mundo. Delhi abría los brazos a los viajeros venidos de otros lugares para conocer su cultura, para fomentar su riqueza o sencillamente para hacer transbordo a otros lugares, dentro o fuera del país. Era una capital abierta y dispuesta a todo; y se ofrecía como era, ciudad y anacrónica. Pero a pesar incluso de la mejor intención de la urbe donde había establecido su vida, Manuel allí se sentía un extraño. Sabía que aquel no era su hogar, ni el lugar en el que acabaría sus días. Esperaba el paso lento de las horas sentado en su puesto del departamento de aduanas, con la vista fija en alguna otra parte del mundo, y desde allí imaginaba un hogar compartido, pero no en la ciudad, no entre toda aquella miseria que también le rodeaba. Delhi era también inhumana y hostil, y se sentía incapaz de aceptar esa realidad.

Tenía dos únicos amigos, Sita y Sabal, y los dos le decían que era demasiado joven para ser tan viejo. Ella empleaba el adjetivo taciturno y él se reconocía en esa palabra. En cuanto a Sabal, desde hacía varios meses había cambiado la manera de relacionarse con él, pero aún le decía lo mismo de siempre: «*Mira esas marcas de viejo que te has colgado mucho antes de tiempo*». Era cierto. Tenía dos arrugas marcadas en la frente como dos gruesos surcos que le daban un aire grave, y que al hundirse habían abultado ligeramente su entrecejo hundiéndole la mirada, que parecía no compartir el momento presente, soterrada en algún recóndito lugar de la mente.

Regresó sobre sus propios pasos para coger su vieja motocicleta que le llevaba cada mañana a su lugar de trabajo. Llegó temprano, tanto que los dos oficiales de la noche aún charlaban distendidamente, ajenos al cambio de turno, más tranquilo habitualmente que el de la mañana. Lo miraron con desgana, movieron las barbillas arriba y abajo, y volvieron a su charla ignorando la presencia del recién llegado. Se acomodó en el suelo de la oficina y esperó a que se marcharan para disfrutar una hora entera de soledad que era el tiempo que normalmente tardaba Sabal en unirse al turno. Recordó que hacía un tiempo, su jefe había tratado de hacer de alcahueta para que los compañeros le invitaran a salir de vez en cuando a beber cerveza. Sin embargo, él había declinado las invitaciones una tras otra. El mismo Sabal rehusaba acudir a esas reuniones donde llegaban a emborracharse, a causa de su religión. Les decía que respetaba su hábito pero que Alá era claro como el agua en todos sus mandatos. Y que agua era lo único que probaban sus labios.

A Manuel le gustaba la lealtad de Sabal a sus propias creencias y le consideraba en muchos aspectos un gran maestro. Hubiera querido pasar más tiempo con él, conocer mejor a su gente, empaparse de aquel hombre al que había llegado a querer como a un padre. Sin embargo, Sabal mantenía una distancia amable e insistía en que hiciera otros amigos además de él, amigos con los que pudiera compartir su forma de vida. Eran demasiado distintos y había diferencias irreconciliables que solo podían aceptar, nunca mezclar, jamás adulterar la pureza que debía permanecer a lo largo del tiempo. Así estaba escrito, le decía el viejo refiriéndose al libro sagrado que llevaba consigo, y que a veces le mostraba para que supiera que era allí donde estaba la única verdad que lo explicaba todo.

Con el tiempo, Manuel se había amoldado al tipo de amistad que para Sabal era cómoda. Aunque lo cierto era que, durante los últimos meses, el otro se había despegado todavía más. De hecho, podía pasar toda la mañana de largo sin preguntarle siquiera «qué tal te va, chico», que era la coletilla habitual cuando llegaba al trabajo y le pedía que le preparara un vaso de *chai*. Y aunque aquello no era una orden, Manuel lo ejecutaba con la diligencia de un subordinado que quiere agradar a su jefe. Últimamente Sabal se levantaba a preparar su propio té, aunque a veces le servía a él también pero sin mediar una sola palabra. Desde la última ola de atentados terroristas en Cachemira, donde una vez más la situación parecía muy delicada, la relación se había enfriado. A Manuel le resultaba absurdo, pero Sabal había demostrado hasta qué punto estaba dispuesto a seguir construyendo esa diferencia. Ese empeño en levantar un muro le había decepcionado, porque convertía la lealtad a las propias ideas en intransigencia. O al menos eso era lo que él pensaba. Claro que para Manuel las creencias eran territorio de paso. No podía entender lo que significaban para alguien que las había convertido en su hogar.

Quizá ese había sido precisamente el punto de conflicto irreconciliable. Habían tenido una sola discusión al respecto porque Sabal defendía el origen de la acción islamista, aunque decía estar en contra de cualquier tipo de violencia. Decía comprender el germen primero y culpaba a la mano invisible que tantas heridas había causado.

–Es la mano quien está pagando, chico. Has de entender que solo somos piezas de Dios.

–Pero, ¿qué culpa tiene ningún inocente? ¿Cómo puede el mismo Dios causar sufrimiento?

–La mano solo ve su horror en el horror. ¡No culpes a Dios por castigar al que ha merecido el castigo y hacerle ver el dolor que ha causado! Su voluntad ahora es devolver la paz al que ha sido ultrajado y devolver al mundo su naturaleza primera.

–¿Cómo puedes defender a esos hombres, Sabal?

–No ofendas, muchacho. Si estás llamado a entender, entenderás finalmente. Si debes morir ignorante, ignorante verás llegar el fin de tus días.

Aquello no era lo último que había dicho. Se había dirigido en silencio a preparar una taza de *chai*, y después del primer sorbo había comenzado a divagar sobre la opresión ejercida por Occidente, y había echado pestes sobre el sistema democrático con el que la vieja Europa y su aliado americano habían colonizado ya medio mundo. Después del enfrentamiento, Manuel había querido calmar los ánimos pero no había logrado gran cosa. Le había recordado que alguien debía olvidar el pasado y poner un punto y aparte en la Historia. Estaba seguro de que el rencor y la rabia eran dos venenos letales, y creía que la labor del hombre era superar esos dos sentimientos. Le había dicho que la memoria no siempre era buena ni necesaria, y Sabal se había encendido de nuevo como un fuego y había gritado con los brazos en alto que ese era el problema de los cristianos, que se habían creído las mentiras del blasfemo llamado Jesús. Justo en ese momento Manuel había sentido ganas de golpearlo, pero se había contenido al darse cuenta de que la violencia estaba también dentro de él. Desde entonces no habían vuelto a hablar de lo que estaba pasando en la zona de Cachemira y Jammu. Claro que tampoco habían vuelto a conversar sobre casi nada, por lo que no había habido ningún otro motivo para echarse cosas en cara. Cuando sentía la necesidad de contarle algo, lo hacía sin más. Sin esperar a que el viejo le respondiera o levantara la vista siquiera.

Al llegar, Sabal hizo una especie de mueca con los labios y movió la cabeza en señal de saludo. Manuel lo observó desde su puesto mientras el otro se acomodaba en su silla de siempre. Aprovechó para encender el botón del calentador de agua y colocó un poco de té, gran cantidad de azúcar y algunas especias en el interior de la tetera. Esperó unos minutos sin que el viejo Sabal hiciera ningún ademán. Quería contarle lo de su último sueño porque era una forma de sentirse un poco menos solo. Sabía que no obtendría ninguna respuesta, pero al menos soltaría lo que llevaba dentro.

–Hola, Sabal –comenzó–. ¿Qué tal has amanecido? Yo volví a soñar con ese dichoso bosque, ¿sabes?

–¡Chico, no vuelvas con esas! –le respondió el otro con desgana–. Todo el mundo tiene pesadillas. ¿Y qué? ¿A qué las tuyas merecen honores cada dos por tres?

–¡Qué sé yo! –repuso Manuel con sorpresa al ver que Sabal se mostraba hasta cierto punto receptivo–. Cada cual tiene sus historias, es cierto, pero ya sabes lo que creo, hay algo ahí dentro que...– Se detuvo un instante con la vista fija en la pared grisácea frente a su mesa de trabajo, y quiso ordenar la maraña de pensamientos, emociones y recuerdos a medias–. No sé, amigo, ese sueño parece querer decirme algo y por eso me da vueltas en la cabeza durante todo el día. Es como si formase parte de mí, ¿sabes? Me resulta demasiado familiar. Estoy seguro de que son recuerdos del sitio donde nací, y que alguien quiere decirme algo desde dentro, ¿comprendes?

–¡Bah, bah, bah! –explotó el viejo Sabal–. Chico, tú aburres... Nadie sabe de qué demonios hablas. El bosque, los pasillos, la carretera esa... Que si ahora te duele aquí, que si ahora te pesa allá, que si sufres con aquello... ¡No quiero escuchar tus pamplinas! ¿Lo entiendes? Yo tengo mis problemas. ¡Verdaderos problemas! Las cosas son como son. ¿Por qué quieres cambiar el mundo, chaval? ¡El mundo es como es, y vuestro mundo cristiano vino a decirle al nuestro lo que era correcto! ¿¡Quién creéis ser!?

–preguntó con agresividad. Aquello no iba de ellos dos, ni siquiera le había escuchado. Sabal se había convertido en otra persona y cada vez era más difícil acceder a él.

–Sabal, yo no creo que nosotros...

–Cada cual vive su vida y ya, ¿lo entiendes? ¡No me importa si la niña está en peligro porque está metida en tu dichosa cabeza! Estoy harto de oírte. A unos les toca una vida y a otros les toca otra, y resulta que a ti te ha tocado soñar pamplinas y venir cada día a dar la murga, ¿verdad? ¡Habráse visto! ¿Por qué Alá me manda estas pruebas?

El viejo oficial se levantó para darle la espalda sin mostrar ninguna condescendencia. Era más que evidente que el amigo que había conocido ya no estaba allí. Se sintió derrotado. En otro tiempo había sido como un padre para él. Sabal le había ofrecido más que amistad. Le había brindado cobijo afectivo. Delhi podía abrirse con afabilidad a los extranjeros y entendía que esa fuera la percepción de los visitantes que llegaban con sus viajes organizados y pasaban por allí de puntillas. Pero también podía ser tremendamente desigual y cruel. La superpoblación y el progreso eran una combinación letal. En muchos aspectos, ese progreso era una simple cortina de humo. Se le ocurrió que también el verdadero Sabal estaba aquel día detrás de algo así, una cortina que se había echado encima para ocultarse de algo, o de alguien. O tal vez de todos. Le asustó la idea de que la transmutación de su amigo fuera definitiva y le vino a la mente la maraña de recuerdos de infancia a la que no podía poner orden. El pasado, pasado era. Su viejo amigo se había colocado una buena coraza y no parecía dispuesto a quitársela. Había dejado de sonreír dibujando en sus labios aquella mueca de la que todos hacían mofa, porque les recordaba la cara de uno de los perros policía del aeropuerto. Sabal solía disfrutar con aquella mofa y con cualquier cosa que pusiera una nota de humor. Pero ya no era el mismo de siempre.

Bajó la cabeza como si debiera sentirse avergonzado por haber reclamado la atención de su amigo sobre cuestiones que al otro le parecían banales y guardó silencio mientras se dirigía a la estantería donde estaban todos los archivos. Cogió una carpeta y la llevó hasta su puesto. Sabal hizo algún comentario que no pudo entender, pero esta vez no se atrevió a decir nada. Permaneció en silencio y esperó a que el otro volviera a repetir su mandado. Era su jefe directo y eso lo colocaba en una posición inferior a pesar de la amistad, si es que aún les unía algo que no fuera estrictamente trabajo. Se quedó pensativo. Le consolaba aceptar que su destino era después de todo la soledad. Por algún motivo se sentía cómodo en ella, de modo que podría superar incluso lo de Sabal. Todavía le quedaban Sita y aquellos momentos íntimos. Y si ella desapareciera también... Si ella dejara de ser ese abrazo cálido que le confortaba... Quizá ese día Delhi ya no fuera su hogar.

Se dio cuenta de que estaba inquieto. No era culpa de Sabal, ni de nadie. Era él solamente, su interior que había entrado en barrena y trataba de hacer un aterrizaje forzoso. El pensamiento no le servía, ni aquella taza de té dulce que generalmente le traía calma. La inquietud en el estómago tomó de pronto la forma de una serpiente y comenzó a descender hacia la pelvis como si se enroscara alrededor de los huesos de la cadera, estrechando los músculos a punto de estallar a causa de la presión. Sintió el ansia de la serpiente en su propia carne, apoderándose de sus piernas con furia. La piel quemaba y la sangre parecía fluir alocadamente por todo su cuerpo mientras pensaba en Sita, y deseaba su contacto mucho más que otras veces...

Esa noche, Manuel fue a verla y se abrazó a ella mientras rompía a llorar como un niño.

–¿Qué sucede, Manusito?

Ella lo llamaba así jugando con sus dos nombres. ¡Le parecía tan tierno! Tan igual a ella en algunas cosas... Sita era dos años mayor que Manuel, y había estado deambulando en las calles de Karol Bagh hasta que Chadna le ofreció por fin una habitación en su casa a cambio del setenta y cinco por ciento de sus ingresos. Eso le había permitido salir por fin de las calles y tener un lugar limpio y razonablemente confortable para vivir. De hecho, las decenas de prostitutas que infestaban las calles de lo que llamaban el barrio rojo, alrededor de Swami Shraddhanand Marg, recibían a lo sumo una o dos rupias diarias de la «madam», y vivían en condiciones de higiene infrahumanas, sin agua corriente, ni ropa de cama, ni siquiera un camastro propio, sino las estancias compartidas en las que se distribuían en esquinas, o en algún oscuro lugar de los pasillos malolientes que nadie limpiaba. Pero Sita había tenido suerte. A pesar de la marca en la mejilla, su rostro poseía una belleza inusual en las calles y Chadna supo que ganaría con creces su derecho a una posición privilegiada.

Ahora vivía en Shah Ganj, a suficiente distancia del lumpen donde las mujeres ofrecían su cuerpo semidesnudo detrás de una reja, a la vista de todos. Sus arreglos con clientes los pactaba la vieja Chadna, que sabía muy bien cómo dirigir el negocio. La prostitución no estaba ni bien ni mal vista, pero si eras una niña de la calle, como ella lo había sido, corrías el riesgo de caer en manos del hampa. Aquello era peligroso. Muchos arreglos terminaban en una violación, que a veces se aderezaba con una paliza o una cuchillada en el rostro que los clientes propinaban de manera arbitraria. La violencia era algo que aquellos hombres llevaban dentro de sí, y a veces la ejercían como muestra de descontento y otras porque la chica era bella y esa su forma de hacerla suya, de probar que tenían poder, que su marca estaba en aquel cuerpo como si fuera una res, una mercancía cuyo valor medían ellos. Las calles eran crueles, despreciaban la belleza de la adolescencia, de la feminidad incipiente, de la primavera en sus cuerpos. Aquella crueldad se extendía a lo largo y ancho de los callejones que Sita había transitado queriendo huir de aquello. Y era posible que su deseo la hubiera llevado hasta la protección de la vieja Chadna.

Sita sentía una predilección especial por Manuel. Una predilección que había ido mutando también. Cuando lo conoció, Manuel todavía era virgen y las piernas le temblaban bajo el único par de calzoncillos que tenía, de un color blanco sucio y que había lavado a conciencia para la ocasión. Era su primer sueldo como agente de aduanas y hacía tiempo que paseaba frente a la casa de Chadna con esa ebullición atolondrada de un adolescente bajo los pantalones, imaginando un cuerpo de mujer desnudo tendido sobre la cama, hasta que por fin se atrevió a subir las escaleras y Sita lo recibió en su cuarto y le enseñó a ser un hombre. Sin embargo, lo sintió como un niño a su lado. Para entonces, ella era solo otra joven jugando a ponerle una sonrisa a aquella realidad impuesta con la que había aprendido a convivir. Pero después, entre ellos había surgido la magia de la complicidad y por eso las noches con él eran también su refugio.

–¿Qué te sucede? –preguntó una vez más.

Era frecuente que Manuel fuera a verla para buscar asilo en sus brazos. Aquel día se desplomó en ellos y estalló en llanto. Sita guardó silencio y esperó mientras él moqueaba, y la mezcla de mucosidad y lágrimas empapaba el vestido de ella hasta poder sentir la humedad a través de la tela del sari.

–No sé quién soy, Sita –dijo por fin–. Siento tristeza, una tristeza que está muy dentro de mí, que me habla desde muy lejos... Tengo sueños en los que regreso a un lugar familiar; creo que es el pueblo donde nací, aunque no soy capaz de recordar con nitidez nada de todo aquello. Pero es tan real... De pronto se llena todo de sombras y tengo miedo. Hay una niña, pero después ya no puedo verla. Quiero protegerla pero no está, se diluye en el bosque como si se me escapara de las manos. Entonces me veo en esa oscuridad y solo siento miedo, pienso en ella y quiero volver, pero el suelo me atrapa, y siento que soy yo el que se atrapa a sí mismo. Soy un inútil, Sita. Ese sueño me dice que no sirvo como hombre... –Se detuvo una vez más y miró al techo. Le pareció ver las paredes de un largo pasillo estrechándose ante él y cerró los ojos para seguir hablando–. En alguna parte hay una niña en peligro. No puedo demostrarlo, Sita, pero sé que es verdad. Sé que está llamándome para que acuda en su ayuda...

–Manusito, Manusito... –dijo ella acariciándole el cabello negro–, ¡eres tan dulce! Como un adulto que ha quedado atrapado en la mente de un niño, como si este cuerpo de hombre no te perteneciese aún...

–¿Recuerdas algo, Sita? –la interrumpió él–, ¿algo de tu niñez?

–¡Sí, claro! –rió ella divertida–. Recuerdo que tuve un padre y que desapareció en las calles cuando iba a cumplir once años. No sé cómo era. A mi madre no la conocí. Eso creo. –Hizo una pausa, fijando la mirada en algún punto perdido en el infinito–. Después... Bueno, después fue siempre igual. Viví mucho tiempo en la calle y logré ocultarme del hampa. Otros fueron a trabajar para el hampa en cuanto les tendieron un *chapati*, y a muchos los obligaron sin más, pero yo me instalé en la puerta de servicio de un restaurante muy caro y allí me daban de comer, y un día me invitaron a pasar para lavarme y comer algunas sobras de *tandori* y un hombre me hizo todo eso. No había nadie más en la cocina y me dijo que yo era muy guapa y que por eso lo hacía. No me gustó, pero el hombre no fue malvado conmigo, no me pegó nunca y me dio dinero. Después me marqué la cara con un cristal –se puso la mano en el rostro, rozando una cicatriz que le cruzaba la mejilla desde la nariz hasta el mentón. Manuel la miraba fijamente–. No quería ser guapa para que nadie más quisiera hacerme aquello, pero el cocinero me curó la herida y todo siguió igual un tiempo. No fue malo, ¿sabes?, y me dio dinero cada vez que lo hicimos en el suelo de la cocina, y una vez me regaló un vestido limpio... Entonces yo me vine con Chadna, y... Tengo suerte, ¿sabes?, creo que no puedo tener hijos...

Sita guardó silencio y mantuvo la vista fija en el suelo de la habitación. Después miró a Manuel y esbozó una sonrisa. Manuel la miraba avergonzado. De pronto, recordó cada vez que había hecho el amor a cambio de unas cuantas rupias, y cómo había pensado en ella aquella misma mañana en que todo su ser parecía estallar bajo el uniforme, y aquel recuerdo le hizo sentir sucio, perverso.

–No te preocupes, Manusito , tú no eres como aquel cocinero. Contigo siempre ha sido distinto.

–Nunca imaginé que no te gustara hacerlo, ¿sabes?

–Sí, lo sé, pero no es culpa tuya. Además –rió como si fuera una niña traviesa–, no me importa en absoluto hacerlo contigo. Incluso... –Detuvo lo que estaba a punto de pronunciar.

–Sí, pero... –Manuel sentía una presión en el estómago que le anudaba las palabras a la garganta.

–No te preocupes, Manuel –dijo Sita haciendo que sus palabras cobraran una solemnidad inusual. Había en ellas también temor por lo que Manuel estuviera pensando; quería pasar por aquello de largo, dejar atrás la conversación y volver al presente de lo que eran, una prostituta y un cliente que nunca la vería como una mujer...– Esto solamente es mi trabajo y no soy la única que siente desgana por él. Preocúpate más por ti o acabarás mal; tienes un aspecto horrible, ¿sabes?

Soltó una carcajada que atrajo de nuevo el buen humor a sus labios. Aquella anestesia otra vez... Era bueno poder hacer uso de ella cuando el corazón pedía más. Manuel la miró nuevamente a los ojos, pero esta vez la vio diferente, luminosa, más bella que nunca. «*Eres hermosa*», le dijo en un susurro que ella casi no pudo oír, y agradeció que así fuera; de haberlo dicho con un poco más de vehemencia la hubiera roto por dentro. Manuel quedó en silencio y le acarició la cicatriz que cruzaba su rostro. En aquel momento hubiese querido amarla como a una joven esposa, sacarla de allí para siempre. Se entretuvo en contemplarla mientras ella reía y se atusaba el pelo con nerviosismo. Quería entregarse a él, pero también sabía que cada día su corazón quedaba más y más preso de las caricias de aquel hombre niño. ¡Qué más daba! El amor que podría conocer era algo así, la rendición de su cuerpo al ansia del otro cuando el otro sufría o estaba herido. Había tenido tiempo de comprender al hombre y sabía que después del llanto, su energía física se llenaba de espíritu, y entonces amarla era en cuerpo y alma. Lo había sentido y había llorado también. No era la primera vez que consolaba las lágrimas de algún cliente y después siempre acababan haciendo el amor apasionadamente. Aquella intimidad ya no era solo carne sino también alma, no era instinto sino pureza, corazón, centro vital, fuego para renacer. Y ambos renacían a través de palabras y de caricias que tenían el poder inmenso de abrir el alma y dejarla libre en aquel acto físico que ya no era comercio, sino una pequeña dosis de verdadero amor que brotaba como una fuente de agua natural con un misterioso poder curativo.

–No recibas a nadie más –dijo Manuel–, yo pagaré lo suficiente. Hablaré con Chadna. Solo quiero dormir a tu lado, ¿de acuerdo? Me iré temprano...

Hubiese querido seguir hablando, preguntarle quién era cuando aún era una niña, qué recordaba de sus juegos, de sus sueños de infancia, de aquel mundo aparte que podía atisbar en los ojos de los niños por las calles, niños de todas las clases sociales que se mezclaban en aquel entramado humano incomprensible que marcaba las distancias de un futuro escrito en todas partes. Sin embargo, guardó silencio a sabiendas de que sus preguntas eran como jeroglíficos indescifrables que nadie parecía interesado en resolver. Al mirarla, también hubiese querido entregarse a ella ofreciéndole su deseo como un regalo que compensara su egoísmo de aquellos años, pero Sita jamás hubiese comprendido aquella entrega, y esa certeza le hizo ahogar todo anhelo de cercanía física. Se desnudó sin urgencia y se introdujo bajo la sábana con aquel olor a almizcle de Assam que solía llevar consigo después de haber estado con ella. Desde aquella noche, no volvería a verla con los mismos ojos.

VII

Orphan House

Sonaba el primer interludio de Johannes Brahms, Opus 117, en el reproductor de MP3 situado debajo de la ventana. Sister Soul, Siso, como la llamaban familiarmente en Fátima, aguardaba la llegada de un cargamento de medicinas proveniente de la sede central en Barcelona, que antes de llegar a sus manos arribaría al Orphan House de Fátima situado en Kullu. Aquel era el único enlace que el hogar tenía con el mundo exterior, y el hermano Sachet era quien se responsabilizaba de la recogida de materiales y provisiones que necesitaban para mantenerse de forma autónoma. A excepción del hombre que transportaba a los niños –y que según el doctor habían comprado con una excelente jubilación, por lo que jamás supondría un problema–, solo ellos tres, Sachet, el doctor Shade y ella misma, conocían la existencia del hogar de la infancia eterna, al que también habían dado el nombre de Fátima. La coincidencia en los nombres pretendía no levantar sospechas. No cometer errores jamás. De ese modo era más sencillo desviar fondos y provisiones, para lo cual la connivencia de Sachet había sido esencial.

El proyecto le había defraudado. En realidad, el doctor lo había hecho. Jamás hubiera pensado que llegarían a convertirse en lo que eran, y menos aún que ella misma participaría de aquella inmoralidad. Estaba volviéndose loca. Quizá por eso continuaba su labor como si tal cosa. Durante un tiempo, había hecho llamadas y escrito cartas a quienes habían impulsado su idea. No había recibido una sola respuesta. ¡Desde luego aquello era el último rincón del planeta! Por fin había aceptado que estaba sola, a excepción del hermano, en quien podía confiar sin reparos. Sin embargo, Sachet pasaba la mayor parte del tiempo en el orfanato de Kullu. Ese era realmente su puesto y no podía justificar más ausencias de la cuenta. Cada cierto tiempo se quedaba dos o tres días con ellos, coincidiendo con la llegada de víveres, medicamentos y ropa. Su presencia le traía serenidad y la esperanza de que tal vez pronto todo volvería a su cauce. Siso había puesto su fe en el futuro y en el Dios que una vez le había enviado a sus niños de la esperanza.

El envío de medicinas se producía cada cuatro o seis meses. Eran envíos precarios, medicamentos caducados en su mayor parte que nunca se utilizaban. Sin embargo, no tenían medidas higiénicas mínimas para lo más habitual que eran cortes, heridas, luxaciones, roturas... Eran pocos niños pero muchos más accidentes de los que podía gestionar con aquellos medios. Rápidamente se quedaban sin gasas, yodo y otros productos básicos. No entendía que el doctor no hiciera algo al respecto. ¡Aquello eran sencillamente migajas! Sin embargo, la enfermería estaba llena de productos absurdos como una solución de cicuta útil para calmar el dolor en procesos cancerígenos terminales. No había conocido un solo caso de cáncer en más de veinte años. ¿Por qué seguían llegando ese tipo de cosas y aún faltaban remedios para primeros auxilios? En realidad ella era la única población de riesgo allí dentro. A sus años, y aquejada de artritis, cualquier día podía caer enferma de veras y dejar huérfano su proyecto. Eso sí le preocupaba cada día más. Sobre todo ante el inmovilismo del doctor en las cuestiones realmente importantes.

El médico le había asegurado que era todo una cuestión temporal, pero habían ido transcurriendo los años sin que el proyecto de la infancia eterna arrancara como estaba previsto. Temía morir y llevarse aquel sueño a la tumba. Por eso rezaba cada noche para que su pequeño Adán regresara algún día, antes de que sus secretos fueran enterrados con ella. Al menos Sachet estaba también enterado de todo. Si ella faltaba, todavía quedaba una esperanza en su mano derecha.

Salvo el contacto con Sachet y el propio doctor Shade, Sister Soul vivía aislada del mundo exterior, al igual que sus niños. Había tenido un único contacto con el conductor del transporte en el que llevaban a los chicos que iban a trabajar a la fábrica de piedra. La carretera había avanzado kilómetros, y parecía que nunca iba a dejar de extenderse. Empezaba a saber que aquello no tendría fin. Era evidente que el doctor la había utilizado. O que alguien detrás del doctor les había manipulado a los dos. Después de todo lo que había sucedido allí dentro, de nada le servía un enfrentamiento con Shade para forzarle a detener todo aquello. Ni siquiera sabía quién estaba detrás del negocio. Porque era evidente que alguien había creado un negocio de esclavos. Y, sin saberlo, ella misma había ayudado a ponerlo en marcha y ahora era imposible parar. Había hecho cosas horribles. Trataba de convencerse de que aquellos chicos no tendrían mejor futuro que aquel. Quería creer al doctor cuando le decía que muchos solo estaban en la cantera de paso, que enseguida les encontraban un hogar en Europa pero que no podía bloquear la única fuente de ingresos segura que tenía la organización. La peor guerra posible había estallado en Siria y estaba generando detonaciones en otros lugares. Era como si el planeta estuviera sufriendo un proceso dramático de metástasis. Miles de personas trataban de huir a otros países. Las mafias estaban cebándose con los más desprotegidos y el comercio infantil era una trágica realidad. Debían hacer algo por aquella infancia destruida a golpe de bombas, cuando no de machete. El terrorismo había desatado su furia y se oían verdaderas barbaridades sobre las cuales era mejor mantenerse en la ignorancia. Ella debía seguir adelante con el sueño, lo cual era más necesario que nunca.

Los argumentos de Shade eran tan convincentes... En el fondo de sí misma había dejado de creer en todo; sin embargo, su mente se aferraba con tenacidad a la lógica del doctor. Debía seguir adelante, buscar un atisbo de esperanza en aquellas montañas. Le quedaba ya poco tiempo. Habían transcurrido más de veinte años desde que iniciaron la reconstrucción de la casa y habían sucedido tantas cosas a lo largo de aquellos años que necesitaba encontrar una razón por la que mereciera la pena todo lo que había hecho. Estaba obligada a vivir aislada de un mundo que ya agonizaba, y tenía en sus manos la semilla de un nuevo mundo que quizá nunca llegaría a ver la luz. Al menos quería pensar que en la aldea estaban haciendo una buena labor con los chicos. El hermano Sachet le aseguraba que así era, y le pedía que no se preocupara por los niños de allí, que todos llegarían a tener una buena vida. La agarraba el hombro con suavidad y le pedía que no se rindiera justo en ese momento, que recordara que su Adán ya era un hombre. Él mismo había aceptado con resignación lo que estaba pasando.

—¿Recuerda, hermana, lo que usted me enseñó? Dios tiene caminos secretos que nosotros somos capaces de ver...

Era cierto. De hecho, al principio le había ocultado lo de la carretera, pero cuando fue demasiado evidente, tuvo que contarle la verdad. Había mantenido todo en secreto ella sola, confiada en que el doctor Shade tenía un plan para que su proyecto saliera adelante. Hasta lo de Eesha, había actuado con el hermano con toda la naturalidad que le había sido posible, segura de que el sacerdote no entendería, y solo cuando fue necesario sacar a la niña de allí le había confesado entre lágrimas lo que estaba pasando en el interior de aquel bosque. El religioso se había echado las manos a la cabeza y había llorado también.

El teléfono móvil comenzó a parpadear. En la pantalla se leía «Doc Shade» mientras el aparato vibraba encima de la mesa sin emitir ningún sonido. Siso descolgó la llamada. Aquel era el único punto en el que lograba tener cobertura, claro que intermitente. Le parecía que algo sobrenatural debía estar detrás de esas dos escasas rayitas en la parte superior del teléfono que marcaban la disponibilidad de llamada. Lo cierto es que podían hablar. Ella y Shade. Era un alivio a veces recibir su llamada y sentir que aún pertenecían a un mismo proyecto. Que los niños y ella no estaban solos del todo.

–Doctor, ¡qué bueno tener noticias de nuevo! –exclamó con el mismo entusiasmo de siempre–. ¿Qué tal le fue todo?

–Bien, bien, sin demasiadas novedades aún, pero pronto las habrá, hermana –respondió una voz grave al otro lado de la línea–. Usted no está al tanto de lo que está pasando en el mundo, ni falta que le hace. Debe mantener el optimismo ahí dentro. Usted será el eslabón que deje la cristiandad en el mundo, hermana Siso. Créame, hace una labor encomiable. –Hizo una breve pausa antes de proseguir –. Ahora tenemos un nuevo envío, Siso. Me ha sido casi imposible contactar con usted. ¡Esa dichosa cobertura me trae de cabeza! Pero, ¿qué esperábamos? Está usted en medio de una montaña y la cobertura viene del cielo –dijo refiriéndose a la telefonía satélite, a lo que la monja desvió por un instante la atención para llevarla hacia Dios–. Bueno, hermana, debe saber que ya están llegando; de hecho los tendrá ahí esta misma tarde. Serán treinta y dos de entre siete y trece...

–¡Treinta y dos! –interrumpió la monja alarmada.

–Sí, sí, ya sé, son demasiados, pero lo tenemos todo arreglado para que los chicos partan a Rusia. Hemos estrechado relaciones diplomáticas con ellos y el país ha accedido a que entren menores si se certifica que han perdido a sus progenitores y nadie los reclama en un período de tiempo. Si no lo hacemos caerán en manos de las mafias. Trabajarán en la cantera hasta que llegue la comunicación de vía libre. Como siempre, debemos preservar a sus niños de la influencia nefasta que podrían recibir por parte de quienes han conocido la guerra y la destrucción. Debemos preservar la inocencia de sus mentes para garantizar que el nuevo mundo será un mundo de paz...

Sister Soul guardaba silencio y ese mismo silencio dibujaba un rostro carente de emoción. Ni un atisbo de alegría, tristeza, desesperación o esperanza. La más absoluta impasibilidad, la misma que le había permitido seguir adelante con todo aquel entramado. No podía confiar ya en el doctor, pero mantenía su fe en que, de un modo u otro, Dios comprendía sus sacrificios y le ayudaría a encontrar la salida. Su destino final no importaba, solo aquel nuevo mundo.

Había llegado a la India hacía cuarenta largos años, como religiosa cooperante en un programa de educación infantil promovido por la orden de misioneras a la que pertenecía, la Orden del Buen Camino. A lo largo de aquellos años, había visto mucho más de lo que los ojos eran capaces de llorar, y su emoción había ido mutando progresivamente hasta lograr evadirse de cualquier sentimentalismo inútil. Pronto se le secaron las lágrimas, y poco después comenzó a ver solo piezas sobre un tablero de ajedrez, peones haciendo su trabajo al servicio de una causa mayor. Solo que aquella causa se había diluido en el tiempo hasta convertirse en olvido, y ahora se veía atrapada en el medio de un bosque al cuidado de un puñado de niños que aún podía conservar a su cargo. Quería mantener la esperanza, creer que en algún momento se cumplirían las promesas por las que había sido capaz de traicionar todo aquello en lo que creía. Había cedido a la idea del bien a futuro y ahora vivía con ello. Por eso había aceptado que su alma pagaría un alto precio el día del Juicio Final, cuando se encontrara frente a frente con las almas de todos aquellos pequeños que desmenuzaban piedra en una cantera hasta caer rendidos de agotamiento. ¿Quién curaba las heridas de aquellas inocentes manos? ¿Cómo creer que era cierto lo de la adopción y que no se les mantenía allí esclavizados hasta que morían de cansancio? Se hacía preguntas que al principio la habían hundido en la sombra del arrepentimiento y la culpa. Después, había dejado de atormentarle la idea de morir en pecado y había llegado a aceptar su destino en las llamas del infierno. Todo a cambio de la esperanza en que algún día todo el mal que habían hecho tendría algún sentido.

–De acuerdo, doctor, me encargaré de todo. ¿Cuánto tiempo estarán en la casa?

–A las cinco de la mañana llegarán dos camiones de transporte para llevarlos a la cantera. Prepáreles mantas y algo de comer solo por esta noche. Después ya no serán cosa suya... No se preocupe, Siso, cada uno hace su trabajo, ¿recuerda?

–Sí, doctor... –vaciló unos instantes–. Quisiera saber si hay avances con lo de...

–Siso, Siso... ¿No entiende que en el fondo ya lo ha conseguido? Nadie sabe que este lugar existe. Para el mundo solo hay un orfanato en Kullu que cumple su labor humanitaria, ¿comprende? Nadie sabe de la existencia de nuestros niños ni ellos conocen la maldad del mundo, tal y como usted esperaba... Serán niños nacidos en la pureza que usted les transmite... Un día ya no estaremos, pero una generación nueva habitará esas montañas, hermana...

La monja escuchaba. Quería creer que la estrategia de Shade era la única vía para mantener aquel enclave en secreto. El conductor del camión solo se encargaba del transporte y no hacía preguntas, de modo que solo dos personas además de Sachet conocían la realidad de Fátima, y eran el doctor y ella misma.. Así debía ser. El secreto de Fátima moriría con ellos y solo rezaba para que todo estuviese preparado cuando ella ya no estuviera.

–De acuerdo, doctor –respondió–. Deje todo en mis manos.

–Es usted la mejor, Siso; debe continuar su encomiable labor. Un mundo nuevo está gestándose en esas paredes y usted lo sabe. Piense en el futuro, en sus niños de la esperanza. Ya falta menos...

–Desde luego, doctor...

–Una última cosa, hermana.

–¿Sí, doctor?

–Verá, sé que esta cuestión la incomoda, pero ya sabe que a veces... Bueno, ¡vayamos al grano! Hago todo lo que está en mi mano para que entre dinero que garantice la autosuficiencia de Fátima, ya lo sabe, pero ahora tenemos el problema añadido de la guerra, usted ya me entiende. Tenemos que organizarnos para sacar muchas más adopciones, ¿comprende?

Siso escuchaba y también entendía. Entendía que todo era un artificio demasiado difícil. Incluso entonces, después de todo lo que había pasado, quería creer al doctor. Necesitaba que algo de todo aquello fuera verdad.

–Querida Siso –prosiguió él–, créame que lo siento.... Es necesario que lancemos una campaña solidaria o esto se nos vendrá abajo. La cantera no es suficiente. Dentro de poco ya no será necesaria más piedra.

–¡Pero doctor!

–Lo lamento de veras. No tiene por qué pasar nada, aquello fue un desafortunado incidente...

–Pero doctor –ella tragó saliva y recompuso la voz que se le había quebrado como si estuviera enredada entre las cuerdas vocales–, ¿por qué no habla con Kullu y solucionan allí este tema? No puede pedirme otra vez algo así...

–Véalo globalmente, Siso. Debe ver las cosas de manera global –insistió–. Hay cuestiones que ellos no entenderían. Esta vez tendremos todo bajo control, no se preocupe. Les inocularemos una pequeña dosis y enseguida comenzarán a remitir los efectos. No debe torturarse más por aquello, fue un desgraciado incidente que ninguno de nosotros deseaba. Se nos fue de las manos, ¿entiende? No volverá a suceder. ¡Usted es el alma de este lugar, Siso! Gracias a usted muchos niños han sido entregados en hogares seguros; les ha cambiado la vida a decenas de pequeños que no hubieran tenido un futuro. –Hizo una pausa prolongada, dándole tiempo a asimilar sus palabras–. Siso, Siso... –prosiguió con vehemencia–. ¡Es usted tan bondadosa que a veces solo puede alcanzar a ver lo que tiene ante los ojos! Pero el mundo es global. Una globalidad despiadada. Usted ve más allá y piensa en un futuro mejor.

Sister Soul guardó silencio. Sentada en una silla frente a su escritorio, mantenía el teléfono en su mano izquierda, a escasos centímetros de su rostro. Hacía ya dos años del fallecimiento del niño, y aquella era, tal vez, la última culpa que atormentaba su endurecida conciencia. Siguiendo las instrucciones del doctor Shade, le había inyectado una pequeña dosis de ácido lisérgico, que le produciría una reacción de enrojecimiento en los ojos, espasmos y altas dosis de salivación, efectos suficientemente impactantes. Lo grabarían en un teléfono móvil, algo que pareciera la grabación de un testigo. Al cabo de doce horas, el niño recuperaría su estado normal, y en cuarenta y ocho horas habría olvidado aquella experiencia. Eso era lo que le había asegurado el doctor. Necesitaban impacto mediático y aquello lo tenía. La gente necesitaba imágenes cada vez más dramáticas. Sin embargo, seguramente a causa de las alucinaciones, el niño había sufrido un paro cardíaco mientras grababan los efectos de la droga en su pequeño cuerpo de seis años. Siso recordaba haber pedido repetidamente que parasen todo aquel horror mientras el mismo doctor Shade la sujetaba tratando de explicarle que no podían hacer nada para evitar aquel desenlace que, por otro lado, multiplicaría el impacto de una campaña que rezaría «no permitas que esto siga sucediendo». Mientras, el cuerpo de Karim sufría las últimas convulsiones previas a su muerte.

–Debe ser un niño, como la otra vez, solo por si acaso, ¿entiende? –prosiguió el doctor Shade–. Ya sabe que para el futuro es necesario que haya niñas de sobra.

«*¿¡Qué era todo aquello!?* –se preguntó ella alarmada–, *¡era sadismo!*» Debía negarse a practicar ningún otro experimento como aquel para el que no había justificación alguna.

–¡Diga algo, Siso! –la exhortó el doctor Shade–. Sigue usted comprometida con nuestro sueño, ¿no es cierto?

–Sí, doctor. Es solo que...

–¡Deje los sentimentalismos de lado, Siso! El apego nos paraliza. Si no está preparada para seguir adelante, quizá le vendría bien pasar algún tiempo en Kullu. Podemos pedirle a Sachet que se haga cargo de todo.

Pensó que quizá el doctor tenía razón. Quizá no estaba preparada para continuar. Había cerrado de tal modo los ojos que ya nada importaba. Podía desaparecer y dejar atrás todo aquello... Pero, ¿qué sería entonces de los niños que vivían en Fátima?

–Confíe en mí, doctor –dijo entonces, y volvió a recomponer su interior acostumbrado ya a sufrir aquellos seísmos donde se le venía abajo toda su fortaleza.

–¡Por supuesto, Siso! ¿Quién no sufre en este dichoso planeta? Vivimos una realidad tan cruel... Pero nosotros estamos haciendo algo bueno por el futuro del mundo. Recuerde aquel día en que la vida cruzó nuestros caminos para hacer algo grande... No lo verán nuestros ojos, Siso, pero las generaciones venideras habrán heredado sus enseñanzas en Fátima, y entonces... ¡Ande, ande! –dijo finalmente–, verá como pronto vuelve a ver la luz, amiga mía...

–Claro, doctor.

–Que tenga un buen día, Siso. La llamaré por la noche para que me informe de la llegada prevista para la tarde.

La hermana Soul colgó el teléfono y se quedó pensativa unos instantes con la vista fija en el perfil diáfano de la montaña a través del cristal de la ventana. «*Un día más en Fátima* –pensó–, *solo un día más...*»

VIII

Hacer magia

En Alaia anochecía muy poco a poco. Y de pronto, aquella cordillera era tan solo una mancha negra allá donde alcanzaba la vista. Primero, la luz en el cielo se volvía de un tono anaranjado, casi rojo, que se reflejaba con igual intensidad en las hojas de los árboles y en el agua del riachuelo que discurría entre las rocas más allá del camino. Y así, en esa amalgama dorada y grana, todo parecía detenerse unos instantes, una espera paciente que postergaba la vertiginosa y repentina caída del sol detrás de la montaña. A pesar de la densidad gaseosa que se había instalado sobre las cumbres cubriendo el cielo a lo largo y ancho de la cordillera, ese día la masa de nubarrones parecía cuarteada, y miles de cicatrices reflejaban la luz del atardecer como queriendo romper las nubes en mil pedazos.

Al internarse en el bosque, Alisha dejó volar su imaginación junto a una bandada de ánsares que de pronto estalló en revuelo por encima de sus cabezas. Había conseguido que Indira se atreviera por fin a acompañarla hasta el otro lado del río. Debían regresar al hogar antes de que la luz solar se extinguiera completamente en el horizonte, lo que significaba que en unos pocos minutos la noche habría caído como una inmensa capa sobre la falda de la cordillera, dejando el camino sumido en una oscuridad negra y desierta que las obligaría a dormir al relente. Avanzaban tan rápido como les permitían sus pies por el camino que Alisha ya conocía y que siempre tenía la precaución de coger desde un ángulo diferente, de manera que nadie pudiera observar rastros en la maleza alrededor de la casa que delataran incursiones habituales. La niña era lista como un pequeño zorrillo.

La huida de los ánsares migratorios que en esa época del año se posaban en las copas más altas captó su atención y le hizo olvidarse de lo que las había llevado hasta allí. Detuvo el paso y rió con ganas mirando a lo alto. La desbandada repentina había provocado un desequilibrado batir de alas y decenas de plumas blancas y plateadas flotaban por todas partes. Aquello le pareció tremendamente chistoso. Enseguida sintió que aquella lluvia de plumas presagiaba algo fascinante y comenzó a dar vueltas con los brazos abiertos, mientras Indira la observaba con una mezcla de estupefacción y temor. Parecía congelada a escasos centímetros de ella, ajena al divertido alboroto provocado por el aleteo enloquecido de las aves en su estampida.

–¡Indi! ¿Viste cómo corrieron? ¡Han caído mil plumas mágicas de sus alas! –exclamó Alisha mientras giraba sobre sí misma con los brazos extendidos.

La pequeña Indira levantó la vista y encogió los hombros. Enseguida miró hacia la cumbre de las montañas y vio que el reflejo del sol detrás de las nubes declinaba peligrosamente amenazando con llenarlo todo de oscuridad en cualquier momento.

–¡Es tarde, Ali, vamos a casa! –exclamó con nerviosismo.

Alisha se agachó sobre la tierra y empezó a recoger las plumas que habían caído a su alrededor formando una alfombra esponjosa y suave que acariciaba sus pies descalzos. Estaba segura de que las plumas de los pájaros migratorios eran presagio de cambios. La energía de sus alas, capaces de volar a mayor altura que cualquier otra especie, era causante de vientos nuevos, como le había contado la hermana del alma en secreto. «*Si alguna vez observas ánsares en el cielo, sigue con tu mirada su estela*», le había susurrado la monja. «*Ellos conocen el camino de la libertad, niña mía... Si un día la sombra de Fátima cubre los últimos rayos de luz y la noche eterna se posa sobre estos bosques, recuerda la dirección de la estela que dejaron los ánsares; corre y no te detengas. Ellos saben dónde está tu otro hogar*».

Alisha creía entender justo en ese momento lo que Siso había querido decirle. «*¡Son plumas mágicas!*», se dijo a sí misma mientras sonreía al sentir el suave cosquilleo al contacto con la delicada piel de sus manos. Había plumas por todas partes. Algunas eran como pequeñas escamas de una textura extraordinariamente suave, y otras, más recias y de un color casi antracita, brillaban en la oscuridad incipiente como haces de luz. Las miraba atónita, como si tuviera en sus manos un verdadero tesoro.

–¡Ali, se hace de noche! –gritó Indira mientras oteaba temblorosa los senderos que se abrían a su alrededor.

–¡Espera! –respondió Alisha.

La luz comenzaba a declinar, permitiendo apenas pequeñas incisiones de claridad rojiza a través de las hojas, muy por encima de sus cabezas. Indira la miraba con desazón. Por fin, Alisha se incorporó del suelo con las manos llenas de plumas, y sonriendo las tendió ante su amiga con la esperanza de que aquello le arrancara una sonrisa.

–¿Qué sucede, Indi? –preguntó al ver que su amiga no respondía como ella esperaba.

–¡Siempre tardas! Volverán a desplazarnos, ya lo verás...

–Diré que ha sido solo culpa mía, ¿quieres? –respondió Alisha con despreocupación.

–Da igual. Nos desplazarán igualmente. La hermana no quiere que vengamos al bosque, y lo sabes. ¡Pero tú siempre haces lo que quieres! Si se entera de que hemos llegado hasta el río se enfadará mucho como cuando Mira... Ella se... Ella... –la niña bajó los ojos y comenzó a llorar al recordar a la niña que alguien había encontrado muerta cerca del río. Alisa se acercó a ella y trató de calmarla.

–Indi, eso no tiene nada que ver. Nosotras no moriremos porque yo conozco este bosque y porque no todo el mundo se muere. Mira se puso enferma porque comió una baya maldita, pero yo conozco todas las bayas del bosque, las que están malditas y las que no –dijo queriendo restarle importancia a lo ocurrido–. ¿Es que no me crees, Indi?

Al ver el miedo dibujado en los ojos de Indira, Alisha tiró las plumas al suelo a excepción de una sola, y cogió de la mano a su amiga.

– ¡Vamos! –le dijo–; verás como no pasa nada...

Caminaron en silencio. Al llegar, Sister Soul tomó entre sus manos los hombros de Alisha y la estrechó entre sus brazos con fuerza. No era un abrazo cálido sino la expresión del desaliento que la embargaba. Después repitió aquel mismo abrazo con la otra niña, aunque sus ojos permanecían clavados en el rostro de Alisha. La pequeña no vaciló; sostuvo la mirada a la monja hasta que esta hizo un ademán con la cabeza que la niña entendió. Cogió a su amiga de la mano y tiró de ella para que se pusiera en marcha. Indira miraba al suelo sin atreverse siquiera a levantar la vista mientras avanzaba en la dirección que le indicaba su amiga. La monja parecía compungida. Las encerraba por su propio bien, para que Dios pudiera hablarles y las llevara de nuevo al redil. Ella sola no podía manejar todo aquello, y temía que el monstruo cumpliera con ellas sus horribles pecados. Por un momento sintió el deseo de correr hacia ellas y envolverlas en un abrazo de madre, pero contuvo el impulso inicial y se volvió de espaldas a las dos menores, que avanzaron hasta perderse en la penumbra del pasillo.

Las niñas se detuvieron frente a la puerta de aquella sala donde la luz se extinguía por completo. Se miraron la una a la otra y enseguida Alisha hizo gala de su valor; entreabrió la hoja de madera y avanzó un solo paso. Todavía sostenía la mano de Indira, que había quedado atrás y ofrecía resistencia para avanzar hacia el interior. La oscuridad era intensa y parecía querer devorarlas. Indira trató de recular, pero Alisha tiró de ella obligándola a seguirla hacia el interior de la habitación.

–¡Venga! –exclamó–. ¡No somos unas cobardes!

Ya dentro, se sentaron en el suelo, la una junto a la otra, con sus espaldas pegadas a una de las paredes. Alisha rodeó entonces con su brazo los hombros de Indira, segura de que la oscuridad habría entrado ya hasta el corazón de su amiga y lo habría aprisionado como una garra. La atrajo hacia sí para que sintiera el calor de su cuerpo y trató de apaciguar su temor.

–Te voy a enseñar a hacer magia –le dijo entonces esforzándose en que sus palabras fueran solo un hilo imperceptible de voz–. ¿Recuerdas las plumas del bosque, Indi? Todavía tengo una...

–¿Y cómo vas a hacer magia con plumas, a ver? –preguntó Indira con escepticismo.

–¡Shhhh! No grites o nos oirán. ¡Claro que voy a hacer magia! Yo sé hacer cualquier tipo de magia. Toma –dijo poniéndole la pequeña pluma en su mano, lo que produjo un cosquilleo que le hizo retirarla de forma instintiva–. No importa que no la veas, Indi, ahora solo tienes que acariciarla.

Alisha quedó en silencio y entonces se hizo evidente un vacío profundo y húmedo en el que resultaba prácticamente imposible encontrar la más mínima referencia espacial.

–Sigue hablándome, Ali –susurró Indira mientras se acurrucaba un poco más junto al cuerpo de Alisha.

–Vale, Indi. Ahora tienes que ponerte la pluma en los labios mientras cierras muy fuerte los ojos y piensas tu deseo más grande. Cuando salgamos de aquí tienes que guardarla debajo del colchón –prosiguió Alisha–. Yo también tengo una guardada y creo que por eso ha venido ese hombre a mis sueños, ¿sabes? Pero no puedes decir el deseo en voz alta ni contárselo a nadie. Solo tú puedes saberlo.

–Sí –respondió Indira–, pero...

–¡Pero nada! Si dices pero, no se cumplirá tu deseo. La hermana siempre dice que la palabra pero es para los que no tienen fuerza de voluntad para lograr nada.

–Pero es que...

–¡No digas pero! No puedes decir eso.

–Es que yo no quiero morirme, Ali, tengo miedo a morirme...

Indira estalló en un sollozo desgarrador que taladró el alma de la pequeña Alisha. Durante mucho tiempo, también ella se había preguntado qué estaba pasando. En pocos meses, Mira había muerto envenenada y después alguien había encontrado a Sunita flotando en el río. Por eso Sister Soul les había prohibido alejarse de las inmediaciones de Fátima, y mucho menos aún cruzar aquellas aguas malditas. Las dos niñas muertas tenían prácticamente su edad, por eso entendía el miedo de Indira. También ella había pensado en la posibilidad de morir. Pero además estaba lo de aquellos hombres que se llevaban a los niños metidos en un camión. Estaba segura de que algo muy feo estaba pasando, y al final terminó confesando a la hermana lo que había visto. Siso la había zarandeado con fuerza gritándole que no volviera jamás a cruzar aquel río. «*¿¡Me entiendes, niña de los demonios!?*» Aquello era lo que la monja le había gritado mientras daba vueltas como si se hubiera vuelto loca y no pudiera parar. La niña solo observaba el color terroso del suelo.

Alisha había pasado tiempo tratando de entender muchas cosas. Por ejemplo, el hecho de que sus propios sueños la hubieran llevado hasta un lugar en el bosque donde algo malévolo estaba pasando. Por eso había querido recordar todos los detalles cada mañana, y en cada ocasión el hombre de los sueños le había contado más y más cosas: que el secreto de todo estaba en los ojos, y que debía alejarse de la mirada pálida del doctor. También le había dicho que Fátima era el lugar del olvido y que por eso habían muerto esas niñas. Que el mundo no sabía que estaban allí y que aquello era como no existir de verdad. Aquella vez le había parecido que era la voz de Dios porque el hombre le hablaba pero no podía verlo; y en ese momento había recordado el día en el que la hermana Siso les habló de las revelaciones a Moisés y otros profetas. No había querido contárselo a Indira, pero ahora sentía que también ella necesitaba saber...

–No te preocupes, Indi, aquí estamos a salvo, y yo conozco el bosque mejor que nadie.

–¡No estamos a salvo! ¡Eso negro encima del tejado es la muerte! –exclamó ella.

–¡No lo es! –respondió ardorosamente la niña–. Solo es una sombra por culpa de las nubes.

–¿Y tú cómo lo sabes? –preguntó ella mostrando cierto desdén.

–Lo sé porque mis sueños me hablan, ¡ya te lo he dicho! –respondió Alisha airada–. Escúchame, Indi –prosiguió suavizando el tono de voz–, Fátima es el lugar del olvido y por eso murieron Mira y Sunita, porque el mundo no sabe que estamos aquí...

Indira guardó silencio y Alisha se mantuvo imbuida en la explicación que trataba de darle a su amiga. Aquello del olvido y la muerte era en realidad mucho más complicado de lo que había pensado. A ella misma le había resultado difícil llegar a entenderlo. Pero ahora sabía que el mundo era una protección para todos los que vivían en el hogar. Estaba segura de que si alguien allá fuera hubiera sabido que existían, Mira y Sunita no habrían muerto de aquella horrible manera. Por eso era tan importante que el mundo supiera que estaban allí. Las ideas le llegaban a la mente como ráfagas de luz. Una tras otra. La muerte, los niños en la carretera, el hombre del sueño, el olvido, el rostro de Mira, el momento en el que la hermana Siso les había contado lo de Sunita...

–Indi, no es como piensas...

Indira dobló un poco más su cuerpo hasta parecer un ovillo que pudiera rodar por el suelo. Alisha le acarició el cabello y la atrajo aún más hacia ella.

–Escucha –prosiguió–, la voz de mi sueño me dijo también que a esos hombres se les seca el corazón, y que a esos niños les pasará lo mismo si no hacemos algo.

–¿Pero qué hacemos, Ali? Yo tengo miedo...

–Dijo que en realidad el bosque no es peligroso, y yo sé que es verdad.

–¡No es verdad! ¡Odio ese horrible bosque! –gritó la niña empujando a su amiga.

–¡Sí lo es! ¡He ido miles de veces! –estalló Alisha.

Las niñas quedaron de nuevo en silencio, esta vez tratando de imaginar cómo sería entender cada una lo que sentía la otra. Enseguida, Alisha volvió de nuevo a la carga.

–No puedes hablar con nadie de esto, Indi. Promete que no lo contarás nunca.

–No lo contaré, Ali. Pero, ¿cómo sabes que es verdad? Yo no me lo creo.

–No lo sé, Indi, pero sé que es verdad –respondió Alisha con impaciencia–. Por eso tenemos que volver al lugar donde pican la piedra, porque necesitamos un plan.

–Ali, esos hombres me dan mucho miedo...

–¡Escucha, escucha! –exclamó ella con un sobresalto–. ¡Tienes que saber algo más! Mi amigo me dijo que huyéramos del hombre de los ojos azules...

–Ali, estás asustándome, ¡quiero salir!

–¡Indi, hay que hacer algo! –exhortó con determinación a su amiga–. Creo que el mundo es adonde van esos niños, ¿entiendes? ¡Hay que esconderse en ese camión!

–¡Estás loca! Solo es un sueño... ¡Jajajaja! –rió nerviosa.

–¡Tú sí estás loca! ¡Loca porque no ves lo que te digo!

Indira comenzó a sollozar nuevamente. De pronto se dio cuenta de cuánto podía llegar a echar de menos el abrazo de una madre. Se preguntaba cómo sería tener unos padres, qué sentiría siendo hija de alguien y no solo una huérfana al cuidado de una monja que a veces parecía cálida y otras gruñía como un oso enojado. Añoraba esa afectividad maternal que no había conocido y que sin embargo estaba tan viva dentro de ella. Había soñado cientos de veces con un encuentro que nunca llegaba, y el tiempo había ido pasando sin que se extinguiera esa llamada que procedía de algún recóndito lugar de su subconsciente. Recordó la pluma que Alisha le había dado, y comenzó a acariciarla de nuevo.

–Pero no te preocupes, Indi –continuó Alisha, modulando aún más el tono de voz, al que ahora confería el aire ceremonial de quien está a punto de anunciar algo de gran importancia–, yo lo arreglaré todo...

–¿Lo arreglarás, Ali?

– Sí, te lo prometo. Sé lo que hay que hacer, Indi.

–¿Y qué es, Ali? –preguntó Indira, haciéndose aún más pequeña y frágil para sentir que Alisha era protección y seguridad en medio de esa oscuridad penetrante, donde la pupila por fin había logrado adaptarse y distinguir ángulos, sombras, espacio...

–Hay que subir cuanto antes a ese camión –repuso.

–¡Ali! –gritó la pequeña asustada.

–Sí, Indi... Tengo que llegar al mundo y decirle que estamos aquí.

IX

Un mundo de posibilidades

Al despertar, todo era tan negro como la noche anterior. Sister Soul sabía que la oscuridad devolvía a sus niños el miedo a estar en el bosque. Odiaba tener que imponer ese tipo de castigos para tener todo bajo control. Aquel lugar era aún más peligroso de lo que había pensado. Nada había salido como ella esperaba. Sin preverlo, Alisha le había ayudado a unir el último eslabón de todos. ¿Cuántos de aquellos niños estarían siendo enviados a educarse en los ejércitos del mal? Sintió un escalofrío en todo el cuerpo. La sola idea le causaba un dolor de dimensiones inimaginables. El doctor debía conocer muy bien dónde querían llegar con la carretera, y efectivamente, tal como él le había dicho, sus ojos no lo verían. El plan de gobernar el mundo no tenía prisa pero avanzaba seguro, y extendía sus tentáculos de manera lenta y bien coordinada. Le resultaba fácil imaginar cómo estaba tejiéndose la tela de araña. Hombres como él habían vendido el futuro de la Humanidad a cambio de una vida material abundante que los llevaría al infierno. Y en cuanto a ella... Había sido un simple peón y viviría con la culpa hasta que Dios quisiera llevarla ante él y los ángeles de la justicia le impusieran el castigo eterno que merecía.

Había llegado a creer que era necesario sacrificar a los más mayores, aunque después había aceptado también que los reclutaran a una edad cada vez más temprana. Ella misma había ayudado a meterlos en el camión que los conducía hasta la carretera. Le resultaba insoportable vivir con el recuerdo de sus miradas. ¡Nunca hubiera pensado que, además de la cantera de la que extraían la piedra para elaborar el asfalto, había otro destino para sus niños! Un temblor helado le recorría la espalda. No habría perdón para lo que había hecho. Los niños confiaban en ella porque la cubría un hábito. Por eso en la madrugada salían de sus camastros sin decir una sola palabra y se encaminaban confiados a donde ella misma los dirigía. Así había sido durante años, mientras los más pequeños dormían ajenos a la mano diabólica que destruía la infancia, y a la mañana siguiente solo había ausencias que nadie explicaba.

Jamás fue a ver qué pasaba en la carretera. ¿Cómo iba a hacerlo? Se echaba las manos a la cabeza. ¿¡Cómo era posible que se le hubiera pasado por alto una conexión tan sencilla!? En realidad había tenido suficiente de lo que ocuparse desde que supo lo que estaba sucediéndoles a las niñas. Velar por su inocencia ya era una tarea que le requería estar alerta las veinticuatro horas del día. Sin embargo... cada argumento del doctor para justificar el viraje de su proyecto giraba en torno a lo mismo: alguien aprovechaba la situación de guerra para usar a los niños. ¿¡Cómo imaginar que eran ellos quienes estaban aprovechándose de aquel drama!? La evidencia había sido como un disparo en el centro de su corazón. El mismo doctor le había ido dando claves de lo que estaban haciendo los grupos armados que habían emprendido la Yihad. Estaban capturando niños, en su mayoría cristianos, para hacer de ellos escudos y máquinas de matar. Jamás imaginó que el doctor y ella misma eran piezas clave para nutrir la locura islamista. Sus niños, sus almas de la inocencia, iban en camiones para convertirse en títeres de una sinrazón que ya había iniciado la destrucción del mundo. Lo supo en cuanto la niña describió a aquellos hombres... La excelsa barba cubriéndoles el mentón, los pañuelos en sus cabezas, las armas que la niña había descrito como artilugios con los que apuntaban directamente a la fila de niños, a veces a sus cabezas. No había duda de lo que estaba pasando, y de cuál era el interés último de los grandes poderes: dominar el espíritu del ser humano y rendirlo a los pies de un Dios sanguinario y cruel. Una idea que cercenaba la esencia de las mujeres, que saqueaba sus cuerpos para ejercer en ellos un sacrilegio. Después les arrebataban el fruto y lo hacían suyo, hijo de sus ideas, hijo de su dominio. Soldados del mal. La Humanidad cumpliría finalmente la revelación del Apocalipsis: el mundo conocido estallaría en mil pedazos. Nada podía ya remediarlo.

Pero el doctor no había contemplado la posibilidad de que alguien, aparte de ellos dos, conociera de principio a fin los secretos que ambos compartían. No podía imaginar que el proyecto inicial aún seguía vivo. ¡Daba gracias a Dios por el día en que el doctor la obligó a encargarse del destino de Eesha, que había sido brutalmente violada! Quizá aquella fue su jugada maestra. Tuvo que improvisarlo todo sobre la marcha, pero ahora ella estaba a salvo, en un rincón lo suficientemente alejado de allí. Algún día lograría reunirla con su pequeña Alisha. Todo gracias a la connivencia única y milagrosa del joven Sachet. Si no hubiera sido por él, no habría habido esperanza para la semilla del nuevo mundo... Por eso era necesario aguantar. «*Solo es cuestión de tiempo*», se decía la monja, que rezaba pidiéndole a su Dios que al menos le permitiera completar aquella tarea. De no ser por la esperanza que aún tenía en el destino de Eesha, hubiera llevado ya a los niños a la casa en Kullu. Pero, ¿cómo iba a echar por la borda los sacrificios que había hecho durante años? Tenía que seguir adelante. Para ello había soportado Eesha también una soledad insufrible. Ya no era esa Eva sin mancha que hubiera querido para su nuevo mundo, pero era el ser más angelical que había conocido. Lo demostró durante aquellos meses de infierno hasta que nació la pequeña, y también cuando supo que viviría sola en medio de un bosque, sin comunicación con nadie, sin luz artificial y con la sola esperanza de que la monja pudiera cumplir su promesa...

La joven había sido llevada a un lugar remoto que jamás era transitado por nadie. La noche en la que Shade le exigió que cumpliera su parte del pacto, la hermana se había encargado de enviarla allí donde no hubiera nada. El hermano Sachet había prometido llevarse aquel secreto a la tumba. En realidad él era la única persona que conocía el paradero exacto de la joven y que periódicamente le había llevado víveres, siempre escasos pero suficientes para mantenerla con vida. Era la única comunicación de Eesha con el mundo exterior... Sister Soul había pedido al cielo que la niña fuera capaz de sobrevivir en el bosque ella sola con el alimento que también ofrecía la tierra, y que algún día pudiera reencontrarse con el fruto de su vientre arrebatado brutalmente por aquel animal. Algún día, aquel monstruo pagaría muy caro el precio de sus pecados. Sabía que su proyecto era un mandato de Dios, y por eso tenía la esperanza de que la joven lograría estar a salvo de todo peligro. La Naturaleza también daba sus frutos, y nada le faltaría para subsistir. Debía ser así hasta que ella consiguiera poner en marcha su plan. Pero si algo pasaba, si un día ella no estaba para velar su inocencia, Alisha también sabría dónde mirar. Debía ir corriendo en la dirección de los ánsares, ¡y que Dios velara sus pasos! Por eso le había enseñado el secreto de todas las bayas del bosque. Madre e hija debían reencontrarse, y a cualquier precio. Pero debía esperar el regreso de su predilecto. Él garantizaría el futuro de ambas y de la nueva Humanidad. Solo rezaba para que el monstruo no estuviera allí cuando la niña se hiciera mujer. Las quería vírgenes, antes de que llegaran a saber nada de la vida. Les arrebataba por la fuerza su último soplo de infancia. Por eso rezaba para que Manuel, donde quiera que su pequeño hubiera llegado por sus propios pasos a lo largo de aquellos años, pudiera oír las señales que el cielo estaría enviándole. Sabía que Dios hablaba en su propio lenguaje y que él era el encargado de reunir a Eesha con la hija que el diablo le había arrebatado al nacer.

Aquella mañana, la pequeña Indira creyó que había soñado todo aquello de que Fátima era de verdad un lugar olvidado, como el nombre del monte más alto que asomaba en el horizonte. Para ella el mundo solo abarcaba aquellas montañas, el bosque profundo que rodeaba su hogar y la inquietante sombra que se había posado sobre la colina y amenazaba con su aroma de muerte. Estaba segura de que aquella masa de nubarrones era la culpable de todo. Por eso se le había ocurrido la remota posibilidad de que un soplo de viento de todos al unísono hiciera volar por los aires aquella sombra. Había imaginado que todos juntos tenían el poder de Dios. No era tan inteligente como su amiga Alisha, ya lo había dicho la hermana aquel día: «*¡No tienes nada más que absurdo en esa cabeza!*» Claro que después se había acercado a abrazarla y ella había podido sentir cómo le lloraba el corazón a la hermana. Pero sí, era cierto; todos sabían que Alisha era mucho más lista. Sin embargo, ella era capaz como nadie de imaginar posibilidades que otros ni siquiera veían. De hecho, tenía una libreta llena de posibilidades ideadas por ella misma. Describía posibilidades en la cima del monte y dentro del bosque, en el río... e incluso en la desembocadura del gran océano que jamás había visto. Había imaginado posibilidades dentro y fuera del hogar, junto a su amiga Alisha, en su ilusión de tener unos padres y frente a la oscuridad que tanto la asustaba. Y en el transcurso del tiempo, conforme se acercaba el día de su cumpleaños y le recordaba la muerte de Mira y Sunita, la posibilidad de morir ella también se hacía cada vez más presente.

Había ideado un mundo sin oscuridad en los pasillos, sin negrura en el bosque. Un mundo feliz junto a Alisha, que era como una hermana para ella. Había pensado en alguna ocasión que era tan posible soñar la vida como vivir el sueño, aunque solo como una idea a la que le gustaba darle vueltas. Después había llegado Alisha a contarle todo aquello del hombre que le había mostrado el sendero que llegaba hasta la carretera... Ahora estaba segura de que los sueños hablaban y decían verdades. Ella misma había soñado que iba sola hasta ese lugar donde picaban la piedra, y después seguía la misma ruta del camión que transportaba a los niños. Se había despertado sintiéndose poderosa. Por eso había empezado a escribir en su libreta todo lo que le había contado Alisha el día antes, y como estaba segura de que la culpable de todo era la oscuridad que tapaba el cielo, y también su idea de llegar a la cumbre del monte olvidado para encontrar el origen de aquella sombra. Escribió hasta que le dolió la mano, porque al hacerlo echaba a volar sus ideas como si fueran palomas mensajeras que hablaban con Dios. Y porque Dios estaba allí arriba escuchándolo todo, sabía que cualquier cosa imaginable podría ser realidad. Sin embargo, jamás se le había ocurrido que fuera posible eso de no existir para el mundo. Tras el relato de Alisha, era como si el lugar donde vivían fuera tan solo una gran idea flotando en mitad de la nada.

Tomó su libreta y trató de plasmar en ella las tres hipótesis que surgían de aquella idea que ya no podía quitarse de la cabeza. Primero estaba la probabilidad uno entre quién sabe cuántos de que Fátima no existiera de verdad para el mundo. Junto a esta, surgía la probabilidad de acierto o error de su amiga. Y, por último, la probabilidad de que olvido fuera lo mismo que inexistencia, lo que de pronto le hacía pensar que era necesario hacer algo cuanto antes, tal y como le había dicho Alisha: si el mundo exterior pudiera conocerlas, no volvería a morir nadie más.

Se preguntó si podría significar algo el hecho de que su libreta estuviera llena de anotaciones. En aquellas hojas había pruebas de sobra de que su mundo existía. ¿Y si pudieran leer su libreta? Debía pensar bien todo aquello. Quizá sus anotaciones eran más importantes de lo que había creído. Necesitaba escribir todo lo que sentía. Necesitaba verse a sí misma, olerse, palparse, percibirse desde los sentimientos más profundos en cada pequeño instante de vida. Su relato recordaría al mundo cómo eran, cómo vivían, qué ilusiones tenían... ¡Volverían a existir nuevamente! «*Tengo que pensar bien todo esto*», se dijo entonces a sí misma, venciendo su propia resistencia a una idea tan descabellada. «*Debo escribir todo lo que han olvidado*».

Transcurrieron días antes de poder hablar con Alisha de la idea que andaba rondándole la cabeza. Había llegado a la conclusión de que Fátima era invisible por culpa de aquella sombra en el cielo. El invierno había llegado violentamente. Después de varios días de viento gélido en el rostro, la tarde anterior se había colado entre todas aquellas nubes oscuras como un personaje aparte, anacrónico dentro de aquel escenario hibernal. Había hecho un calor excepcional para aquella época del año, y el recuerdo del sol entre los árboles aún titilaba en la retina, mientras contemplaban el mar de nubes grises bajo el que acababa de amanecer el nuevo día en el orfanato. Últimamente la hermana las había vigilado mucho más que de costumbre. Sin embargo, aquella mañana algo la había mantenido recluida en la casa, delegando en los mayores el cuidado de los pequeños. Alisha le había dicho que había algo importante que debía contarle, e Indira le había respondido que ella también tenía cosas que decirle, y que de hecho, esos días le había dado muchas vueltas a todo lo que ella le había contado aquella tarde en el bosque, y después en la oscuridad de aquel cuarto.

–He escrito muchas cosas importantes en mi libreta, Ali. Yo creo que Dios quiere ayudarnos.

–¡Sí, yo también! –exclamó Alisha con júbilo–. Por eso ha venido a mis sueños, Indi. Creo que es Dios.

Indira la miró atónita.

–¿De veras es Dios? –preguntó asombrada.

–Sí, Indi, seguro que sí –respondió–. Pero anoche vi algo muy feo y tuve miedo. ¡Tenemos que hacer algo enseguida!

–¿Qué has visto, Ali? –inquirió.

–He soñado que moría otra niña, pero no tenía cara. Yo la miraba desde arriba como si fuera Dios; por eso creo que Él entra en mis sueños, ¿entiendes?

–¿Pero quién era, Ali? ¿¡Quién era!?

–No sé, no tenía cara. Había llegado la primavera, pero en la casa había nieve, y después flores y yerba.

–¡Hay que hacer algo!

–Ya lo sé, Indi. Tengo que saber dónde va ese camión ¿entiendes?

–¡Yo iré! –exclamó la niña con arrojo.

Alisha miró con sorpresa a su amiga y esbozó una sonrisa que Indira imitó lo que le hizo sentirse aún más decidida a llevar adelante su plan. Esos días había escrito tanto en aquella libreta que de pronto se sentía capaz de hacer cualquier cosa.

–¡Tú no puedes ir, Indi, no conoces el bosque! –exclamó Alisha al darse cuenta de que la idea de Indira no era una broma–. Se hará de noche y te morirás de miedo allí sola. Además, ¿y si llegan a buscarte unos padres y tú no estás? –le preguntó tratando de buscar un buen argumento para quitarle aquella idea de la cabeza.

–No vendrá nadie, Ali, lo sabes perfectamente –dijo ella entonces bajando la mirada al suelo–. Soy demasiado mayor. –La niña permaneció en silencio unos segundos mirando a lo lejos–. Quiero que te quedes con mi libro de posibilidades, ¿de acuerdo?

–Indi... –musitó Alisha mirándola con ternura.

–Quizá nunca las lea nadie más, pero he escrito muchísimas cosas de Fátima y quiero que la tengas tú –prosiguió ella–. Ayer anoté mis dos últimas posibilidades, y he pensado que como tú hablas con Dios... Que quizá si le dices... Bueno que...

–Pero Indi...

–No se dice «pero», Ali, ¿recuerdas?

–¡Lo sé! –exclamó Alisha–. Es solo que... Indi, no puedes ir, tú no conoces el bosque, no sabes qué bayas son venenosas...

–Yo también tuve un sueño y por eso sé que tengo que ir yo. Sé de verdad lo que pasa... ¡Anda, Ali! ¿Le dirás a Dios lo que escribí ayer?

–De acuerdo, Indi –se rindió a duras penas Alisha–. Pero tienes que decirme lo que anotaste.

–La posibilidad de ser tan valiente como tú, Ali –respondió Indira sonriendo a su amiga.

–Sé que eres tan valiente como yo –replicó Alisha–. Incluso más valiente, Indi. Tengo miedo, pero sé que puedes hacerlo.

Indira guardó silencio y posó la mirada más allá de los árboles del bosque que la estaba aguardando.

–¿Cuál es la otra posibilidad, Indi? –insistió Alisha deseosa de conocer qué secreto guardaba la misteriosa libreta de Indira.

–La posibilidad de volver...

X

Primer encuentro: recuerdos de Fátima

–¡Fátima!–

Se levantó con urgencia y anotó aquel nombre en un papel. Se lavó los dientes y se vistió con el uniforme de trabajo con el tedio habitual, el ritual matutino que había mecanizado y que parecía ejecutar otro que no era él mismo, mientras su mente se perdía en el siguiente capítulo de aquella otra trama vital, la que tenía lugar en su particular mundo interior. Era como si dos personajes habitasen el mismo cuerpo de oficial de inmigración, cada uno atento al argumento que daba sentido a su existencia. Dos hilos argumentales que parecían discurrir paralelamente, como concediéndose diferentes espacios y tiempos que, sin embargo, coexistían de manera sincrónica. ¡Qué extraño era todo! En realidad, se sentía ajeno a aquel uniforme de color gris. Sentía que precisamente aquel uniforme mermaba un poco más cada día el esplendor de una existencia posible donde ambos personajes confluyeran en una misma dirección. Se sentó al borde de la cama y observó los elementos que decoraban exiguamente la habitación de reducidas dimensiones que tenía arrendada en el extremo oeste del mercado de Khari Baoli. Un pequeño baño, un frente de cocina con dos fuegos, un par de sillas dispares... Hacía aproximadamente año y medio que vivía en aquel lugar neutro e impersonal. Le faltaba vida.

Observó las tazas sucias sobre la mesa. Aquello era, tal vez, lo único que le hacía sentir en casa: objetos inertes que conservaban el sabor de sus labios en forma de pequeñas manchas de té dibujadas en el borde de la taza. Allí quedaba impreso su recuerdo, su aroma, incluso el sentimiento de añoranza a lo largo de las últimas noches, de un abrazo cálido bajo la sábana. Se preguntaba si todas aquellas huellas inmateriales que dejaba cada ser humano a su paso por las calles de la ciudad se fundirían en algún continuo que diera sentido a una existencia global. No podía verse a sí mismo como parte de aquel entramado de callejuelas en torno al mercado, no podía verse en aquel uniforme de trabajo, o siquiera en aquel mismo momento de soledad; y, sin embargo, sentía una fuerte conexión con algo irreal cada vez más presente en el aire especiado que se colaba por la ventana y se fusionaba con su propio aroma, y con la atmósfera enrarecida de aquella habitación donde otros seres humanos habían dejado también sus propias huellas. El olor de su estancia era una mezcla de fragancias indescriptible. Era imposible aislar los aromas para recuperar algún indicio de individualidad. Las tazas le ayudaban a recrear su propia esencia allí impresa, en aquellas minúsculas gotas secas. Sin embargo, la vida se imponía frente a aquella posibilidad inerte, y conforme avanzaba, cada signo de vida quedaba fundido irremediablemente con todo lo demás.

Se sintió diluirse. Era parte de aquel mismo instante, y también lo era de algún espacio-tiempo anterior donde sus huellas habrían quedado grabadas en el aire, en las ramas de los árboles, en la tierra mojada, en las paredes de aquel lugar que su mente rememoraba a través del sueño. Presente, pasado y futuro parecían fundirse en un continuo circular, en coexistencia con el presente, pasado y futuro de los cientos de millones de seres humanos que habitaban el planeta... ¿Dónde situar aquel nombre? *Fátima...* ¿Dónde ubicar su propia inadaptación a todo aquel mundo que parecía discurrir de manera armónica, tal vez ajeno a sus divagaciones sobre la coexistencia de cada instante de vida propio y ajeno en un único espacio-tiempo posible? ¿Y si aquel día no acudiese al trabajo? ¿Cómo trastocaría su decisión el resto de planes ya elevándose en el aire contaminante de la ciudad? ¿Y si el mero hecho de ser consciente de que la vida es en realidad una secuencia infinita de instantes cargados de sentido, fuera suficiente para que las respuestas a todas sus preguntas llegasen solas? Entonces bastaría con hacer lo de siempre. Bastaría con que acudiese a su trabajo como cada mañana. Bastaría con que mantuviese su rutina diaria, bastaría con que se aceptase a sí mismo dentro de aquella camisa de color sucio, bastaría una sonrisa inusual en el rostro...

Tomó un último sorbo de té caliente y dejó la taza junto a las demás. Después salió al exterior y sintió el aire frío del invierno sobre su rostro. La avenida era ya un hervidero de gente. Muchos se acurrucaban todavía bajo mantas y cartones, a cubierto de la humedad gélida que venía azotando un invierno especialmente crudo. Según había oído en la radio, el frío se había cobrado en el mes de enero la vida de más de cuatrocientas personas, la mayor parte niños, lo que suponía el doble de muertos que a lo largo de todo el invierno anterior. A pesar de la ola de frío que sacudía la capital, se decía que durante los preparativos previos a la celebración de los juegos de la Commonwealth hacía tres o cuatro años, las autoridades gubernamentales habían cerrado varios albergues con el objetivo de embellecer la ciudad, y que aquellas plazas no habían vuelto a abrirse a los indigentes. Era una ruindad que el progreso acaeciese cebándose con los más desfavorecidos. ¿Cómo podía un país sostenerse sobre sus propias ruinas? Y, lamentablemente, la historia se repetía por todas partes.

Observó a un pequeño con el rostro aterido que trataba de vender algo que llevaba en las manos, quizá sustraído a algún turista en un descuido. Hacía una seña con la mano mientras ocultaba el pequeño objeto bajo un jersey raído de color naranja, manteniéndolo oculto a la vista de algún agente de policía que pudiera aparecer sorpresivamente, o tal vez a los ojos de algún pez más grande que arrebataría la mercancía de sus manos sin el más mínimo escrúpulo. Cuando lograba la proximidad de cualquier viandante, lo mostraba con orgullo y trataba de negociar su precio. Observó su cabello negro cayéndole en gruesos mechones, el cuerpo menudo, desproporcionadamente pequeño en comparación con su cabeza, donde posiblemente hubiera mucho más que miseria. Observó el frío en cada centímetro de su piel. Y, a pesar del frío, incluso más allá de aquel trabajo indigno para cualquier ser humano, más allá de aquella infancia rota, sus ojos negros brillaban con fuerza. Era una mirada profunda y honesta, limpia como un cielo estrellado. Pensó que aquella mirada era la expresión más angelical que había visto en mucho tiempo, y se sintió habitante de un universo distinto, un mundo que se había alejado de aquella belleza, que había perdido aquel brillo. Se preguntó a qué venía aquel repentino interés por el pequeño diablillo. ¿Dónde confluían sus dos realidades? ¿Qué tenía todavía en común con aquel chaval de apenas seis o siete años de edad? Tal vez solo aquel instante de observación que le traía añoranza.

Lo siguió con la vista. El chico repetía una y otra vez la misma operación, bajo la misma sonrisa blanca y la misma autenticidad infantil escrita en aquella mirada. Decidió seguir sus pasos durante unos minutos. Al final, un hombre de estilo europeo pareció interesarse por la mercancía del chico. Tomó el objeto de manos del niño y lo examinó detenidamente. Después se dirigió al muchacho y le hizo una oferta. El chaval negaba con la cabeza y señalaba el objeto, después elevaba ambas manos al aire y mostraba todos sus dedos, diez, parecía insistir. El europeo sonreía, y el niño sonreía todavía más. Sonrisas enlazando vidas antagónicas en medio de aquel continuo inexplicable que hacía que aquel hombre venido de Europa, precisamente él y ningún otro, estuviese allí en ese preciso instante a punto de comprar lo que posiblemente era una baratija carente de valor a cambio de una sonrisa en los ojos de un pequeño anónimo en el corazón de la vieja Delhi. Le trajo a la mente el recuerdo del americano que había cambiado su vida.

Cuando terminó el trato, el chico corrió internándose en un callejón que desde aquel ángulo parecía no estar allí. Si no se hubiera fijado en el niño, lo habría pasado por alto. En un impulso, Manuel corrió detrás de él tratando de alcanzarlo. No tenía ni idea de qué estaba haciendo salvo seguir sus impulsos. El chico se paró a la entrada de una tienda de plásticos de toda índole, y giró sobre sí mismo como si hubiese presentido aquella persecución que ni el mismo Manuel hubiera podido explicar.

–Oye, chaval –dijo entonces–. ¿Quieres ganarte diez rupias?

–¿Eres del hampa? –preguntó el chico en un tono casi amenazante–. Porque si eres del hampa ya puedes ir largándote. Este es mi callejón, ¿comprendes?

Aquello le hizo gracia. El niño levantaba poco más de un metro del suelo, y de pronto su voz se había elevado a una altura mucho mayor para hablarle de igual a igual. Le gustó su entereza.

–No, no soy del hampa. Mira –dijo mostrando el uniforme bajo su abrigo–, trabajo en el aeropuerto.

–Entonces sí.

–¿Entonces sí?

–Sí quiero diez rupias.

«Vaya –pensó–, es un niño y ya sabe lo que quiere mejor que yo mismo...»

–Te vi mientras trabajabas, ¿sabes?

–¿Eres policía?

–¡No, no! Solo te observaba porque... Verás, estoy buscando algo y creo que tal vez puedas ayudarme. ¿Comprendes?

El niño asintió con la cabeza. Manuel continuó hablando:

–En realidad, lo que busco está dentro de mí, lo sé –se sintió extraño al expresar todo aquello–. No sé, chico, creo que tal vez tú eres el más indicado para ayudarme a encontrarlo, porque tú me recuerdas a mí, y... –Se detuvo al observar que el niño negaba con la cabeza–. Creo que nos parecemos en algo. Yo...

–No –dijo entonces el niño.

–¿No?

–No –repitió–. Yo no me parezco a ti.

–¿Y por qué estás tan seguro, pequeño?

–Porque yo no temo a nada –sentenció el niño.

Manuel se quedó callado. ¿Tan evidente era que tenía miedo que hasta un niño de las calles podía detectarlo de un solo vistazo? Quizá había algo que él mismo no era capaz de ver, ni siquiera mirándose con detenimiento en el dichoso espejo donde se hacía tantas preguntas. Sintió una ligera punzada en el pecho. Pensó que tal vez su olvido era simple y llanamente miedo al recuerdo. Quizá hubieran pasado cosas en su infancia que había preferido olvidar. El chico lo miraba extrañado. Tendió su mano con impaciencia.

–¡Diez rupias, señor!– dijo resueltamente, como si diera por cumplida su parte del pacto. Pensó que seguramente ya tenía la respuesta que andaba buscando, aunque en realidad no le llevara mucho más allá de lo que ya sospechaba. Empezaba a tener la certeza de que algo en su pasado había interrumpido la vida que debía haber llevado. Por primera vez en años sintió rabia y dolor. Solo que no era capaz de saber dónde estaba la raíz de aquellos dos sentimientos. Lo que el niño había dicho era cierto. Quería volver atrás, pero también temía encontrar las huellas de su pasado. Sacó un billete de veinte rupias del bolsillo del pantalón y se lo tendió al chaval.

–¡Diez rupias, señor! Un pacto es un pacto –dijo el niño mostrándose ligeramente ofendido.

–Te comprendo –respondió Manuel–, pero quiero que entiendas que a veces uno merece un pago extraordinario por un trabajo excepcional. Acéptalo, chaval...

El chico lo miró extrañado y arqueó ambas cejas. De pronto esbozó una sonrisa radiante que podía iluminar toda una estancia, un callejón sin salida, un país confinado dentro de sus propios muros... Tomó el dinero con ansia y salió corriendo hacia la avenida principal, perdiéndose rápidamente entre la muchedumbre. Manuel deshizo el camino andado sintiéndose como un autómata que no es capaz de dirigir su destino. Aquel trayecto le pareció el sendero que unía dos momentos irreconciliables, el instante previo al encuentro con aquel niño, y ese momento presente en el que algo en su interior se había agitado violentamente y trataba de recuperar la calma perdida.

Aquel día no fue a trabajar. Ni tampoco el siguiente. Llamó para decir que estaba enfermo, y era cierto que al volver a su casa la temperatura normal de su cuerpo se había elevado unas cuantas décimas. Necesitó pasar horas en cama, sudando y teniendo una y otra vez aquellas pesadillas que parecían compañeras de cuarto. Por fin al tercer día se levantó con ganas de retornar a la normalidad, y cumplió su ritual matutino encaminándose al trabajo con más energía que otras veces.

Sabal estaba esperándolo en la antesala de la oficina que compartían. Mientras caminaba al encuentro del viejo oficial, pudo percibir un estado de nerviosismo inusual. Algo pasaba. Apresuró el paso al intuir que precisamente su presencia era lo que requerían de manera inmediata. «*¡Qué mala suerte!* –pensó–, *para una vez que llega antes que yo...*»

–¿Dónde te metes, diablo? ¡Eres un maldito incompetente!

–Lo siento, Sabal, he estado enfermo –trató de justificarse, sin imaginar que el enfado de su superior no tenía nada que ver con aquellos días de ausencia.

–¿¡Y es que la enfermedad te ha dejado inútil y por eso llegas a estas horas!? –exclamó el oficial fuera de sí.

–Pero Sabal –intentó defenderse él–, ni siquiera son todavía las...

–Ni siquiera nada! ¡Para una vez que se te necesita y tú no estás en tu puesto! –Se detuvo un instante mirando furiosamente a los ojos del muchacho para el que había dejado de tener palabras amables–. ¡Una sola vez más! –exclamó levantando el dedo índice frente al rostro atónito de Manuel–, ¡una sola!, ¿me entiendes? ¡Una más y te vas a la calle de la que viniste!

Manuel quería llorar tanto como pegar a su amigo con sus propias manos. El día había comenzado revuelto. Se preguntaba dónde quedaba la amistad que les había unido durante años. Si no hubiese sido por el rango y por el respeto que le tenía, le hubiera abofeteado por aquellas palabras exentas de compasión. Más aún, de justicia. No merecía reproches y menos aún amenazas. Les tenía acostumbrados a incorporarse a su puesto media hora antes de que empezara su turno, pero aquello no les daba derecho a exigirle que estuviera allí a esa hora. Y en todo caso, todavía quedaban seis o siete minutos para que comenzara su turno. ¿Qué estaba sucediéndole al viejo Sabal? Últimamente se mostraba todo el tiempo irascible, como si algo lo atormentara. Parecía un perro rabioso sujeto a una cadena, retorciéndose con desazón y a punto de abalanzarse como un lobo encima de su presa. Había tratado de hablar con él, y lo único que recibía eran monosílabos y algún que otro aspaviento fuera de lugar.

–Lo siento, Sabal –dijo tratando de apaciguar el ánimo–. No volverá a suceder.

–Más te vale –insistió el otro–. Ya estás advertido. Ahora ven. Tenemos un tipo que dice ser médico, pero parece que le han robado el pasaporte y el resto de sus documentos. Es británico, creo. Lleva un material muy interesante dentro de la maleta. Dice que llevaba no sé qué permiso pero que se lo han robado también. Sígueme.

El flujo de pasajeros a través de los dos mostradores de control de inmigración se había detenido. Cruzaron entre la fila de viajeros, que observaban con impaciencia el revuelo que había provocado la detención del turista. Ninguno de los operarios daba explicaciones a los pasajeros; tan solo aguardaban mirándose el uno al otro, indiferentes a la confusión generada entre los recién llegados. Cruzaron una puerta en que se leía «no pasar» y entonces Sabal ordenó a Manuel sentarse delante de la pantalla de una vieja computadora.

–Escribe –dijo únicamente.

El joven miró al hombre que permanecía de pie junto a dos de sus compañeros del cuerpo de seguridad del aeropuerto, y el hombre lo miró a él un instante y enseguida apartó la vista con indiferencia. Manuel se sintió estremecer. En los ojos del visitante parecía dibujarse un sendero conocido, la imagen de un pasillo largo en penumbra. La visión no era nítida, pero sí familiar. Tanto como aquellas paredes de oficio donde transcribía declaraciones que servían para engrosar el archivo. Salvo excepciones –que desde luego merecía la pena recordar porque habían generado momentos de lo más variopintos–, aquellas declaraciones eran más una excusa para romper momentáneamente la rutina que un verdadero deseo de investigación sobre el origen y las dudosas intenciones de algún pasajero. Por lo general solo eran errores de forma en su entrada al país, aunque también eran habituales los intentos de tráfico de sustancias, piedras preciosas e incluso divisas. Casi siempre decían lo mismo: que alguien debía haber metido aquello en su equipaje aprovechando un descuido. Algunos eran auténticos profesionales, pero la mayoría solo eran gente corriente. Con una dosis de buena voluntad, pensaba Manuel, podían evitarles un mal trago a aquellos pobres infelices

Recordaba una ocasión, hacía ya algunos meses, en la que una joven parisina había llorado al verse sola en aquel cuarto a media luz, rodeada por cuatro hombres uniformados en su primera visita a la capital india. La joven trató de explicar un cambio de planes de última hora como consecuencia del cual la ciudad de llegada era Delhi y no Mumbay como reflejaba su visado. Al día siguiente acudiría de inmediato a la embajada, había dicho. Todo se había trastocado el día antes de su viaje, sin tiempo para gestionar aquel formalismo directamente desde su país de origen. La palabra «formalismo» no era, desde luego, la definición con la que Sabal se refería a ese tipo de cosas. Él empleaba palabras como «rigor», «pulcritud» y otros apelativos por el estilo. Por eso no aceptaba de buen grado el más mínimo menosprecio a la labor esencial que dirigía en el aeropuerto. Para él su trabajo era un oficio sagrado, y ese tipo de cosas podían resultarle ofensivas. Manuel estaba seguro de que precisamente a causa de esa palabra, «formalismo», el viejo Sabal se había ensañado con la joven hasta hacerle brotar lágrimas en los ojos, mientras recogía algunas de sus pertenencias y las volvía a introducir en su bolsa de viaje. Durante la escena –que le había avergonzado–, había visto dibujarse en el rostro de Sabal una mueca de confusión, a pesar de la cual se había sentido incapaz de dar marcha atrás. Aquel día pensó que había caminos por los que era mejor no internarse pues difícilmente tenían retorno. Cuando se rozaba la crueldad, era casi imposible dar marcha atrás.

Tomó asiento y se dispuso a transcribir el contenido de la conversación.

–Bien– comenzó Sabal–, entonces es usted médico...

–Sí, me llamo William Shade, doctor William Shade. Siento haber provocado...

–Le agradecería que solamente respondiera a mis preguntas. ¿País de origen?

–España, aeropuerto de Barcelona.

–Pero usted no es español... –El funcionario lo observó con detenimiento–. ¿Británico? –inquirió, seguro de que la respuesta sería afirmativa.

–Sí, pero hace ya varios años que vivo a caballo entre España y la India... Mi más profundo respeto a usted, por cierto –dijo inclinando la cabeza con cierto aire ceremonial–. Soy estudioso de su religión, tengo aquí amigos que... –repuso queriendo llevar al viejo oficial cuanto antes al terreno que más fácilmente le sacaría de aquello. A pesar del uniforme, el aspecto del oficial no dejaba espacio a la duda y el doctor había visto enseguida una vía para agilizar la situación y salir de allí cuanto antes. Sin embargo, el intento había resultado burdo y fuera de todo protocolo al que Sabal pudiera estar receptivo.

–Nadie le ha preguntado. No debería dar por sentado más de la cuenta, ¿no le parece? –repuso el viejo oficial con un aire despectivo que evidenciaba poca o nula simpatía hacia el forastero–. Insisto en que responda estrictamente a lo que se le pregunta.

El doctor Shade dibujó una mueca de contrariedad en su rostro. Aquel viejo parecía dispuesto a darle problemas. «*¡Maldita sea!* –pensó–, *ha ido a tocarme este zote*». Sabal se mantuvo unos segundos callado. Odiaba todo lo que oliese a Imperio Británico. Era un viejo aferrado a una tradición cuestionada por muchos y pensaba que los años de ocupación de los británicos habían sido el origen de toda la confusión reinante en su país. Pero además estaba ese tono de superioridad con el que los ingleses hablaban al mundo. Esa actitud de los occidentales que les hacía creerse con derecho a imponer su cultura. Sentía cada vez más desprecio por su forma blasfema de vivir y comportarse. ¡Eran como bárbaros! No tenían tradiciones ni mostraban respeto por nada.

Lo miró despectivamente y prosiguió su interrogatorio:

–¿No tiene ningún papel que acredite su identidad?

–Me temo que no –respondió William Shade, que se mostraba impasible ante la mirada desafiante del viejo.

–Ya... –murmuró.

–Puedo facilitarle un número de teléfono donde...

–Yo le diré qué hacer –insistió el funcionario, que de nuevo miró de forma retadora al viajero, quien a su vez sostuvo la mirada convirtiendo por un momento el ambiente en un fuego cruzado de silencios, donde los dos hombres habían colocado una buena dosis de agresividad contenida–. ¿Conocía la existencia de drogas en su maletín?

–¡Oiga, espere un momento, no transcriba eso! –repuso el médico con nerviosismo volviéndose hacia Manuel, cuyos dedos se detuvieron de inmediato–. Lo que llevo son solo medicamentos de uso común. En todo caso, mi posición me capacita...

–Usted no es nadie ahora mismo. No tiene capacidad para introducir sustancias en mi país. Responda, ¿trafica con esas mercancías?

–Está sobrepasándose, se lo advierto. ¡No sabe con quién...! –Se detuvo antes de proseguir. Tampoco sus palabras eran apropiadas si pretendía relajar el ambiente y lograr que le dejasen salir de aquel embrollo cuanto antes–. Verá –dijo, tratando de apaciguar su propio tono de su voz–, soy responsable de un importante proyecto de ayuda en India. Me dirijo a nuestra sede en Kullu, el orfanato de Fátima. Puede verificar fácilmente lo que le digo...

«*¡Fátima!*» El mismo nombre que había recordado hacía solo un par de días, antes del encuentro con el pequeño que le había dejado aquella sensación tan extraña que hasta le había enfermado. Aquello parecía sacado de alguna historia fantástica escrita para niños. ¡Si le hubieran contado que era posible recibir señales de manera tan clara, hubiera creído que le tomaban el pelo! Parecía una locura. Como un mensaje escrito a su nombre y personificado en la visita de aquel pasajero, precisamente él y ningún otro; y justamente aquel día en que por algún motivo su documentación se había traspapelado. Eso, si resultaba verdad la declaración del detenido. ¡Aquello no podía ser solamente casualidad! Era como si sus preguntas comenzaran por fin a arrojar respuestas de la manera más anacrónica e inesperada posible. Era como si el cielo hablara. Quizá su búsqueda también cobrara pronto un sentido que hasta ese momento no había sido capaz de encontrar. ¡Era todo tan sutil y a la vez tan rotundo! Sabía que nadie salvo él podría entender que todo aquello eran pistas. No le importaba. Hacía tan solo un par de horas que había estado reflexionando exactamente sobre eso: cada camino era único, y el buscador que ponía el corazón en su búsqueda siempre terminaba encontrando el camino.

De pronto, la revelación cobraba una dimensión extraordinaria que le hizo estremecer. Por un momento sintió que se mareaba. Se había dicho a sí mismo que tal vez todas sus conclusiones solo eran un modo de apaciguar su desazón interior, una forma de conformismo. Pero ahora... Primero el nombre de aquel lugar, después las palabras del niño y dos días en cama inmerso en aquellas pesadillas cada vez más y más nítidas. Y ahora, como si todo fueran piezas del mismo puzzle, el encuentro con aquel pasajero de aspecto helado que le resultaba tan familiar. Era curioso. Parecía que dentro de los acontecimientos más rutinarios podían ocultarse las pistas exactas que el alma buscaba. Empezaba a pensar que, de algún modo, aquellos mensajes respondían a algún tipo de orden superior, como las señales justas que Dios habría desperdigado aquí y allá, en lugar de ser simples elementos producto del azar. No parecía que hubiera casualidades. «*No* –pensó–, *esto es mucho más que pura coincidencia...*» Sentía que había una profunda verdad en aquellas conclusiones que le bombardeaban la mente pero que a la vez le hacían sentir una profunda calma.

Observó la escena como un espectador aplicado cuya intervención pueda ser reclamada en cualquier instante. ¿Qué papel debía desempeñar? Sabal observaba atentamente a su interrogado. El otro se había puesto nervioso por unos instantes, pero pronto había recompuesto la expresión de su rostro, que de nuevo era tan rígida como la de un muñeco de cera. Por un momento le pareció congelado. Entretanto, él solo observaba, y a la vez, se limitaba también a transcribir lo que estaba pasando. Trató de atisbar más allá de las palabras del visitante, como si buscara algo en su discurso que le permitiese adivinar cuál debiera ser su siguiente movimiento. Sabía que el paso del doctor por aquella oficina era exactamente lo que debía suceder aquel día. Por algún motivo se habían cruzado sus vidas en el momento oportuno. La cuestión era, ¿por qué?

El británico daba explicaciones al viejo oficial. El otro hacía muecas. Había una explicación coherente para el transporte de aquellas sustancias y el doctor deseaba, además, efectuar una denuncia sobre los documentos sustraídos durante el vuelo. Manuel escribía todo lo que estaba pasando. Quizá hubiera podido omitir algunos detalles, como ya había le aleccionado otras veces el viejo, pero él pensaba que toda información podía convertirse en indispensable, de manera que trataba de anotar con todo detalle.

–Tome –prosiguió el doctor Shade al tiempo que sustraía una tarjeta de uno de los bolsillos de su chaqueta–. Acabo de recordar que en este número pueden darle referencias que aclaren todo esto. Le ruego que haga una llamada a este número de teléfono. Por favor...

Sabal se quedó callado observando la tarjeta que el visitante le había extendido. Contenía un escudo que exhibía los colores de la bandera bajo el eslogan «*mi India, mi orgullo*». Le dio la vuelta y leyó algo escrito a mano con tinta azul. Después salió al exterior sin mediar una sola palabra y todo quedó de nuevo en silencio. William Shade miró a Manuel con indiferencia y su mirada produjo en el joven oficial un escalofrío. Apartó la vista y se concentró en la corrección de la declaración que acababa de transcribir. A los pocos minutos, Sabal reapareció en la sala. Parecía contrariado.

–Tiene usted buenos amigos –dijo, mostrándole al extranjero la tarjeta que él le había entregado–. En fin, le ruego disculpe nuestra meticulosidad –dijo tratando de restar importancia a lo que había sucedido en aquella sala durante casi una hora–. Es nuestro trabajo, ya sabe...

–¡Claro, claro! No se preocupe. ¡Bien hecho!

–En fin, puede marcharse. Pero vaya directamente a su embajada para solucionar lo de sus papeles, ¿de acuerdo? Por favor, siga al muchacho; él lo acompañará directamente al otro lado –dijo, señalando a Manuel–. No es necesario que regrese a la zona de control, hay otro acceso más cómodo.

–Quedo inmensamente agradecido, oficial. Buenos días.

Manuel se puso en pie y pidió al extranjero que lo siguiera.

–Acompáñeme, doctor. ¿Ha traído equipaje?

–Llegó todo por cargo en un vuelo anterior, alguien se ha ocupado ya de recogerlo.

Cruzaron la sala de control de pasaportes hacia una puerta situada justo al otro lado de la oficina donde lo habían tenido retenido durante casi una hora. La gente se arremolinaba con nerviosismo frente a los mostradores, algunos sentados sobre sus equipajes de mano, otros dando pequeños pasos en un sentido, e inmediatamente después en el sentido contrario. La escasez de personal había quedado patente, por lo que muchos expresaban sus quejas al haber visto detenido el flujo de entrada de pasajeros por culpa de un solo turista. Manuel se limitó a caminar con premura, seguido del británico, mientras se oían comentarios que denotaban el descontento, a los que ya estaba acostumbrado. En pocos minutos se reanudaría la actividad normalmente y todos podrían continuar el propósito de su viaje sin mayores sobresaltos. La zona de control servía a una causa de primera necesidad para el país, se dijo Manuel a sí mismo, recordando las enseñanzas del propio Sabal. Era verdad que a veces se excedía al hacer su trabajo, pero Sabal había gestionado incidentes de cierta gravedad con el mayor éxito, y si alguien tenía poder para decidir allí dentro, ese era él.

–Siga todo recto. Enseguida encontrará la salida.

–Conozco el aeropuerto. Gracias de todos modos.

El doctor William Shade comenzó a caminar apresuradamente. Manuel observaba su paso mientras el extranjero se alejaba de espaldas a él. Era un hombre entre sesenta y cinco y sesenta y ocho años, fornido a pesar de la edad, recto y de una altura extraordinaria...

–¡Doctor! –exclamó de forma impulsiva.

Shade detuvo su marcha y se giró en dirección opuesta para mirar al muchacho. Manuel se apresuró algunos pasos hasta alcanzarlo.

–Doctor... ¡Yo viví en el hogar! ¡Nací en Fátima!

William Shade permaneció en silencio. Lo miró detenidamente y arqueó una de sus cejas. Trataba de recordar al muchacho, pero en el fondo había olvidado casi todos los rostros que habían pasado por aquel orfanato. Por un momento, le vino a la mente la idea de que alguien pudiera haber sobrevivido al hogar en el bosque, pero enseguida apartó aquella idea. No era posible. Que recordara, un solo muchacho había desaparecido entre la espesura sin que hubieran podido encontrar su cadáver, pero era de todo punto imposible que hubiera resistido a las temperaturas extremas. Los leopardos habrían dado buena cuenta de él.

–Hace ya mucho tiempo, doctor. Casi he olvidado cómo era aquello, pero sí recuerdo que solía conocer esos bosques como la palma de mi mano. Son sensaciones, ¿me entiende?

Guardó silencio. Esperaba alguna respuesta amable del extranjero que le ayudara a continuar hablando. Aquel hombre era lo más familiar que se había cruzado en años y necesitaba saber algo más de él, o de aquel lugar. Le gustó saber que aún estaban en pie aquellas piedras que fueran su hogar, aunque no tuviera un solo recuerdo nítido de cómo era aquello.

–La vida te ha tratado bien, ¿eh? –dijo con despreocupación el británico.

Manuel permaneció callado mientras William Shade lo observaba con sumo detenimiento. «*No es posible que escapara de allí* –se dijo a sí mismo.– *Nadie conoce tan bien como yo aquellos bosques y ningún mocoso hubiera podido salir con vida de allí. Es de todo punto imposible»* Trató de calmarse...

–¡Bueno, bueno! ¡Nuestros chicos crecen! –exclamó al fin atusándose la barbilla con los dedos de la mano–. ¡Me alegra verte, muchacho! –le dio una palmada en el hombro y después se volvió para seguir su camino–. ¡Cuídate, chico!

El hombre reanudó la marcha con igual apresuramiento. Manuel lo siguió con la vista, viéndole alejarse entre decenas de pasajeros anónimos, cuyas vidas se cruzaban en aquel lugar como un entramado de infinitos hilos conductores sin principio ni fin... Se preguntó dónde confluiría aquel inesperado y enigmático encuentro. Si algo había descubierto aquella mañana, era que todo estaba ya escrito en alguna parte.

XI

Sita

Sita lloró durante varias noches después de su último encuentro con Manuel. Recordaba su cuerpo delgado allí tendido, sin rozarla siquiera, ausente a pesar del olor, de su respiración que podía escuchar nítidamente junto a ella, y sentía una punzada en el pecho que la conectaba con un llanto profundo e incomprensible. Había surgido todo de pronto. Al pensar en él no podía evitar que las imágenes de una niñez dormida durante aquellos años afloraran desdibujadas, inconexas, hirientes. ¿Por qué no había querido hacerle el amor, justamente ese día en que su alma pedía a gritos un encuentro sincero? Aquella noche había sentido su intimidad más próxima que nunca, habría podido fundirse en él y olvidar por unas horas quién era después de todo: una simple prostituta. Esa vez, al entrar en ella, habría podido amarla de forma sincera y ahora tendría un recuerdo de verdadero amor prendido en su piel. En su lugar recordaba una barrera invisible que los separaba más que nunca, y quizá para siempre. En aquellos años Manuel había sido el único que la había hecho sonreír mientras se desnudaban, y poco a poco se había ganado su cariño hasta sentirlo tierno como un niño a su lado. De pronto lo percibía como un hombre, capaz de abrazar y proteger con su cuerpo, de devolverle el consuelo mirándola a los ojos. Al marcharse aquella mañana, Manuel también había dejado una niña en aquel cuarto donde ella prostituía su cuerpo. Desde aquel día prostituiría su alma también.

Lloró desconsoladamente. Lloró su adolescencia rota, aquella primera vez en el suelo grasiento de una cocina a media luz, bajo el cuerpo convulsionado del hombre que robó su inocencia para siempre. Recordó las aspas del ventilador chirriando acompasadamente, como si tocaran una melodía obscena que grabaría el resto de su futuro en el aire de aquella barriada caótica e inhumana. Sus ojos rememoraron el instante mismo en el que supo que su vida tenía un antes y un después, las décimas de segundo en las que todo cambia como si de un abrir y cerrar de ojos se tratara. La sombra al acecho bajo una niebla densa e infecta, y enseguida el nuevo despertar a una conciencia diferente donde la infancia era un simple silbido del viento en algún lugar perdido en el horizonte... Quería volver desesperadamente a encontrarse con aquella niñez, empezar de nuevo, trastocar los planes de aquel futuro escrito pese a sí misma, aquel futuro que no le pertenecía en absoluto, ni a ella ni a nadie que un día hubiese tenido infancia. De pronto se negaba a aceptar el horrible desenlace de su existencia. ¡Tenía veinticinco años y una vida que aún era inmensa! Al despertar se vio empapada en llanto, como cada mañana desde aquella última noche en compañía de Manuel. Aquel encuentro había tocado directamente en el centro de la diana, como un interruptor que acciona un mecanismo por el que afloran el llanto y la risa inconteniblemente. Era consciente de todos aquellos años de silencio hacia sí misma. Había acallado cada voz de alarma, cada grito desgarrado que pudiera interponerse en su propia supervivencia. ¿Cómo sobrevivir de ahora en adelante pudiendo todavía abrazar la vida? ¿Por dónde empezar?

India era un país que dejaba cadáveres por todas partes. Junto a los cuerpos muertos en hilera sobre las aguas sagradas del río Ganges, cientos de vidas deshechas todos los días narraban una muerte distinta. ¿Cuál era el futuro posible para alguien como ella? Necesitaba salir de allí cuanto antes. La cuestión era dónde ir. Aquel día sería uno de los más difíciles de su vida... Tomó un papel y trató de anotar detalles de aquellos primeros años de infancia cuando ella y su hermano Vatsa todavía tenían un hogar donde dormir. Las imágenes parpadeaban en su mente a gran velocidad como eslabones perdidos de una historia sin orden aparente. Vivían en una casa modesta en el extremo oeste de Karol Bagh y acudían en transporte escolar a la escuela pública de Guru Harkrishan, a unos cuatro kilómetros de distancia. Su padre era propietario de un negocio de accesorios para automóviles que por lo general iba bien y les permitía vivir con suficiente desahogo. Ella tenía casi once años cuando su padre desapareció dejando todas las puertas cerradas. A la muerte de su madre, una mujer había ayudado a su padre haciéndose cargo de casi todas las tareas de la casa. Así había sido durante varios años, pero aquella tarde a la salida de la escuela, nadie respondió a su llamada desde el otro lado de la puerta. Esperaron frente a la casa durante dos días, pero en el interior no había nadie. Después, aquella puerta de color verde les pareció un muro y supieron que no volverían a ver nunca más el otro lado.

Nadie supo explicarles por qué aquella mañana tampoco se abrió el cierre de la tienda. De hecho, a todos los vecinos les había extrañado la ausencia de Savir aquel día. Al evocar su nombre, trató de recordar la cara de su padre. ¿Cómo sería ahora, catorce años más tarde? Le resultó extraña la visión de los acontecimientos pasados.

En sus primeros años de vida habían muerto todas las mujeres de la familia, de la que Savir Gandhiki era la cabeza desde el fallecimiento de Ojayit Gandhik, el abuelo, que a su muerte había hecho prometer a su padre hacerse cargo de la abuela y no enviarla al luto de las viudas en Vrindavan. De algún modo, el abuelo ya temía la debilidad de su hijo, por eso lo había encarcelado con aquella promesa que Savir cumplió a duras penas. Sita recordaba que su padre solía maldecir la memoria del abuelo, y que entonces la abuela le recordaba lo que significaba ser un buen hijo.

Algún tiempo después, la madre de Sita falleció al nacer su hermano Vatsa y su padre enloqueció de rabia. Para entonces Sita no había cumplido todavía dos años, pero enseguida tuvo que hacerse mayor para entender cosas. El pequeño Vatsa era un regalo del cielo, había dicho el padre un tiempo después, cuando la memoria de Mamá Reena había dejado de ser tan dolorosa. Después se había dado cuenta de que aquel hijo venía con un problema del que culpó a la familia de su difunta esposa. Entonces, el padre acusó a su suegro Bhopal de casarlo con una mujer débil y enfermiza que había muerto habiéndole dado un hijo que nunca serviría para nada, condenándole para siempre con aquellos dos hijos, una mujer y un inútil. Había prohibido a la familia materna acercarse nunca más a su casa y había lanzado su maldición sobre el lazo materno. Poco después, la abuela de Sita murió, harta de decirle a su hijo que los niños eran dos bendiciones, cada cual a su modo, y unos meses más tarde, a pocos de días de celebrarse la boda de la hermana menor de su padre (por la que este había tenido que dar una buena dote como cabeza de aquella familia), un camión se había llevado por delante el cuerpo de la tía Veena, la joven casada, mientras cruzaba una calle cercana a Raj Path. Nada habían podido hacer por su vida. Sus otras dos tías, única familia con vida del padre, vivían en el sur a muchos kilómetros de distancia, de manera que se había quedado él solo al cuidado de los dos hijos, la niña y el pequeño que nunca serviría para ser hombre. Fue entonces cuando el padre de Sita había tenido que pagar a una mujer para que los sacase adelante mientras él atendía el negocio. Nunca pensó en volver a casarse. Desde muy niña Sita había ayudado siempre en la casa, pero un buen día el padre había pensado que sería bueno que aprendiese a leer, y a la edad de ocho años la había enviado al colegio junto a su hermano Vatsa, que para entonces ya había cumplido los seis. El pequeño aún no había aprendido a hablar, salvo con monosílabos, por lo que en la escuela lo sentaban en un rincón hasta la hora de la salida.

Pero aquella maldición de su padre no había terminado. Muchos años después, la diosa Párvati le mandaba a ella un vientre estéril, dejando solo media mujer en su cuerpo, como si fuera verdad que la maldición del padre recaería sobre toda la herencia femenina de la familia, como había querido avisarle la abuela. Así lo creía Sita, que sin embargo agradecía aquella maldición sobre su cuerpo entregado al oficio de las calles. A los pocos días de la desaparición de su padre, el pequeño Vatsa se había volatilizado como si se lo hubieran tragado también las calles de la ciudad. Había llorado a su hermano durante noches enteras y después había dejado de llorar y lamentarse. Sita ya no tenía a nadie más en Delhi a excepción de Chadna; por eso le había dolido la distancia repentina de Manuel, que a pesar del sexo había sido para ella como un hermano. Ahora él se había convertido en el hombre que amaba. Había ido ganándose su corazón sin que ella pudiera hacer nada para remediarlo. De haber escuchado alguna de las señales, habría hecho lo posible por detener el caudal de emociones que le ahogaba el pecho y le impedía hacer su trabajo como hasta entonces.

Escribió palabras sin orden, según llegaban a su mente de manera inconexa. Nana Bhupal, padre de su mamá, Reena. La ciudad de Meerut, al oeste de Delhi. La línea materna que su padre había rechazado por la deshonra de una esposa débil que no llegó a sustituir nunca. Se dio cuenta de que era mucho más fácil recordar todos aquellos detalles ajenos a sí misma. Aquello en realidad no era ella, sino parte de una historia a la que de algún modo pertenecía. Ella era solamente un instante de niebla y todo lo que vino después. Y así había sido durante años que se le hicieron eternos, hasta que Manuel la había tocado en su centro vital y le había removido el alma, la niñez y la rabia. Sita era una explosión de dolor incontenible, y sabía que aquella última noche junto a él había desatado todo ese torbellino en su interior que parecía dominarla.

Sentía deseo. Un verdadero deseo que jamás antes había experimentado. Pensaba en el cuerpo terso de quien había sido su amante durante los últimos años, en el calor que desprendía su piel, en el olor a perfume de Assam que al mezclarse con el sudor de su cuerpo adquiría notas de madera y tierra, en su sexo viril entrando en ella, llenándola de él con aquel ímpetu que había aprendido de ella. Era la primera vez que entendía lo que realmente podía llegar a significar el sexo para el corazón y el alma, que a través del cuerpo rompía las fronteras de lo invisible para encarnar la espiritualidad y elevar al hombre a los cielos. Se sintió arder, solo que aquel fuego ya no era el deseo que le había recorrido cada músculo hasta hacerla temblar, sino el dolor contenido que se había transmutado en esos últimos días y ahora la llenaba de una profunda ira. Su historia y la de tantas otras niñas que como ella habían visto destruida su infancia le provocaba un dolor insoportable. Se vio a sí misma como una flor en pleno despertar que una mano cruel hubiera estrujado dejando caer los pétalos sobre la tierra mojada, dispuestos a recomponerse a sí mismos. Jamás volvería la flor a ofrecer su verdadero aroma. Su cuerpo de mujer era un templo que habían masacrado. Y solo el encuentro íntimo con Manuel había significado un intercambio sagrado, un diálogo entre dos almas.

Por eso no comprendía por qué no había vuelto a ella desde esa noche. Ni por qué de pronto toda su rabia se concentraba en él, hasta que lograba aclarar su mente. Comprendió que el sufrimiento es también el único veneno capaz de movilizar el alma y devolverle a un ser humano las riendas de su propia vida.

XII

Segundo encuentro: el sabor de las moras

Había mucho que hacer, pero el dinero al menos no era un problema. Durante aquellos años había conseguido ahorrar más de lo que muchos lograban reunir a lo largo de toda su vida. Llevaba una existencia sencilla, no tenía mujer e hijos que mantener. Aquello que Sabal le había reprochado diciéndole que un hombre sin esposa era medio hombre, en ese momento parecía una bendición. Quizá a algunos hombres no les estaba destinado el matrimonio después de todo. O quizá la bendición era estar solo en el mundo, no pertenecer a ninguna familia que esperara cosas de él. De hecho, ni siquiera sentía ya la misma necesidad de agradar a Sabal. Los últimos meses habían supuesto una ruptura en su relación, y lo sucedido aquella mañana en el aeropuerto había puesto un antes y un después en la imagen idealizada que había tenido hasta entonces del viejo oficial. Estaba claro que su jefe no necesitaba echarse encima la carga de un huérfano ansioso de padre. Además era cristiano. Desde luego aquella diferencia se había hecho irreconciliable, aunque Manuel no llegaba a entender la razón. Sin embargo, aquello había dejado ya de pesarle, y en aquel momento solo era capaz de ver su soledad como una ventaja.

Se dio cuenta de que siempre había pensado que aquella ciudad era un lugar de paso. Quizá por eso había ido guardando todo el dinero que podía para cuando fuera necesario hacer uso de él. En realidad no es que hubiera construido un plan en relación al ahorro, solo es que aquellos años había dedicado la mayor parte del tiempo a estar solo, a vagar por las calles sin rumbo fijo. Quizá había intuido que llegaría el día en que querría marcharse de allí, y ese día posiblemente ya había llegado.

Cuando se instaló en Delhi tenía catorce años y había errado ya por muchas pequeñas ciudades y pueblos de los que no le quedaban casi recuerdos. La enfermedad había borrado la mayor parte de lo vivido antes de llegar al negocio de la chatarra. Sin embargo, Delhi sí le había hablado. Le había contado que a veces podía llegar a ser inhumana, pero también le había dicho que alguien como él, que mantuviera la mente clara y la vista al frente, llegaría a salir de las calles. Él era de los que había probado el sabor acre de la miseria pero podía hablar de sueños que poco a poco se cumplían. ¿Qué temer ahora que empezaba a entender lo que su interior estaba queriendo decirle?

Era consciente de que en realidad había temido volver sobre los pasos que le habían llevado hasta Delhi, los mismos pasos que también le habían dado un puesto en la oficina de extranjería del aeropuerto y le habían convertido en un hombre de clase media. Las heridas habían quedado enterradas y su mente había hecho lo posible por mantenerlas a buen recaudo. Era posible que hasta la misma enfermedad fuese algo que su mente había buscado de manera inconsciente. Se había dado cuenta de que vivir era todo un enigma que ahora estaba descifrando a una velocidad que llegaba a producirle tanto vértigo como subir a uno de aquellos aviones. Por eso había aparecido aquel mocoso en las calles hacía varias semanas. Él mismo le había seguido con la mirada, sin entender el por qué de aquel magnetismo, qué le había hecho fijarse en el niño en medio de aquel hervidero de gente que era el centro de la vieja Delhi. El pequeño le había dicho algo que había puesto en el disparadero toda la artillería, y ahora no dejaban de suceder cosas. Era como si los recuerdos pugnaran por salir de nuevo a su encuentro. Se sentía como un muñeco de trapo al que el destino estuviera manejando a capricho. Pero todo ello le otorgaba al mismo tiempo una indescriptible sensación de poder. Por vez primera se sentía de verdad dueño de su destino. Era cierto que los comienzos en las calles habían sido duros, y que el olvido le había dejado un poso de tristeza que no era capaz de arrancarse. Ahora debía salir de nuevo a buscar su origen, y se sentía por fin preparado para afrontar cualquier cosa. El espejo que el niño había puesto delante de sus ojos le había hecho comprender que había estado evadiendo la vida que realmente le tocaba vivir. Ni siquiera sabía lo que iba a encontrar en aquella aventura que parecía haber estado llamándole durante años. Sin embargo, las señales le resultaban ahora tan nítidas que era imposible negarlas. Debía reencontrarse cuanto antes con su lugar de origen.

Era una mañana tibia de mediados de marzo. Hacía algunas semanas que el encuentro con el doctor William Shade le había dado la pista que necesitaba para comenzar a tejer una trama coherente que hilvanara los pocos recuerdos de infancia que conservaba. Claro que no podía estar seguro de cuánto era en realidad recuerdo y cuánto había sido inventado por su propia mente durante el sueño. Sin embargo, había decidido confiar. Sabía que no estaba loco. Y en todo caso, aquella era una locura que merecía la pena. Si algo tenía claro era que no acabaría sus días en Delhi. Añoraba los aromas del campo, el contoneo de los árboles, el jugo de aquellas manzanas que crecían en las montañas que le vieron nacer. Aquel sabor a manzana dulce sí era un recuerdo nítido que incluso le provocaba salivación como si lo tuviera en la boca.

Observó el cielo azul. El sol brillaba en lo alto, cálido en aquella época del año una vez rendido el invierno, uno de los más crudos que recordaba. Era su día libre y había pensado en caminar por el mercado y deleitarse con el aroma de las especias rezumando en el aire. Aquel repentino deseo también había llegado como una bocanada de aire y había decidido ir a su encuentro. Caminó entre callejones por el bazar que le permitía diluirse en tantos otros reflejos de sí mismo. Le gustaba el colorido de las especias en sacos; mejor comprarlas en grano, así podía rallarlas tranquilamente en casa y disfrutar de ellas en toda su plenitud.

Se detuvo en uno de los puestos e introdujo su mano en un saco de semillas de cilantro. Las frotó entre los dedos y se las llevó a la nariz para aspirar su perfume. Inspiró largamente para recibir una bocanada refrescante e impetuosa, ligeramente picante, corta pero intensa; un instante de placer que pronto cede al olvido... «*Como el amor sobre el cuerpo terso y firme de Sita*», pensó; y la imagen de ella desnuda le recordó que no había vuelto a dar señales de vida desde aquel último encuentro. Por un momento se sintió zafio pero quiso evitar que aquel sentimiento de culpa le robara el instante y enseguida regresó de nuevo al aroma de las especias.

Caminó unos cuantos pasos disfrutando aquella simbiosis de aroma y vivencias. Cada perfume evocaba un instante único, inconfundible, tan palpable a través del olfato como el instante mismo. Sita era semillas de cilantro, lo llenaba todo de frescura. Lo llenaba todo... y siempre era olvido al aspirarla. De nuevo sintió que podía ser víctima de la culpa, pero siguió adelante. Recorrió con la vista los sacos de colores, comino, clavo, cúrcuma, cayena, fenogreco... Aspiró largamente. ¿Qué evocaba la canela? Se acercó a oler con el mismo ímpetu una nueva bocanada que esta vez le resultó estridente, casi violenta. «*Un exceso*», pensó... La canela era para pequeñas dosis, mesurada, y así podía resultar envolvente y misteriosa, permanecer en el recuerdo delicadamente. Permanecer...

La rama de canela también evocaba la figura esbelta de Sita, el único cuerpo de mujer que había conocido. Que había disfrutado... Yacía sobre la cama semidesnuda, entregada, sumisa, insinuante, provocativa. Abandonaba su cuerpo en silencio, enigmática; y su imagen se quedaba entonces prendida en la memoria, persistente, duradera; imposible negarla. Sintió un escalofrío excitante que enseguida pudo aplacar. Era consciente de que su deseo hacia Sita pertenecía al pasado, y que aquel era un deseo físico, de su cuerpo y no de su alma. Por algún motivo ya no podía disociar esas dos partes de sí mismo. Aunque hubiera intentado volver a estar con ella como antes, estaba seguro de que al final no habría podido entrar en su cuerpo. Recordaba hasta qué punto pertenecía antes a la piel de Sita. Todavía podía sentir aquella presión en el interior de sus muslos si dejaba que vagara en su mente la imagen de ella tendida para entregarse a él. Sin embargo, sabía que el deseo de su alma era todavía más fuerte. Ya no era posible dar marcha atrás. No podría olvidar todo lo que Sita le había contado y cómo aquello había transformado sus sentimientos completamente.

Volvió a tomar conciencia del momento presente. Aquel paseo le agradaba, a pesar del bullicio en las calles, absorto en sí mismo, en su evocación de instantes mágicos que le conectaban a la tierra, al cuerpo, a una vida apasionada que de repente comenzaba a descubrir. Anduvo algunos pasos más, hasta quedarse quieto frente a un saco de semillas de cardamomo... Observó su aspecto tosco, ligeramente oval, tostado. Su aroma era como una presencia que no estorba, y sin embargo está, se adivina, como ese amor posible que flota en el aire en algún lugar del inconsciente, y de pronto estalla en alguna parte, y su fragancia se filtra por los poros de la piel, delicadamente, y entonces se ofrece al gusto en todo su esplendor, aromático, fuerte y penetrante. Eterno... Tomó unas cuantas semillas y aspiró el delicado perfume del cardamomo, que también evocaba la tierra, el aire, las montañas, las aceras atestadas de hombres y mujeres en pleno ajetreo... Y al ir a llevarlo hacia su nariz, detuvo el impulso y se quedó mirándolo, como si aquellos pequeños granos contuviesen toda la esencia de lo que aún debía permanecer inexplorado. Guardó las semillas en uno de sus bolsillos y dejó que fuera precisamente la fragancia de aquella especia la que lo acompañara de regreso a casa.

Al torcer a su izquierda en Katra Bariyan, fue a toparse con un pequeño puesto de frutas que no recordaba de ninguna otra incursión en los bazares. El viejo mercachifle cantaba la mercancía como un brahmán que entona cantos devocionales, la mirada al cielo, las manos abiertas en ofrenda, mientras balanceaba ligeramente su cuerpo a derecha e izquierda. Se detuvo a escuchar.

–Te ofrezco mi espíritu en comunión con estas bayas silvestres –repetía el anciano.

Al verlo allí quieto, de pie frente a su puesto, el mercader le hizo una seña.

–Acércate –dijo.

Manuel se aproximó aún más, y entonces el viejo lo miró atentamente, y pareció que aquello era una mirada capaz de llegar hasta lo más recóndito de la mente a través de sus pupilas.

–¡Déjame ver, muchacho! –exclamó el mercachifle con los ojos clavados en los suyos como si hubiera extendido puentes para unir dos pedazos de tierra, dos mundos.

Aquella manera de mirarle dentro, le hizo sentir casi desnudo. Sin embargo, enseguida supo que había llegado hasta allí por alguna razón y entonces abrió el alma para que el viejo pudiera ver lo que quiera que estuviese buscando. Lo tomó como quien se presta a un juego.

–Has comido bayas antes, muchacho. Estas bayas nacen en la falda de un monte sagrado que tú has transitado en otro tiempo –dijo el mercader señalando un saco de moras negras.

Manuel se quedó absorto mirando el vaivén de sus brazos, que el viejo había elevado al cielo como si acabara de tener una revelación y estuviera agradeciéndole al cielo. «*¡Claro que he probado las moras!* –pensó– *¡Cientos de veces!*»

–¿«Moras» has dicho? –inquirió el comerciante dejándole atónito.

–¿Perdone, señor, qué es lo que...?

–No es mora lo que mora en Alaia, sino el fruto del vientre arrojado a la zarza... –repuso el mercader sin permitirle terminar la pregunta–. Y allí permanece, y allí aguarda a la sombra, oculto entre las sábanas y el sueño. El mensaje está claro, pero tú quieres ver lo que te dicta el sentido. ¡Oh, pobre ciego!

–Disculpe, señor... No logro entender lo que...

–No tragaste su jugo, vives entre la verdad y el cuento. Lo que ves no importa. Lo que eres hoy no importa. Perteneces a un lugar del que fuiste arrebatado a la fuerza. Ve en busca de quien te aguarda. Hiciste una promesa...

–¡Alisha! ¿Cómo sabe que...?

–Ves lo que no existe y cuestionas la verdad.

–Pero, ¿cómo sabe que...?

–Soy uno con todo. ¿Y tú? –le miró directamente a los ojos, ahora como si hubiera salido de su mente y se hubiera situado de nuevo frente a él, de nuevo fuera de él–. ¿Sabes quién eres?

Manuel no había olvidado aquel encuentro en el bosque. Era curioso porque ni siquiera sabía cómo había llegado aquel bebé a sus brazos. No tenía recuerdos anteriores ni posteriores a aquel preciso momento en el que se veía sosteniendo a la pequeña que le resultaba pesada pero que también le producía una sensación de paz agradable. ¡Era cierto! De pronto podía recordar el jugo de moras silvestres que le ofreció a la pequeña como alimento, el murmullo del agua fresca con la que lavó su cuerpo ensangrentado, y el momento en el que supo que debía llamarla de aquella manera: Alisha... No estaba seguro de haber vivido gran parte de lo que recordaba. Sin embargo, su memoria retenía tenazmente el abrazo justo antes de dejarla envuelta en su camisa a la entrada de un edificio viejo de muros blancos. Podía recordar una construcción solitaria en medio de un bosque. Había prometido volver. ¿Era cierto? ¡Ahora le resultaba tan absurda esa idea! Había pensado que aquel pasaje solo era parte de algún momento de su imaginación. Jamás pensó que hubiera algo importante detrás de aquellos recuerdos que no construían ninguna vivencia completa. Ni siquiera era capaz de seguir el hilván justo después de dejar al bebé. ¿Qué vino después? ¿Cuál fue su pensamiento más inmediato? No podía recordarlo. Sin embargo, al rememorar el pasaje le embargaban los mismos sentimientos de soledad y miedo que le habían acompañado durante los últimos años. Cerró los ojos y trató de recordar qué había pasado.

Anochecía, y el bosque a su espalda parecía querer engullirlo. ¡Aquello tenía tanto sentido después de haber soñado decenas de veces con la misma visión de un bosque! El niño que debió ser corrió cuanto pudo y en algún momento se acomodó entre los árboles cuyos retorcidos troncos prestaban cobijo. Allí esperó la llegada del alba.

Debió dormir muchas noches al relente, y el impacto de aquella vivencia habría sido tan fuerte que su mente había buscado en la enfermedad una excusa perfecta para el olvido. Le parecía una explicación racional que daba sentido a muchas cosas. No estaba seguro de cómo había podido sobrevivir él solo. Ni cómo era posible que hubiera llegado hasta Delhi. Aquello le recordó que aún no había buscado la aldea de Kullu en alguna página de Internet. ¿A qué distancia estaría de allí? Se sentía tremendamente confuso. El viejo había desatado un auténtico torbellino de imágenes y ahora él no podía detener el aluvión de emociones. Se veía huyendo. Y temiendo. Corrió como si sus talones volaran hasta perder de vista aquel bosque... Recordaba haber rastreado senderos, haber comido frutos silvestres, y haber mendigado algún trozo de *chapati* en las calles de un pueblo y de otro. Todo sin la más mínima coherencia, solo imágenes inconexas parpadeando en su mente. Debió estar en muchas pequeñas aldeas y era posible que todas le hubieran enseñado cosas de la vida. Habría robado, habría mendigado y habría soñado con salir adelante. Durante mucho tiempo, había mantenido viva la imagen del bebé entre sus brazos, pero después había dejado que pasara de largo y no había vuelto a pensar en ello, ni siquiera cuando despertaba sudando en mitad de la noche... No había imaginado siquiera que pudiera haber una conexión entre aquellas pesadillas y la promesa incumplida de un niño.

–Solo fueron ideas de niño –musitó.

El viejo había dejado de prestarle atención. Permaneció observándole durante unos momentos y se dijo que tal vez eran solo casualidades que a veces se dan. Quizá el mercader solo había dicho lo primero que se le había pasado por la cabeza. Por otro lado, ¿cómo era posible que alguien excepto él mismo supiera lo del bebé? Ni siquiera había imaginado que aquello fuera importante en su vida, ¡y desde luego era de locos pensar que pudiera ser tan importante como para que un viejo mercachifle le soltara toda aquella retahíla de pronto!

Se quedó pensativo. Era evidente que acababa de suceder algo, solo que no sabía qué. Miró alrededor. ¿Cuántos de los hombres que había por las calles habrían encontrado un recién nacido siendo niños? A buen seguro que solo él. Y él precisamente estaba allí en ese momento frente a aquel comerciante que le había hablado como si realmente hubiera entrado en sus recuerdos más viejos y hubiera leído en ellos. Le había descifrado por dentro como quien recorre las páginas de un libro abierto. Era imposible que nadie salvo él tuviera noticia de aquello. Él mismo había dejado atrás ese pasaje junto al resto de vivencias que, sin embargo, ahora quería recuperar a toda costa. Tal vez todo aquello solo fuera un simple trabalenguas para confundir la mente y él lo había asociado a un recuerdo nostálgico de la niñez. Pero... ¿y si fuera cierto? ¿Y si debiera cumplir su promesa? Se sintió aturdido.

–Necesito que me ayude a refrescar la mente, señor –dijo aproximándose al viejo–. No soy capaz de ordenar mis recuerdos, ¿comprende?

El anciano mercachifle guardó silencio y volvió a entonar su mantra con la vista perdida hacia lo alto y los brazos abiertos en ofrenda.

–¡Señor! –repitió una vez más–. Necesito su ayuda.

–Ve en busca de la zarza –concluyó el vendedor, esta vez sin mirarle.

XIII

A la luz de las velas

Anduvo deambulando por las calles adyacentes. El encuentro con el viejo mercader le había dejado confuso. ¿Había sido realmente fortuito aquel inesperado encuentro? En Delhi había charlatanes por todas partes. Cuando vivía en las calles, él mismo se había planteado que aquella era una buena manera de sacarles dinero a los turistas. Solía observarlos de forma minuciosa para grabar en la retina lo que hacían aquellos embusteros vestidos de yogui. Muchos recién llegados querían experimentar la espiritualidad india, de modo que era fácil hacerse pasar por un iluminado capaz de hablar con los dioses. Claro que no había hecho mucho más que especular sobre aquella idea, aunque sí era cierto que había llegado a ensayar el papel y a sentirse bastante ridículo con aquello. ¡Ni siquiera había podido resultar convincente! Su cuerpo había tardado en desarrollarse y había conservado una apariencia demasiado infantil hasta bien entrados los dieciséis. Pero, además, la idea de engañar para su propio beneficio le parecía horrible. De niño había aprendido que el trabajo era la bendición más alta de Dios y había seguido confiando en que Dios le enviaría un trabajo si pisaba firme a lo largo del camino correcto. Así había sido, y aunque seguía manteniendo sus reservas de siempre sobre lo que era y no verdad en lo relativo a aquel Dios, estaba convencido de que si en algo tenía razón era en lo de actuar bien y evitar el engaño.

Trató de recrear cada palabra del viejo buhonero, buscando alguna pista que le permitiera saber si se trataba solo de un trabalenguas que utilizaba el anciano. No dejaba de preguntarse con qué intención. Ni siquiera había intentado venderle su fruta. «*No es mora lo que mora en Alaia sino el fruto del vientre arrojado a la zarza*» se repetía a sí mismo una y otra vez. Ese nombre... Alaia... Le parecía tremendamente familiar y, sin embargo, en su país no era demasiado común. De pronto reparó en un establecimiento donde podía conectarse a Internet. Le pareció que quizá la búsqueda de aquel nombre podía llevarle en alguna dirección concreta. Estuvo durante casi una hora intentando encontrar conexiones entre el nombre del orfanato que había recordado poco antes del encuentro con el doctor Shade, y aquel nuevo nombre que había pronunciado el anciano en su trabalenguas. «*Fátima, procedente del verbo abstenerse; doncella, mujer virgen*» leyó en todas partes. «*Alaia: de origen vasco, alegre...*» No había nada que le hiciera pensar que aquellos nombres pudieran estar relacionados de alguna manera. De haber una conexión quizá fuera él mismo. Quizá de algún modo pertenecía a ambos sitios. O quizá fuera que los dos nombres tenían algo en común con el mismo lugar. Pero claro, aquello eran solo especulaciones que no le llevaban a ningún sitio.

De repente, le pareció que podía haber algo más que una coincidencia en el hecho de que hubiera sido precisamente en su último encuentro con Sita, cuando supo que había sido violada siendo solo una niña. Él mismo se había sentido como un profanador de algo sagrado, algo sobre lo que abstenerse. Sintió náuseas al recordar que hacía tan solo unas horas su mente había vuelto a fantasear sobre la idea de poseer nuevamente su cuerpo. Quizá no era tampoco casual que él precisamente hubiera sido conocedor de la historia de Sita. A buen seguro la mayoría de sus clientes había pasado por alto esa información que a él le había supuesto un antes y un después en su manera de ver a la mujer con la que había hecho el amor tantas veces. Al menos le quedaba la certeza de haberla amado hasta donde podía en cada uno de aquellos encuentros.

«*No* –se dijo de nuevo–, *no puede ser solo un viejo loco profiriendo oráculos sin ton ni son; debe haber algo más*».

El mensaje del anciano tenía demasiado sentido como para ser un simple acertijo. Aquel hombre le había mirado de tal manera que bien podría haber estado realmente en el interior de su mente y haber descendido desde sus pensamientos más mundanos hasta las ramificaciones últimas, el deshilachado extremo de aquel tapiz que debía conformar su historia pasada, y donde era posible que el anciano hubiera podido leer todo lo que él no recordaba. De pronto hubiera querido volver atrás para reencontrarse de nuevo con el viejo adivino. Sin embargo, estaba seguro de que ya no le sería posible localizar al buhonero en el mismo lugar. Ya no había dudas. Tenía la certeza de que el encuentro no había sido una simple casualidad. Cada vez era más consciente de que todo sucedía en el lugar idóneo y en el momento justo. Tiempo y espacio era dos constantes que hacían posible aquella especie de magia. ¡Le pareció un descubrimiento asombroso! Si no actuaba con rapidez quizá esa ecuación tiempo-espacio se diluyera y perdiera la oportunidad de su vida. ¡Necesitaba salir de aquella ciudad cuanto antes! El comerciante era otra pieza más, otra señal. Dios, el destino, o lo que quiera que jugara a tramar la existencia convirtiendo la vida en un juego, había colocado en su camino aquella pieza definitiva la misma mañana en la que había pensado que quizá su tiempo en Delhi había terminado. ¡Todo tenía tanto sentido! Su pasado se unía a su presente para hablarle a través de señales sobre las que construir su futuro. Todo era posible y a la vez era solo una idea más en el aire. Podía dejar pasar todo aquello, regresar a Sita, a su trabajo de siempre... o bien recoger todas las pistas y dejar que se cumpliera aquel otro destino, cualquiera que fuese. Estaba a punto de regresar sobre sus propias huellas. No cabía duda. De repente, la visión recurrente del bosque a través de sus sueños hizo que ante sus ojos se dibujara un horizonte nuevo que le produjo un escalofrío: ¡Aquel bebé podía ser la clave!

Sintió un mareo y una ligera pérdida de equilibrio. Se agachó sobre sí mismo y se mantuvo en cuclillas para recuperar la calma. De repente... ¡Estaba seguro de entenderlo todo por fin! La niña había estado siempre con él, hablándole en sueños. Él mismo recordaba sensaciones demasiado físicas como para ser meras invenciones de la mente. Aquella niña estaba unida a él a través de un lazo que traspasaba los límites de lo racional. No tenía explicación para aquello pero sabía que era verdad. Caminó sin rumbo fijo durante varias horas tratando de recrear cada fotograma, cada detalle de la niña sin rostro; la mano extendida, el miedo al verla internarse sola en la negrura del bosque. ¡Era vital marcharse de allí! El alma de la niña le había hablado, y era posible que estuviera pidiéndole auxilio.

Miró alrededor. Había perdido por completo la noción del tiempo. De pronto sintió una punzada de dolor en la boca del estómago. No había comido nada en todo el día. Se había levantado demasiado excitado como para poder ingerir ni un solo bocado y ahora tenía aquella sensación hueca y, después de todo, familiar. Se detuvo en un puesto para comprar unas *pakoras* de pollo y tomate. ¡Las *pakoras* eran todo un manjar! Necesitaba concederse algún placer físico. Se sentó en cuclillas y comió con voracidad engullendo a grandes bocados aquella delicia, mientras el sol le templaba los músculos de la espalda y relajaba cualquier síntoma de tensión. Permaneció en aquella postura durante mucho tiempo, perdido en su propio silencio interior, entregado por fin a ese dulce no hacer nada que le permitía apaciguar la inquietud que había desatado el mercachifle de los mensajes cifrados. Claro que en el fondo lo que le había dicho el viejo no estaba tan cifrado. Siempre había tenido con él la imagen de aquel bebé y era posible que aquella separación hubiera terminado por romperle del todo su alma de niño. No estaba seguro de aquello, pero le parecía que algo así podía ser lo que le hubiera llevado en realidad al olvido.

Sintió un deseo repentino de comunión con Dios. ¡Qué extrañas sensaciones afloraban de pronto! Había dejado de lado la religión hacía ya mucho tiempo, confuso al descubrirse diferente a la gran mayoría. En su soledad, sin una tradición familiar a la que aferrarse, sin puntos de referencia que hubieran simplificado su búsqueda en una sola dirección, su espiritualidad era una extraña mezcla de creencias y libertad de culto, de manera que acudía regularmente a realizar sus abluciones en el estanque de la Jama Masjid, y a la caída del sol, también se postraba de rodillas frente a su mesilla de noche para rezar algunas líneas del Padre Nuestro que había aprendido de niño. Después se santiguaba frente a un pequeño crucifijo de madera que reposaba junto a la imagen del Dios Krishna tocando su flauta. Creía en todos los símbolos y en ninguno, aunque aquel rezo cristiano sí había permanecido a su lado. Recordaba haber rezado todas las noches de su vida, salvo aquella primera noche que pasó él solo en el bosque con el bebé ensangrentado, dormido sobre su pecho. Era un hilo finísimo de imágenes lo que le quedaba de aquel pasaje. De nuevo intentó recordar cómo exactamente había llegado aquel bebé hasta sus brazos. Sintió que era posible que su mente hubiera distorsionado también todo aquello y que los recuerdos que conservaba no fueran fieles a lo sucedido. Después de aquella, todas las demás noches que recordaba habían servido para encontrar fuerza en ese Dios que había llegado a convertirse como en un talismán que uno lleva colgado alrededor de su cuello, solo que él lo llevaba dentro de sí y como un halo a su alrededor, en las huellas que iba dejando en la tierra y en el aire que golpeaba su flequillo negro y le hacía danzar por encima de sus ojos llenos de imágenes dolorosas y de sueños en los que todavía creía. Por eso rezaba, porque al hacerlo aún podía creer que era posible volver atrás en el tiempo y recoger de la tierra sus anhelos de antaño. Aquello era lo único que conservaba de su bautismo cristiano, y lo atendía cada noche como algo más que un hábito demasiado enraizado que una buena costumbre antes del sueño. Realmente creía en la existencia de algo más allá de los hombres. Claro que también creía que el mundo estaba lleno de dioses favorables y dioses malignos, y a veces la suerte se inclinaba de un lado y otras de otro; y porque había aprendido a seguir con su mente el camino del medio, era capaz de poner buena cara al mal tiempo. Sabía que en el fondo era dueño de su propio destino, como solía decirle a Sabal sacando al otro de sus casillas. Su amigo llegaba a enfermar de ira con aquellas declaraciones blasfemas.

Lo que Manuel sabía ya a ciencia cierta era que, al escuchar las palabras con las que su interior a veces trataba de hablarle, siempre llegaba a su vida el mensaje adecuado. Por eso aquel día quiso seguir su camino hasta llegar a la iglesia anglicana de San James, la más antigua de toda Delhi. El edificio quedaba a poca distancia de allí, cerca de la Puerta de Kashmere, un lugar donde a veces se había producido algún revuelo en la época de las festividades cristianas, promovido por algunos grupos de activistas hindúes que acusaban al movimiento cristiano de practicar conversiones forzosas entre la población hindú. Aquel encontronazo de religiones le hacía sentir aún más confuso respecto a su particular visión de lo religioso. Pensaba que si para algo debía ser útil creer en alguna idea de trascendencia, divinidad o entidad superior, era para hacer a todos los seres iguales, para elevar lo humano por encima de cualquier diferencia de forma. Pero no, resultaba que precisamente lo religioso era una de las peores formas de exaltación de las diferencias. De hecho, estaba seguro de que era justamente a causa de su religión por lo que había perdido a su amigo Sabal. Le resultaba inaudito que algo que no podía probarse, algo que solo era producto de las creencias, sirviera para herir de aquel modo el lazo amistoso, para mutilarlo de hecho. Claro que él era un caso aparte, una mezcla inusual en su país, huérfano de nombre español, tez morena y creencias prestadas aquí y allá, cambiantes como el propio viento. Seguramente no podía siquiera entender de dónde salía tanto odio en torno a la idea de Dios. Se conformaba con aceptar que cualquier lazo humano era débil porque el propio ser humano era débil.

Tomó un ciclo-*rickshaw* y pidió al porteador que lo condujese hasta San James. Recordaba haber estado allí hacía algo más de un año. Había acudido en domingo durante la liturgia en compañía de Sita. Quería mostrarle cosas de sí mismo que a ella le resultaban extrañas, y por las que a veces se sentía como una especie de bicho raro a su lado. En realidad siempre se había sentido de aquel modo con todo el mundo, pero con Sita necesitaba sentirse aceptado, ser parte de algo más que de sí mismo y el puñado de recuerdos que conservaba. Ella era la única mujer con la que había paseado en contadas ocasiones, cuando Chadna le permitía salir a cambio de una buena suma, y aquel día lo hicieron por los bellos jardines anexos al edificio.

Manuel vivía despreocupado, a pesar de la insistencia de Sabal en que buscara una buena chica y dejara de frecuentar a Sita a la vista de todos. Según su amigo, uno no debía dejarse ver por ahí con una mujer de mala vida como la tal Sita que tanto parecía gustarle a su entrepierna. Le señalaba aquella parte con las palmas de las manos mirando a lo alto y se encogía de hombros, haciéndole sentir ridículo. Le decía que cualquier mujer era buena para eso y que debía encontrar una que le sirviera para más cosas. A Manuel le molestaba la forma en la que Sabal hablaba de ella como si fuera un trasto. Pero el viejo oficial insistía en que por muchas flores que uno pusiera encima de un pedregal, eso no sería nunca un jardín. A él le indignaba oír aquellas comparaciones, aunque sabía que en su fondo Sabal quería lo mejor para él. Por eso el funcionario le aconsejaba sobre el modo de frecuentar a una mujer pública, siempre a escondidas. Eran consejos que podría dar un padre a su hijo. Así nadie se enteraba de lo que uno gastaba en sexo, ni había especulaciones a sus espaldas sobre su relación íntima con la esposa. Era una cuestión de respeto a la familia y a Dios. Y era mejor que adquiriese esa costumbre antes de casarse.

Durante aquellos años de amistad con el viejo Sabal, Manuel siempre había ignorado su opinión sobre su relación con Sita, y por eso aquella mañana la llevó incluso a la iglesia de San James, saltándose hasta los mandamientos de Dios sobre los pecados del cuerpo. Recordó que aquello debió ser a mediados de la época del monzón, porque aquel día habían tenido que guarecerse de la lluvia que había descargado una gran tromba de agua en unos pocos minutos. Después había salido el sol desde quién sabe qué lugar oculto a los ojos y entonces habían emprendido de nuevo la marcha, y habían paseado completamente solos bajo el arco iris durante un buen rato hasta que la calle volvió a llenarse de gente.

Pensó que sería bonito rememorar aquel instante antes de su marcha, aunque imaginaba que no sería un momento tan íntimo como aquel día en compañía de Sita. Sin embargo, el paseo le apetecía. Quería llevarse consigo precisamente esa vista desde Sant James. Después de la decisión que había tomado, estaba seguro de que no habría vuelta atrás. Sus días en Delhi habían terminado. Quizá por eso sentía la necesidad de recorrer por última vez los lugares que le habían dejado los mejores recuerdos de su paso por aquella gran urbe. Sin duda aquel era uno de los mejores porque le unía a Sita, no en la relación física que había mantenido con ella, sino de ese otro modo en el que él la sentía. ¡Ojalá hubiera visto antes la verdadera unión que había entre ellos! No le habría rozado un solo cabello... Ahora se sentía confundido. No había vuelto a verla desde la noche en la que ella le había relatado aquella violación cuando apenas contaba con once o doce años de edad. Se había sentido tan avergonzado que no había podido volver a verla desde entonces. Aquel mismo día, aunque no se atrevió a decírselo a ella, se prometió a sí mismo no volver a tocarla jamás.

De pronto sintió el impulso de volver y pidió al conductor que diera la vuelta. Acababa de darse cuenta de cómo había llegado a establecer conexiones entre lo que había sucedido en el mercado y aquel paseo junto a Sita. Iba demasiado embebido en sus pensamientos, y por eso no había reparado en que había tomado el *ricksaw* justo enfrente de la casa de Chadna, la mujer que explotaba su cuerpo pero que también cuidaba de ella a su modo. No era el recuerdo de Sant James lo que necesitaba llevarse de allí. Lo que necesitaba era saber que Sita estaría bien tras su marcha. Marcó su número de teléfono con la esperanza de oír su timbre de voz al otro lado de la línea. Sonaron varios tonos de llamada antes de que alguien respondiera por fin. Era ella. Su voz al otro lado le pareció el cielo, la propia luz de la luna sobre su personal encrucijada, como el nombre de la arteria principal por la que circulaban, y en la que confluían la nueva y la vieja Delhi, Chandni Chowk, la calle de la encrucijada bañada por la luz de la luna.

–Hola Sita –dijo tímidamente.

–¡Manusito! –exclamó ella sin poder contener la alegría al escuchar su voz.

–Hace días que... En fin, me preguntaba qué tal estás; no he vuelto a saber nada desde el otro...

–Estoy bien –intervino ella–. ¡Tengo mucho que contarte!

–¿Sí? –se apresuró a decir él–. Entonces ya somos dos, ¡ja,ja! –rió nervioso–. Tal vez quieras... Bueno, no sé, he pensado que quizá tú y yo... Que tal vez podríamos cenar juntos esta noche si te apetece. Quiero llevarte a cenar a un restaurante.

–¿Cenar? –preguntó ella extrañada.

–Sí, a cenar –repitió–. Dos buenos amigos cenando en un restaurante para variar. ¿Qué me dices?

Por un instante, a Sita se le pasó por la cabeza la idea de que aquella cena pudiera significar algo más. Se sintió arder. Después se dio cuenta de que Manuel había dicho que eran dos buenos amigos y se sintió caer, hundirse en el vacío y desaparecer de la escena. Comenzó a diluirse una ilusión que había durado décimas de segundo...

–Pues no sé si Chadna... –respondió a media voz.

–Le daré cien rupias. No te preocupes por Chadna...

–¡Cien! –exclamó alarmada.

–Sí, cien. ¡O doscientas! Le daré lo que te haga libre esta noche.

Esta vez ella quiso llorar. Quiso rendirse en los brazos del hombre que había sido un niño hasta hacía muy pocos días.

–De acuerdo –le dijo–, soy tuya...

Y con aquello quería decir suya como no lo había sido de nadie, y como posiblemente no llegaría a serlo jamás.

–Pasaré a recogerte a las seis, ¿está bien?

–Está bien... –respondió Sita desde el otro lado del mundo, sobrepasada por una emoción repentina, un oleaje desbordado y arrebatador de sentimientos mucho tiempo ausentes.

Manuel colgó el teléfono y regresó a casa para darse una ducha y descansar un rato antes de la cena. Se le había olvidado por completo su visita a la iglesia, incluso había olvidado momentáneamente el encuentro con el anciano mercader y todo el torbellino de imágenes que le había sido imposible poner en orden. Al menos sabía la dirección que debía tomar y por qué, que era mucho más de lo que había logrado saber en muchísimo tiempo. Le parecía que dejaba atrás un camino largo y tortuoso que creyó no ser capaz de terminar nunca. Era cierto: había llegado a la meta. Era imposible saber lo que le esperaba en su viaje, pero se sentía eufórico, lleno de vida. Se tendió sobre la cama con el torso desnudo y cerró los ojos para abrir el alma. Por un instante pensó que sería hermoso quedarse junto a Sita; después de todo, ella le conocía mejor que nadie. Lo suyo podía convertirse en una bella historia. ¿Por qué no? Podrían comenzar una vida en común, tener un hogar, hijos... ¡Qué más daba cómo había sido capaz de sobrevivir! No era responsable de nada de lo que le habían hecho a su vida, y a fin de cuentas, ¿a quién se debía un huérfano sino a sí mismo? También él había pertenecido a las calles. Tal vez por eso había dejado de creer en ese destino inmóvil capaz de sepultar a los hombres en la desdicha. De acuerdo, eso era India, un puñado de ideas que no estaba dispuesto a aceptar. Se negaba a vivir enterrado en su *karma*. Se negaba a que Sita mereciera tampoco algo así. Si él había sido capaz de salir de las calles, también ella podía lograrlo. Vivir era desafiar. ¡Vivir era sentir, vibrar, desear! Pensó en la idea de amarla. Trató de imaginarse en sus brazos como un esposo devoto, como el padre de los hijos que hubieran tenido si ella... Sita no tendría hijos. Eso era lo que le había contado aquel día: que había heredado una maldición de su padre. Se dio cuenta de que aquello no le importaba. De haberla amado, habría amado su vientre como era.

Se dobló sobre sí mismo sintiendo dolor y náuseas en el abdomen. Se preguntaba por qué no era capaz de elegirla, y aquella falta de amor le resultaba hiriente. La herida estaba en algún lugar profundo y fuera de todo control. Aunque tal vez no tan profundo, tan incontrolable como el impulso de seguir su destino dejándola atrás a ella y todo lo que había logrado hasta entonces. Se quedó dormido sobre la cama. Al despertar, habían transcurrido casi dos horas. Faltaban poco más de diez minutos para las seis. Se refrescó con un poco de agua y se puso unas gotas de esencia de Ganesh que había comprado días antes en el aeropuerto. De vez en cuando hacía una incursión en la tienda de productos locales para ver qué curiosidades vendían a los extranjeros recién llegados, y esta vez le había llamado la atención el nombre del perfume, el dios de la sabiduría, removedor de cualquier obstáculo. Era un perfume de mujer, con notas de sándalo y rosa damascena, que mostraba en el exterior una representación del dios con cabeza de elefante. Lo compró impulsivamente, como si el hecho de adquirirlo bastase para obtener el favor del dios frente a los obstáculos del camino. Aquella tarde se lo puso mientras pensaba en Sita y sentía que con su marcha tal vez estuviera traicionando la única esperanza de la muchacha para dejar atrás su historia.

Se puso una camisa limpia y guardó un sobre en uno de los bolsillos del pantalón. Después bajó a la calle y tomó el metro en Delhi Main, a solo tres paradas de la casa de Sita. Al llegar, ella estaba esperándolo a la entrada de la casa de Chadna. Llevaba el sari que guardaba en una caja bajo la cama y que la anciana le había comprado al entrar a trabajar bajo su tutela. Era lo que debía ponerse cuando las visitaba algún cliente importante. Sonreía mostrando unos dientes blancos que reflejaban la luz como gotas cristalinas de lluvia. Manuel inclinó el torso con las manos unidas sobre el pecho, y al incorporarse de nuevo le dijo que le cogiera del brazo. La condujo hasta un restaurante pequeño y encantador en la bulliciosa Connaught Place, un lugar elegante, caro, y con todos los ingredientes indispensables para impresionar. Al entrar, Sita abrió la boca y aún más los ojos. ¡Jamás había estado en un sitio como aquel! De hecho, jamás había soñado que nadie gastaría tanto dinero solo para estar a su lado cenando.

De pronto sintió miedo. Se supo más vulnerable de lo que había sido desde aquel día en el que la puerta de su casa dejó de abrirse. Más vulnerable incluso que aquel otro día bajo el cuerpo sudoroso del hombre que tomó su inocencia y la redujo a cenizas. Se supo tan frágil como una hoja vapuleada por el monzón, arrastrada lejos de su rama, de su tronco, de sus raíces... Se supo inocente aún. Quizá no su cuerpo, tal vez no su mente, pero sí su alma. Mientras esperaban a que algún empleado los condujera a su mesa, miró alrededor y se preguntó si alguien la observaría y podría saber lo que era. Aquello le hizo sentir vergüenza y bajó la cabeza. A Manuel no le pasó desapercibido aquel gesto pero se sintió torpe.

–Vamos, Sita –dijo señalando la dirección que les indicaba uno de los camareros.

Los sentaron en una mesa frente a los ventanales desde los que se divisaba la noche recién caída sobre la ciudad. Las luces del exterior centelleaban a través de los cristales, reflejándose por momentos en sus pupilas. Una vela en el centro de la mesa producía un tímido reflejo dorado en sus rostros. Sita miraba a su alrededor y Manuel la miraba solamente a ella. Pensó una vez más en lo que hubiera significado amarla y se sintió tentado a cambiar su discurso.

–Me marcho, Sita –dijo entonces, sin construir ningún preámbulo con palabras que hubieran confundido a la joven. Sabía que había sido brusco y se arrepintió por ello, aunque ya estaba hecho–. No voy tan lejos en el espacio como en el tiempo –prosiguió–, pero no creo que regrese nunca.

Sita derramó una lágrima sobre el mantel.

–No llores, Sita... Lo nuestro no era...

–¡Lo sé, tonto! Solo ha sido un momento de... Bueno, ya sabes a qué me refiero –repuso volviendo un instante su rostro para que él no pudiera ver cómo lograba recomponer su expresión de nuevo–. No te preocupes por mí, Manusito, yo sé que mi sitio está en el lecho junto a mis amantes.

–¡No, Sita! ¡Ese no es tu lugar! –Manuel se detuvo un momento para mirarla a los ojos y tratar de hablarle también a los suyos–. Antes de marcharme quiero que me prometas que harás algo bueno por ti, que dejarás tu casa y a Chadna, y toda esa vida.

–Chadna ha sido buena conmigo. Si no me hubiera sacado de la calle, ahora sería esclava de un proxeneta en G.B. Road y trabajaría desde una jaula como la mayoría.

–Pero esto no es bueno para ti, perderás toda tu juventud en esa casa. ¿Y qué harás después?

–Hace tiempo que estoy muerta en vida. Mi destino no era vivir –se lamentó la joven clavando los ojos en el cielo negro más allá del cristal, que por un momento le pareció una ventana hacia el paraíso.

–No, Sita. No te rindas. Si has muerto en vida como dices, ya no puedes temer nada.

–¿Y qué supones que haré si dejo la casa de Chadna? ¿Mendigar? ¿Es eso vida en cualquier caso?

–Toma –dijo él extendiendo el sobre que había guardado en su bolsillo al salir de casa–, aquí hay una llave de mi apartamento, es tuyo desde mañana; he pagado tres meses por adelantado. Cógelo.

Sita miró el sobre y guardó silencio.

–Cuando entres, busca debajo de la almohada –prosiguió–. He conseguido ahorrar una buena suma todos los meses durante estos años. Es tuyo, Sita...

–Pero Manuel...

Lo miró con ternura. Era lo más hermoso que nadie había hecho nunca por ella. Sin embargo, sentía que no podría mover el pasado ella sola, y también su presente, y toda una sociedad dormida donde ella era solamente otra historia invisible.

–Manusito –dijo mirándolo con ternura–, el dinero se irá...

–¡Tú sabes escribir, Sita! –Se detuvo un instante y la miró a los ojos–. Cuenta tu historia, Sita. Cuenta todo lo que has visto...

XIV

Último adiós

Sabal, amigo mío, debo irme. Ayer recordé una promesa olvidada. Han pasado muchos años, y puede que mi viaje sea, después de todo, inútil, pero ya encontré lo que andaba buscando, ¿qué más puedo pedir? ¡Por fin esas pesadillas cobran sentido! Hubiese querido hablarte de ello, pero... En fin, déjame que te cuente...

Hay un lugar llamado Fátima más allá de las montañas nevadas que a veces, cuando el día está claro, pueden divisarse a lo lejos desde las puertas de embarque. ¿Recuerdas cuando me preguntaste qué demonios buscaba en aquellas montañas? Yo nací allí, amigo mío... De niños, solíamos llamarlo el Monte Olvidado, y alguien nos dijo una vez que aquel era el lugar donde nacía la alegría, un lugar para la esperanza... Ahora sé que ese lugar olvidado también está dentro, que cada uno de nosotros vive alejado de las montañas nevadas que lo vieron nacer. Son montañas, o llanuras, o ríos de agua fresca que bañan la tierra. ¡Qué más da, amigo mío! La cuestión es que a veces algo se nos revuelve por dentro y nos atenaza. Entonces, el recuerdo se hace presente de una forma difusa e incomprensible. Solemos estallar en llanto, en risa o en furia. Solemos preguntarnos qué nos está sucediendo mientras el mínimo soplo de vida nos desborda de emoción, nos ahoga. Nos desbordamos sí, como cauces hambrientos. Y entonces atisbamos el recuerdo del niño que fuimos, y el dolor cobra vida.

No, amigo, no. No creo que mi enfermedad fuera la única causante de mi estado de amnesia. Mi corazón ha necesitado el olvido para seguir viviendo. Estoy seguro de ello... Ahora tengo que enfrentarme a recuerdos que tal vez abran heridas antiguas. Aún no lo sé. Pero he recordado lo suficiente como para estar seguro de que mi vida en Delhi ha tocado a su fin. Sé que hay algo importante que debo concluir y espero que no sea tarde. Reza por mí, amigo mío.

¡Vuelvo a las montañas nevadas que me vieron nacer! Regresaré sobre los pasos que di huyendo de la niñez y seré niño de nuevo. O aquello que mi destino haya elegido para mí. La vida es solo una ráfaga de viento fresco, amigo Sabal, quiero sentirla en mi rostro.

Tu amigo siempre,

Manuel

XV

Viaje al centro de la niebla

Después de pensar durante varios días cómo llegar a dondequiera que aquel camión condujese a los niños de la montaña, Alisha creyó que sería mejor llevar a cabo su plan en dos partes: Primero Indira averiguaría qué ruta seguía el camión, hacia el Norte o el Sur, porque en aquella dirección encontrarían alguna aldea o pueblo donde podrían contar de dónde venían. Después volvería al hogar y lo prepararían todo para marcharse juntas. Ese viaje iba a ser mucho más largo y necesitaban tener un buen plan. «*Lo pensaremos cuando vuelvas, ¿quieres?*», le había dicho. Indira había accedido. Pero después había decidido que lo primero de todo sería llegar hasta la masa gris que se concentraba en la cima.

Aquella tarde, justo después del almuerzo, cuando al fin todo se hubo calmado y Sister Soul había bajado la guardia, se escurrieron como dos gatitos acostumbrados a andar por ahí sin ser vistos. Caminaron con prisa hasta llegar a un claro junto al río, y una vez allí, Alisha detuvo el paso y le dijo a Indira que justo ahí tenían que separarse, porque si tardaba en regresar la hermana se daría cuenta de que algo pasaba.

–Sé que lo conseguirás, Indi –le dijo animándola a seguir adelante–. Cuando llegues a la carretera, solo espera hasta que arranque el camión, y después ven corriendo.

La pequeña Indira pensó que aquello de mentir a su mejor amiga no estaba bien. Sintió culpa, pero enseguida se dijo que lo que hacía era por el bien de todos. Alisha no le había creído cuando trató de decirle lo de la sombra, que también era un sueño, solo que esta vez era ella la que lo había soñado. Debía seguir sus propias señales, lo mismo que Alisha.

–¿Y si no vuelvo, Ali? –le preguntó invitándola a ofrecerle una vez más su confianza.

–¡No digas tonterías! Esa posibilidad es imposible, ¿de acuerdo?

Indira asintió y devolvió una sonrisa que Alisha recibió con un movimiento de cabeza como si exclamara: «¡vamos, Indi!». Se abrazaron, y Alisha le dio un cariñoso empujoncito con el que Indira dio un primer paso. Después dio un segundo, un tercero, un cuarto... Y cuando quiso darse cuenta, Alisha había quedado atrás. Y entonces oyó un grito a su espalda:

–¡Vamos, Indi! ¡Tú eres la heroína de Fátima!

Una vez iniciado el camino, Indira trató de recordar todo lo que le había explicado Alisha sobre aquel bosque. Observó el río que discurría a su lado, y después elevó la vista para comprobar si era posible otear las cimas desde su posición. Era demasiado frondoso. Necesitaba ascender para poder orientarse. Revisó lo que llevaba en los bolsillos de su pantalón: una cajita con tres fósforos que no estaba segura de atreverse a encender, un trozo de queso de búfala, la pluma de color gris antracita que había preferido volver a sacar de debajo de su colchón y varios pedazos de *chapati* que habían podido esconder en las comidas durante los últimos días. El pan se había endurecido perdiendo su consistencia jugosa, pero un poco de agua del río bastaría para devolverle una textura más tierna. Alisha le había dibujado en un papel una especie de mapa con la dirección que debía seguir, siempre a lo largo del curso del río, montaña arriba, hacia el lugar que sobrevolaban los ánsares en épocas migratorias. Lo llevaba doblado también dentro de la cajita de fósforos. Allí era donde la hermana Siso le había dicho a Alisha que debía mirar para saber dónde ir, y ella se lo había contado a Indira por si llegaba a perderse.

«*Indi, no dejes nunca el curso del agua, ¿me entiendes?*» había insistido Alisha. De esa forma, era posible llegar a aquel mismo claro del bosque, fuera cual fuera la distancia que hubiera recorrido alejándose de aquel punto donde se despidieron. Desde ese claro ya sabría cómo volver a casa cogiendo el sendero de siempre. Además, si no abandonaba el río tendría siempre agua fresca para beber y arbustos de bayas comestibles si se cansaba de los *chapatis*. Alisha le había explicado cuanto sabía del bosque. Le había indicado cuáles eran los mejores árboles para recostarse; incluso había descrito con todo detalle el tronco de un inmenso baniano que formaba una guarida con sus raíces.

Caminó sin mirar atrás, entretenida en contemplar el nacimiento de la vida en cada rincón del bosque. La primavera ya asomaba entre la vegetación, devolviéndole su amalgama colorista a la fronda. El invierno había sido largo e implacable, mucho más frío y gris que otras veces. La muerte de Mira y Sunita había helado la atmósfera de la casa incluso antes de que llegara el invierno. De hecho, la muerte había traído consigo la niebla que aún cubría el cielo, aunque la temperatura esos últimos días fuera en ascenso. Para Indira, la relación entre aquel fenómeno y la muerte de las dos niñas era evidente. El cuerpo de Mira había aparecido inerte una mañana, y ella misma lo había visto tendido en la cama con una coloración ligeramente pálida pero sin ninguna otra señal que indicara que estaba muerta. A ella le había parecido dormida. Decían que se había envenenado comiendo bayas silvestres la tarde anterior. Ella había corrido fuera y entonces había observado la oscuridad repentina, diferente a la oscuridad de la noche. La luz parecía haberse ensuciado. Había regresado al interior enseguida para contarle a la hermana Siso que fuera había una luz muy extraña, pero la monja estaba dando vueltas de un lado a otro y repetía: «*¡no salgáis, no salgáis!*» En ese momento había hecho aquella promesa de no ir nunca al bosque. Pero todo había cambiado desde que Alisha le había contado lo que sabía.

Había temido a ese bosque aún más que a la noche, pero al quedarse sola de pronto había sentido como si una ventana se abriera y dejara pasar el aire a través de su pecho. Respiró largamente, abrió los brazos y comenzó a reír. En Fátima la risa era casi siempre motivo de enfado para la hermana Siso, sobre todo cuando el doctor visitaba el hogar. ¡Se sentía volar! Como si no pesara y sus pies caminaran sin apoyarse en el suelo. Se había dado cuenta enseguida de que había estado necesitando salir de esa casa, y por fin había podido entender lo que Alisha había querido decirle sobre el bosque, y sobre la amenaza de aquellos hombres.

Siguió caminando, reposando la vista y saboreado una soledad placentera. Se vio a sí misma como una exploradora en busca de otros mundos, como el mismo Cristóbal Colón cuando fue a toparse con América mientras buscaba las costas de la India. Conforme avanzaba, observó su propio reflejo de sombra entre los árboles, la imagen proyectada en la tierra al incidir la luz del sol sobre su cuerpo extremadamente delgado pero suficiente para impedir el paso de la luz. La sombra no era posible sin el brillo de los rayos del sol y a su vez extinguía la luz para ser sombra. Miró al cielo, buscando en el horizonte la nebulosa negra. «*Yo también soy sombra*», se dijo mirándose en el espejo de la tierra seca.

Después de haber caminado a lo largo del cauce del río, como le había dicho su amiga, se dio cuenta de que sus pies necesitaban descanso. Se detuvo un instante y observó en detalle la Naturaleza a su alrededor. Estaba completamente rodeada de colores que construían en el aire una cálida sinfonía polícroma y silenciosa, como un amigo fiel en retaguardia. El bosque avanzaba risueño entre verdes, amarillos, naranjas, granates y marrones terrosos. El agua era plata en algunos tramos, y blanca al golpear precipitadamente la roca. Un blanco rabioso que azotaba las márgenes del río violentamente, como queriendo desbordarse en cada requiebro de tierra, en cada barrera impuesta contra su libre albedrío. Al golpear, la espuma se elevaba furibunda hacia lo alto estallando en millones de partículas diminutas, algunas de las cuales caían sobre la tierra mojada y quedaban allí presas de otra cárcel, fundidas en el barro, extinguidas hasta su renacer tras un nuevo ciclo de evaporación y lluvia. El agua pertenecía en gotas a un único caudal de vida. Aquella virulencia, aquel discurrir enloquecido las abocaba a la muerte, a la sequedad, a la pérdida irremediable de su esencia... Pensó en su lista de posibilidades, en quién era cuando se fundía con la imaginación y construía lo invisible en uno de aquellos pedazos de papel cosidos unos a otros. Si le quitaran aquello, si alguien le robara esa fusión con la vida a través de las palabras escritas, se extinguiría su alma, su caudal, el fluir de su vida en un continuo igual que el del agua. Se secarían cientos de miles de partículas flotando al unísono sobre la tierra seca para filtrarse en ella y unirse a ella. Se sintió como cauce roto en mil gotas.

La variedad de plantas alrededor estalló de pronto en un arco iris y los árboles dejaron de ser verdes en las hojas y pardos en los troncos, cubriéndose de rojos y violetas invisibles a un primer vistazo. Detrás de la estampa serena del bosque se ocultaba un universo colorido, sonoro, vivaz, exaltado... Sintió hambre y se entretuvo a observar el lugar, buscando algún rincón idóneo para sentarse a comer. Se fijó en el grueso tronco de un castaño de Indias, justo al otro lado del brazo de agua. Alisha le había dicho que no debía dejar aquella margen del río, pero justo allí se estrechaba el caudal, y el enclave parecía diseñado a propósito para ella. Podría levantar su vestido y mojarse los pies para cruzar, hacerlo despacio, cuidadosamente; o bien tomar impulso y tratar de llegar de un salto al otro lado... ¿Y si no llegaba? ¿Y si caía como decían que había caído Sunita, ahogándose en el caudal? Ali le había dicho que a ella le parecía que algo raro le había pasado en realidad.

Volvió a pensar en el río que tenía ante ella. Observó de nuevo el caudal, tratando de olvidar la imagen de Sunita que había imaginado flotando sobre una imponente masa de agua, cuando la hermana les contó que Sachet la había encontrado muerta en el río. Era mucho menos profundo de lo que había pensado. ¿Cómo era posible ahogarse allí dentro? Pensó de nuevo en la posibilidad de saltar y caer en el agua. Caer le daba miedo, un miedo irracional a la posibilidad de dolor tras la caída. Una vez cayó al suelo en plena carrera. Se hizo cortes en las rodillas y las palmas de las manos, que comenzaron a rezumar sangre, primero tímidamente y después a borbotones. Se levantó del suelo y miró sus heridas como si perteneciesen a otro, como si de algún modo no le correspondiese aquel dolor, sin emoción, ni una lágrima, ni una mínima sensación de pánico como la que de pronto afloraba en su mente ante la posibilidad de caerse y llegaba a dominarla hasta frenar totalmente la acción. El dolor no le asustaba tanto como la posibilidad del dolor. Quizá la muerte no fuera tan horrible tampoco... ¡Qué curioso! La mente podía ser más atroz que la propia experiencia. Más aún, la mente podía ser totalmente devastadora porque anulaba el impulso que invitaba a la acción, anulaba las posibilidades reales de vivir la experiencia. «*¡Debería escribir posibilidades que ayudaran a atreverse!*», pensó.

Tomó impulso y saltó al otro lado, sin caer, sin quedar a medio camino del objetivo, sin hundirse en el agua. Sin morir allí dentro... Empezó a dar saltos y alaridos mientras observaba el brazo de río que acababa de cruzar de un solo impulso, solo uno y definitivo. Saltó hasta quedar exhausta y después se tendió sobre la hierba fresca y sacó unos trozos de *chapati* del interior de la mochila. Lo mojó en el agua, lo justo para devolverle una consistencia más esponjosa. Comió algunos bocados a toda prisa, y por fin se detuvo a contemplar el agua cristalina del riachuelo. Se tumbó boca abajo, justo al borde del río donde los rayos del sol bañaban la hierba. Hacía calor pero aquel rincón junto al agua era fresco. Tomó una rama, la dejó en la superficie y la vio alejarse corriente abajo. Los párpados parecían pesarle de pronto sin control mientras observaba el discurrir del agua y quedaba abstraída en su murmullo, con el baño de sol sobre su espalda, cálido únicamente, a la temperatura justa para arropar su cuerpo entregado al abrazo del bosque. Por fin cayó dormida sobre su antebrazo izquierdo, fundida en un sueño reparador y profundo.

XVI

Hormigas

Al despertar, Manuel sintió el peso de los rayos del sol sobre su cuerpo. Hacía más calor que habitualmente en aquella época del año. La sombra del castaño había avanzado hacia su izquierda lo suficiente como para que su cuerpo quedara al descubierto, y el sol se había cebado con su espalda, sobre la que sentía, además, alguna otra carga que le resultó indescifrable: tal vez el sueño, que esta vez se habría quedado almacenado en algún rincón del subconsciente. Lo dejó estar. Por una vez, prefería no rebuscar en el interior de su mente. Tan solo dejarse llevar.

Se vio invadido por decenas de hormigas. Todo un batallón de insectos de seis patas dispuesto a devorar minúsculas partículas de su piel, envuelta en sudor y otras sustancias, que sin duda ofrecían un manjar a aquellas humildes criaturas negras de movimiento extraordinariamente rápido y mecanizado. En realidad no era tan humilde su apariencia grupal... Recordó que de niño le gustaba observar a las hormigas en su ajetreo diario. En algún lugar cerca del orfanato, junto a un grueso tronco de árbol, debía haber un nido de hormigas enanas. Estaba seguro de haberlo descubierto como se descubre todo lo que es invisible, siguiendo el rastro irrelevante de una primera hormiga que daba vueltas como una desquiciada en el suelo del comedor. Parecía despistada, incapaz de ordenar sus propios pasos hacia ningún objetivo concreto. Movía las antenas de manera mecánica y enloquecida, cruzándolas a derecha e izquierda como si no supiera qué rumbo tomar entre tantos olores y evocaciones de alimento concentrados en aquella habitación. Observó alrededor y entonces pudo localizar junto a una de las cuatro paredes que conformaban el perímetro de la sala, una segunda hormiga, más serena y concentrada en su camino; después una tercera, y una cuarta... Caminaban en fila, dejando escasos milímetros de distancia entre unas y otras. La hilera discurría a lo largo de la intersección del suelo con la pared, prácticamente imperceptible a los ojos, como una escena independiente que aconteciera bajo sus propias reglas. La siguió con la vista hasta un punto en el que el flujo de insectos se abría en dos direcciones. Las hormigas penetraban por un pequeño orificio en el suelo y volvían a salir tomando una ruta diferente, pared arriba hasta llegar al techo, y desde allí emprendían el regreso en sentido opuesto a la fila de hormigas de suelo.

Se preguntó cómo habría llegado la pequeña enloquecida hasta el centro del comedor. Parecía un riesgo absurdo aquel abandono, a pecho descubierto, y de hecho, se había encontrado perdida en aquella batalla en solitario, girando en círculos sobre sí misma, incapaz de darle sentido a su aventura de soledad, tal vez planeada, tal vez solo fortuita. ¡Hacía falta más que un impulso para llegar tú solo a ninguna parte! ¿No era él mismo en cierto modo, como aquella pequeña hormiga de la niñez? Acababa de abandonar todo lo conocido, una estructura social organizada que a él le resultaba incompetente y ruinosa por desatender el alma de las obreras, perdida en las huellas que trazara el tiempo allá en el principio, en el origen de todo... ¡Resultaba chistoso! ¡Ahora tenía sentido la locura de aquella diminuta partícula de vida dando vueltas sobre sí misma! No era extraño que hubiera aflorado ese nuevo recuerdo en aquel mismo instante. Nada era ya casual, no podía serlo. Alguien, algo tal vez superior en inteligencia y tamaño, le observaría a él también, perdido en aquel bosque en busca de un pasado que quizá lo llevara de vuelta a ninguna parte, a un punto de origen posiblemente inútil, un simple dar vueltas ignorando la fila de hormigas, absortas en su objetivo de alimentar un inmenso hormiguero cuya totalidad escapaba a su comprensión, detenidas únicamente en la tarea encomendada a cada una de ellas, confiadas en que aquella tarea confería significado a la existencia aparentemente inútil de un simple insecto.

Regresó de nuevo sobre sus recuerdos. Era otra manera de vivir lo vivido, una segunda oportunidad para comprender el sentido último de las cosas. Absorto también, igual que aquellas obreras, se había arrodillado sobre sus piernas de niño, lo suficientemente cerca de aquel insignificante hilo de vida. Caminó a cuatro patas para seguir el rastro hasta el punto de origen: el nido. Al llegar al extremo opuesto del comedor, la fila de hormigas de techo descendía por el vértice hasta confluir ambas filas en un mismo punto, convirtiendo la hilera en un ir y venir ajetreado que se filtraba por un orificio de la pared que permitía la rápida evacuación al exterior. ¡Perfecta organización para algo tan desdeñable! ¿Cómo podía, en realidad, ser desdeñable una estructura organizativa tan laboriosa? Salió al exterior y buscó el punto aproximado por el que las hormigas huían con el botín bien amarrado entre las potentes pinzas de sus bocas, cualquiera que fuese el nombre del orificio bucal en el cuerpo de aquel insecto. ¡Allí estaba la fila!, reptando sobre la tierra seca, entre hojas y brotes de yerba, hasta llegar a un punto donde al suelo se le formaba una panza, con su ombligo y todo, y por allí entraban y salían incesantemente, como soldaditos en instrucción.

«*¡Qué recuerdos!*», pensó. ¡Era fascinante aquella capacidad de recordar de pronto pasajes de la infancia que había olvidado por completo! Era como bucear en todo un universo de sensaciones que le llevaban al límite de sí mismo. Se quedó pensativo unos instantes, extasiado en la contemplación de las hormigas que se habían ordenado nuevamente tras el primer revuelo provocado al levantar su cuerpo entumecido... Y entonces, de repente, como un afluente que se desborda para abrirse paso en una ladera de montaña, la contemplación de las hormigas atrajo la añoranza, y con ella la tristeza. Si se lo permitiese, ¡lloraría en ese mismo instante! ¿Y por qué no hacerlo? ¿Por qué no romper a llorar hasta agotar todas las lágrimas? ¿Dónde le llevaría ese llanto? Cerró los ojos y trató de avanzar hacia dentro. No era en el recuerdo de las hormigas donde se había instaurado la añoranza, sino en la impotencia, en aquel chasquido que se produjo cuando se cerró la puerta del comedor y le dejó solo para siempre... Y entonces supo algo con certeza: a la infancia le dolían los adultos y su mundo incomprensible, herido por ellos mismos. Era posible que por esa razón todos terminaran huyendo de la infancia y de sus recuerdos de un modo u otro, para emprender un sendero pulcramente ordenado, ocultos bajo el manto denso de la vida real, del día a día que cobraba sentido en la nutrición del temible hormiguero. Si no hubiese olvidado la mano de Eesha entre las suyas, ¡habría muerto de rabia y dolor!

Habían transcurrido cien años en la base acuosa de la retina. Cien, doscientos años, o lo que hubiera sido tiempo suficiente para el olvido. Era posible que las imágenes se hubieran borrado de repente en aquel pasaje de infancia y no como consecuencia de la enfermedad que le había mantenido en cama varias semanas. Lo pensó por la abrupta descarga de información. Todo quería salir a la vez: imágenes, sensaciones, olores, voces... Era como si aquel paso desde la niñez hubiera constituido un salto en el vacío, sin puentes, sin vínculos, sin posibilidad de retorno; solo un antes y un después. Y ahora, en este «después», algo estaba llevándolo de retorno con la misma violencia.

De súbito, acababa de conectar todos los puntos, como esa hilera de insectos trazando una línea continua. El bosque, las hormigas, aquel despertar de un sueño plácido sobre la yerba bajo la suave brisa de primavera, le habían traído el recuerdo del rostro de Eesha, sonriendo alegremente con los brazos abiertos en cruz bajo la lluvia, su pelo de color zafiro sobre el rostro risueño, sus ojos negros llenos de vida... mientras él, agachado, le pedía que se acercarse a mirar... Debía tener cinco o seis años cuando Eesha llegó al hogar con una muñeca de trapo colgando de su mano izquierda y un vestido blanco que llevó puesto hasta que se le quedó tan corto que le sirvió de camiseta durante un tiempo. Se miraron y ella abrió mucho los ojos y esbozó una sonrisa que de pronto podía recordar nítidamente porque había estado con él todo el tiempo. La cogió de la mano y la llevó a conocer aquel hormiguero que había descubierto. Ese fue el primer secreto que habían compartido. Prometieron casarse cuando creciesen, pero nunca lo hicieron. Eesha desapareció detrás de un hilo de luz, justo antes de que la puerta se cerrara completamente. En ocasiones le había parecido verla al trasluz en aquellos pasillos huecos del orfanato, pero debieron ser alucinaciones de niño porque lo cierto es que Eesha no regresó jamás. Pensó que había muerto y se acostumbró a aquella idea. Nunca había hablado de ello con nadie y era posible que aquel silencio también le hubiera ayudado a olvidar.

De pronto, recordó la semilla de cardamomo que había decidido llevar consigo en aquel viaje. Había aprendido cuanto sabía sobre las especias en la cocina de Fátima. Un aluvión de imágenes comenzaron a aparecer en su mente, flashes de mil escenarios, rostros, momentos... Recordaba que una vez hubo alguien allí dentro que también le dejó una huella junto a la evocación de aromas. Se llamaba Sister Soul y solía endulzar el arroz ligeramente, y después le añadía un suave toque de cardamomo, directamente en grano, y les decía que el cardamomo era la semilla del amor eterno y que la ponía en el último hervor para nutrirles no solo el cuerpo sino también el alma. Sister Soul había estado enferma, y durante días, el hermano Sachet había estado al cuidado de todo. Cuando salió de la enfermedad, la monja ya no era la misma persona.

Era la primera muerte que había conocido, aunque no hubiera sido una muerte física pero sí la muerte de un lazo que le dejó una incógnita y ninguna respuesta. Eso era todo lo que recordaba de la monja que durante un tiempo había sido como una madre para él. Ahora le resultaba todo tan lejano que la evocación de un trance que debió ser doloroso no le producía ya sensaciones de ningún tipo. Sin embargo, recordaba más nítidamente que nunca las palabras de la monja sobre la semilla que llevaba guardada en el interior de un bolsillo.

No había vuelto a pensar en las especias de aquel modo hasta la mañana en la que el viejo mercader le habló de las bayas silvestres y con sus palabras le trajo el recuerdo de una promesa. Ahora, al abrirse paso ante sus ojos, el bosque atraía toda una secuencia de imágenes discurriendo a gran velocidad en su mente, como si estuvieran desplazándose por el cerebro en un frenético ir y venir que le resultaba imposible parar. ¿Era posible que Eesha hubiese permanecido viva en su corazón durante todos aquellos años? Eso explicaba su incapacidad para amar. Quizá solo padecía alguna enfermedad llamada añoranza que no era capaz de curar, como le había insinuado Sabal en alguna ocasión.

Oyó su propio gemido ahogado. El gemido de un niño que había sido testigo de una brutal violación. Quería detener las imágenes pero algo en su interior se había disparado y proyectaba escenas con todo detalle. La visión de la puerta de madera renqueando, como si dudara hasta por fin cerrarse ante él, dio paso a la sombra de un hombre, una voz grave oculta en la penumbra, y el cuerpo de Eesha abatido sobre una mesa, con el rostro asustado, mirándole fijamente a los ojos... En la mirada de un hombre, toda secuencia de infancia cobraba una dimensión diferente. Era brutal, era atroz, era la peor experiencia que podía llevar a una niña a crecer de repente. Se preguntaba por qué también Sita, como si en ella recuperara de alguna forma a su Eesha de entonces. Se preguntaba si era posible que incluso la presencia de Sita en su vida estuviera tejida al mismo tapiz de vivencias. Nada era casual. Quizá todo lo que había vivido era necesario para que estuviera justo en ese lugar para resolver... Para resolver, ¿qué?; para entender, ¿qué?; para regresar, ¿a qué punto de inicio? Si su deducción era acertada, toda su vida desde que salió de aquel orfanato había acontecido como era necesario para que volviera sobre sus propios pasos, quizá para llevarse con él a la pequeña que había encontrado en el bosque y que podría ser hija de quien entonces era solo una niña... Le pareció un argumento retorcido para una vida simple como la suya. Eran vivencias de un niño que cobraban vida otra vez, ya convertido en un hombre. Ahora su lógica era distinta. Como hombre, por fin era capaz de entender lo que un animal había hecho a la mujer que amaba destruyendo con la mayor violencia su infancia. La comprensión del brutal suceso le trajo por fin las respuestas: la niebla densa, advenediza, que se cernía sobre la infancia y de pronto engullía su alma, tan trágica como la muerte. Pero entonces, en aquel mismo instante de comprensión y dolor, el recuerdo nítido de lo que sucedió aquella tarde trajo una nueva esperanza: Eesha podría existir todavía en alguna parte...

XVII

Nieve en primavera

La noche se cernía sobre la colina dejando un rastro púrpura en su ascensión hasta la cima del Monte Olvidado. La oscuridad llegaba de lo alto, haciendo visibles millones de estrellas plateadas que dormían detrás de la luz del sol y despertaban de nuevo con el ocaso, y enseguida parecía detenerse en el cielo a media luz. La transición se invertía entonces, y era como si las sombras del suelo emprendiesen el ascenso hasta devorar el último rayo de sol, de un rojo fuego que se iba extinguiendo hasta convertirse en ascuas. El cielo en aquel momento era un recuerdo púrpura de la tarde a punto de expirar, y Sister Soul había detenido el instante en un punto fijo a través del cristal de la ventana: la senda que se internaba en el bosque.

Hacía dos horas que el hermano Sachet había salido tras los pasos de Indira, posiblemente perdida entre la maleza, blanco de leopardos, ¡o quién sabe de qué más! Se le ocurrió que había sido un acierto avisar a Sachet de la llegada inminente del doctor Shade. De otro modo hubiera tenido que dejar la casa para salir a buscar a la niña ella misma, o bien permitir que lo hiciera el propio doctor. ¡La sola idea le ponía los pelos de punta! Shade había llegado pocos minutos después de que el hermano Sachet saliera de allí con la esperanza de encontrar a la pequeña Indira aprovechando la claridad última, antes de que se hiciera imposible transitar esos bosques. Sabía que la primera parada del doctor al entrar en la casa sería la enfermería. Nada más aparecer la pequeña Alisha, la había llevado allí dentro para que le contara qué había pasado. La niña había corrido asustada al ver una pequeña mancha de sangre en su ropa interior, y ella misma se había alarmado. La cabeza le había dado mil vueltas al presentir la amenaza. Enseguida había podido sonsacarle lo que las dos niñas se traían entre manos. Significaba que Indira estaba sola en el bosque, y en cuanto a la pequeña niña de sus ojos, se había hecho mujer de repente, y mucho antes de lo que ella esperaba. La había rodeado con sus brazos, y en ese momento había recibido un mensaje del doctor en su móvil que había disparado la alarma. Se había sentido confundida. Sin embargo, había actuado con la rapidez necesaria. Le había dicho a la niña que no saliera de allí y había vuelto a abrazar su pequeño cuerpo antes de salir a toda prisa de la enfermería. Había dado orden a Sachet, y enseguida había acudido a atender la llegada inminente del doctor Shade. Había entrado en pánico pero cuando llegó ante él ya era otra vez la de siempre.

Al quedarse sola en la estancia, Alisha dudó unos instantes. Había revuelo en el exterior pero no quería desobedecer nuevamente las órdenes. Siso había insistido en que no saliera de allí pasara lo que pasara. Ella volvería a buscarla. Se acercó al cristal de la ventana y estuvo contemplando la tarde como lo había hecho la hermana Siso sin quitar ni un instante la vista del exterior. Los sonidos se hacían eco y parecían perderse a gran distancia como si salieran de la casa para internarse ellos también en el bosque. Un estruendo ensordecedor le provocó dolor en los tímpanos. Salió de la enfermería y entonces sucedió algo insólito en el interior del pasillo... Los techos se oscurecieron de repente y comenzaron a ceder, inflándose como inmensos globos grises que despedían pequeñas partículas blancas que parecían confeti. Era una tarde de primavera, eso creía; pero de pronto... ¡estaba nevando! Alrededor todo era silencio. Le resultó extraño. Nadie parecía notar aquel extraordinario fenómeno en el interior de la casa. El pasillo estaba quedándose helado, pero todos parecían ajenos a la temperatura que cada vez era más gélida. Sintió una repentina ola de frío en todo su cuerpo, mientras los copos caían delicadamente sobre el suelo e iban amontonándose poco a poco hasta cubrir de un finísimo manto blanco el inmenso pasillo. Le pareció más largo que nunca, más estrecho también. A su alrededor, unos y otros iban y venían como si aquel fenómeno fuera un acontecimiento banal, más aún, ¡como si aquello no estuviera pasando! De pronto, una sombra cruzó a gran velocidad el pasillo rozándole el brazo. El golpe tambaleó su cuerpo que de pronto parecía escaparse de su control. Creyó caer, pero fue solo una sensación momentánea. Oyó una voz afilada y punzante que se clavó en sus oídos dejando un molesto zumbido a su paso: «*Lo hice...*»

Alisha caminaba hundiendo sus pies en la nieve, más y más abundante a cada paso. Las piernas avanzaban pesadamente al compás de una melodía sórdida y monocorde, que anunciaba la insolente llegada del invierno en plena floración de los campos. El corredor se estrechaba a cada paso, erigiendo figuras neblinosas que se elevaban gráciles hacia lo alto, como hilos de humo contoneándose al ritmo de la música; solo dos notas escritas sobre un pentagrama improvisado, que producían un eco ensordecedor en el interior de su mente. La música cesó de pronto y entonces el silencio le llenó la cabeza de montañas nevadas, y al fondo del paisaje, allí donde la vista puede divisar el infinito, un pasillo dorado le abría las puertas del comienzo y el fin de la vida.

Había dejado de nevar y el sol brillaba nuevamente en lo alto. La nieve bajo sus pies se había derretido por completo, y en su lugar, un manto verde salpicado de suaves hilos de plata acariciaba delicadamente las plantas de sus pies. A duras penas llegó a la habitación de Indira y rebuscó en su camastro la libreta en la que su amiga había anotado siempre sus cosas. Tomó el cuaderno en sus manos y escribió torpemente, justo debajo de la última línea de posibilidades escrita por Indira la noche anterior: «*Es posible que cuando llegues yo ya no esté...*» Después, lo guardó en el rincón donde solo llegarían las manos de Indira, y entonces salió de nuevo al pasillo y se dejó caer sobre el manto de yerba que había crecido en el suelo y esperó a que una bandada de pájaros levantara su cuerpo para llevarlo de regreso a casa...

Sister Soul corrió por el pasillo y se abalanzó sobre la niña. Su cuerpo caliente permanecía inmóvil. Respiraba acompasadamente, pero el pulso era débil. La tomó en brazos y la llevó hasta su cama...

–¡Aadita! Ve a avisar al doctor. ¡Rápido!

Aadita corrió cuanto pudo hacia el extremo opuesto del edificio, donde el doctor tenía su dormitorio en el que podía aislarse del alboroto infernal que producía aquel puñado de críos. Al oír el relato, se levantó con urgencia y se dirigió a la habitación de las más mayores, repitiendo las dos únicas sílabas que se sentía capaz de articular: «*¡Otra! ¡Otra! ¡Otra!*»

–¡¡Siso!! ¿¡Qué ha sucedido!?

–Nadie lo sabe, doctor. La niña estuvo conmigo en la enfermería. Al parecer daba tumbos con la vista perdida en el techo. Las niñas dicen que avanzaba lentamente, como si las piernas no le respondiesen... De pronto, se desplomó en el suelo con los brazos abiertos... ¡Dios mío, todavía sonríe!

Sister Soul escondió el rostro bajo la palma de su mano. Shade cerró de un golpe seco la puerta del dormitorio.

–¡Fuera! –gritó...

–¿Y la sangre?

–Tenía solamente diez años... ¡Solo diez preciosos años! –exclamó la monja entre sollozos.

–¿Qué significa la mancha de sangre? ¿Estaba menstruando?

–Sí, doctor... Alisha se había hecho mujer esta misma mañana...

–¿¡Como es posible que...!? –se detuvo un instante, con la vista perdida en el suelo por encima de su hombro derecho, como si tratase de ponerle orden a una secuencia de acontecimientos casuales, que pudieran haber comenzado a cobrar sentido de manera causal–. ¡Han muerto ya tres niñas, Siso! Desde aquel horrible incidente no habíamos vuelto a... En fin, no quiero recordar aquello otra vez; han pasado años desde aquella terrible desgracia. Pero estas tres muertes... Siso, ¿qué está pasando? Los niños estaban todos ahí fuera cuando he llegado. Me miraban con ojos de pánico. ¡Ha sido un momento terrible!

Sister Soul levantó la vista y clavó la mirada en los ojos profundamente azules del doctor Shade.

–Desde luego, doctor, comprendo su grado de preocupación –dijo con lentitud.

Shade apartó la vista y permaneció en silencio. El silencio tenía también sus propias palabras, su propio sonido, y en aquella ocasión, era un sonido agitado, un *adagio bellicoso*, una secuencia sonora de cadencia brusca, y en cierto modo, desordenada, disonante; una melodía sorda y al tiempo estridente, producida por el diálogo vibrante de sus latidos, como dos corazones entregados a un singular dúo de percusiones, una conversación a golpes de sangre bombeado violentamente en el pecho.

–Tenemos que averiguar qué está pasando, Siso –prosiguió el doctor Shade–. ¡Maldita sea! ¡Sachet también está aquí! Ese estúpido podría buscarnos problemas... ¡Hay que hacer algo enseguida!

Siso asintió con la cabeza y se mantuvo inmóvil sin pronunciar ni una sola palabra. Miraba a la niña, tendida sobre su camastro, palideciendo lentamente conforme el recuerdo todavía cálido de la vida abandonaba por completo su cuerpo. Parecía dormida.

–¡Hermana! ¿Entiende lo que le digo? ¡Todo se nos va a la deriva!

–Tranquilícese, doctor –dijo ella, mirándolo fijamente–, estas niñas no existen en ninguna otra parte, ¿recuerda? Solo son pedazos de un sueño...

Shade la miró horrorizado. ¿Cómo podía estar viviendo la escena con aquella frialdad?

–Es usted de hielo...

–¿Tan difícil le resulta aceptar los colaterales de su obra, doctor?

–¿¡Qué está queriendo decir!?

–¿Ha subido alguna vez hasta la carretera?

–Pero, ¿qué...?

–¿Ha visto las espaldas cóncavas sobre la roca? Yo tampoco, doctor...

–¡Está usted excediéndose, Siso! ¡No le consiento...!

–¿Dónde van los camiones, doctor?

El rostro de Shade quedó pálido. Los ojos parecían salírsele de las órbitas.

–Tranquilícese, doctor –sentenció Sister Soul–. Solo quiero que entienda que su negocio está a salvo. Nadie quiere saber lo que está sucediendo allí arriba, y tampoco querrán saber lo que ha sucedido hoy aquí dentro. Es así como convinimos los dos que sería, ¿recuerda?

Se sentía confundido. En pocos minutos, la monja le había mirado de tantas maneras que le resultaba imposible saber de qué lado estaba. De acuerdo, había descubierto lo del transporte de niños, pero no parecía alarmada. Quizá hubiera entendido al fin cuan absurda podía llegar a ser la idea de que ellos dos cambiarían solos el mundo.

–¿Y las otras niñas? ¿Y si mueren más? –preguntó queriendo saber qué terreno pisaban–. ¿No ha dicho que Indira también ha desaparecido esta tarde?

–Déjeme a mí esa parte, doctor –repuso ella con esforzada ironía–. Conozco su especial amor por las niñas... Puedo imaginar cuánto le afecta esta escena. –Se detuvo unos instantes, observándose a sí misma en aquel escenario cavernoso, deduciendo sobre la marcha su siguiente papel en aquella trama, antes de dar por zanjado todo el asunto–. Yo sabré como gestionarlo, doctor.

–De acuerdo, entonces. Olvide todo lo que teníamos en marcha con la campaña. Será mejor no hacer ruido. Ya hemos tenido suficiente agitación últimamente, ¿no le parece? No podemos arriesgarnos a que el hermano Sachet llegue a sospechar nada a estas alturas, precisamente ahora que estamos tan cerca de nuestro sueño, ¿verdad, hermana? –preguntó con nerviosismo–. Espero que esa otra niña no ande muy lejos... No sería ninguna buena noticia que Sachet llegara hasta la cantera. Hermana, hay que pasar por esto con la mayor rapidez, ¿me comprende? –Miró a la religiosa, que parecía estar en alguna otra parte y observaba el cuerpo de la niña que todavía conservaba una ligera tibieza. En pocas horas comenzaría a mostrar los primeros síntomas de *rigor mortis*; la rigidez sería rápida, propia de una edad tan temprana. No daba crédito. Parecía sencillamente dormida. El rostro todavía sonreía mostrando una insólita armonía expresiva–. Que den sepultura al cuerpo de manera inmediata. Mañana celebraremos la misa o lo que usted vea. Estoy agotado –dijo después con desgana–. Por favor, hermana, hágase usted cargo de todo...

Shade caminó hacia la puerta y abandonó la estancia, dejando a Sister Soul en compañía del cuerpo sin vida de Alisha. Ya en soledad, Sister Soul se arrodilló ante la cama y puso la palma de su mano derecha sobre la frente de la niña, todavía ligeramente tibia, aunque quizá ya no era el calor último que desprendía su cuerpo, sino el de la pequeña habitación donde en poco tiempo se había acumulado demasiada energía. Sabía que era cuestión de minutos el que la niña empezara a enfriarse. Cerró los ojos y se mantuvo en aquella misma posición durante casi una hora, el tiempo que tardó el hermano Sachet en llegar de vuelta al hogar, con las manos vacías después de haber rastreado el bosque sin éxito en busca de Indira.

–No he podido encontrarla, hermana –se lamentó el religioso, al tiempo que se echaba las manos a la cabeza al ver el cuerpo sin vida de la pequeña Alisha.

–Ya veo –repuso la monja.

–Nada más llegar he sabido lo de... Los niños me recibieron con la noticia. ¿Cree que ingirió alguna sustancia? –preguntó sin esperar ninguna respuesta–. ¡Pero qué horror! ¿Cómo es posible que haya pasado algo así? ¡Qué fatalidad, hermana! Pobre pequeña... –comenzó a lamentarse el religioso mientras se santiguaba para pedir a Dios por la paz de su alma–. Le daré sepultura ahora mismo. No se hunda, hermana; la niña ya está en la casa del Padre...

–Sí, hermano Sachet. Llévese a la pequeña de aquí, por favor. Hay que enterrarla de manera inmediata. –Quedó en silencio durante unos segundos–. Ninguna misa va a devolverle la vida, de modo que no habrá ceremonia. Bastará con que pida usted por su eterno descanso. Yo iré a rezar igualmente. Pero he de vigilar que todo esté en calma en los dormitorios, si le parece...

Sachet tomó a la niña en brazos y dejó a Sister Soul en compañía únicamente de la soledad. «*Ya estás en casa, pequeña*», musitó la anciana con la vista fija en el ventilador que pendía del techo. «*En realidad solo has vuelto a casa...*»

XVIII

El árbol de los deseos

La noche había caído al fin. Indira dormía, agazapada entre las raíces aéreas de un baniano de los deseos. Alisha le había hablado del fabuloso ejemplar. El inmenso ficus había crecido enraizándose en círculo alrededor de sí mismo hasta ocupar una superficie de cincuenta metros de diámetro. En aquel perímetro, las raíces habían emergido al exterior una y otra vez, permitiendo que el tronco principal se asentara sobre ellas, avanzando así, como si lo hiciera a grandes zancadas, en busca de la luz solar. Al final, un solo tronco había dado origen a decenas de ramificaciones que se hundían en la tierra para reaparecer nuevamente a cierta distancia, formando cientos de arcos y oquedades entre todos aquellos brazos diseminados caprichosamente hasta haber formado aquella imponente circunferencia en mitad del bosque. Bajo las ramas, extendidas en vertical, muchas de ellas a pocos centímetros del suelo, otras especies botánicas trataban de subsistir al asedio del gigante vegetal, y algunas trepadoras crecían reptando humildemente por las raíces leñosas, cubriéndolas de un manto verde y jugoso.

Antes de quedar completamente sumida en el sueño, Indira había jugado a trepar por cada una de aquellas inmensas ramas. El bosque era un descubrimiento continuo, y contrariamente a lo que hasta entonces había creído, arropaba la soledad tanto o más que las sábanas. En las pocas horas de aventura vividas, había comprendido el poder de las palabras hasta para arruinarle a cualquiera un viaje fantástico antes siquiera de llegar a emprenderlo. De hecho, si ella temía la oscuridad y el bosque era gracias a la constante letanía de la hermana del alma que le había hecho imaginar figuras fantasmales en todos los rincones dentro y fuera de Fátima. Esta vez Indira recordaría su viaje como el inicio de una nueva vida para ella. Al regresar comenzaría una libreta distinta llamada «*Posibilidades de ser solo quien quiero ser*», y en ella anotaría únicamente las mejores posibilidades que ofrecía el bosque o cualquier otro lugar en el mundo. Había llegado a la conclusión de que toda posibilidad indeseable podía llegar a ser imposible. Solo había que imaginar lo correcto.

Desde su guarida esperó la llegada del sueño con la vista perdida en el cielo cubierto de estrellas plateadas. Imaginó que Alisha estaría pensando en ella en aquel preciso instante. ¡Si la viese allí agazapada! Tendría mucho que contarle a su regreso. A lo largo de la tarde, al detenerse en los claros del bosque donde podía divisar la niebla entre las cimas de montaña, había visto alejarse la bruma como si jugara a ocultarse en el horizonte, cada vez a mayor distancia de donde ella había logrado llegar. Aburrida, se había sentado en una de las ramas del árbol de los deseos donde finalmente había preparado su campamento y había confeccionado mentalmente una lista: «*Deseo que la niebla se quede quieta porque si no no llegaré nunca. Deseo encontrar los corazones y devolvérselos a los hombres. Deseo tener padres. Deseo, sobre todo y más que nada, tener unos padres... Deseo un vestido azul. Y una casa en el bosque porque ya sí me gustan los bosques. Deseo poder soplar a la sombra con tanta fuerza que saldrá volando como en mi sueño, y después le contaré a Alisha la verdad, y entenderá por qué tenía que venir yo y estará orgullosa de mí. También deseo salvar a la niña que Alisha vio morir en su sueño. Y por eso quiero llegar hasta la niebla cuanto antes...»* Al terminar, había cortado flores y las había depositado en círculo sobre la tierra, y en el interior había ido colocando uno a uno todos aquellos deseos, en un acto ritual que acababa de inventar, pero que más que un juego de niños, era la certeza de estar cambiando el mundo a mejor, pero no solamente su propio mundo, sino el mundo que imaginaba más allá de aquellas montañas. Abría los brazos y los elevaba hacia lo alto, conteniendo en toda su dimensión la posibilidad de hacer realidad los sueños, y entonces abrazaba el deseo y lo llevaba junto al pecho, para depositarlo inmediatamente después en el interior de su ofrenda de flores. Así, uno tras otro hasta completar una lista de doce deseos únicos y totales para ser inmensamente feliz.

En aquel estado de auténtica y genuina simbiosis, como si en realidad fuera una pequeña hechicera en medio del bosque, varios monos se había arremolinado frente a ella, sentada en actitud solemne bajo la sombra cálida del baniano. Los primates habían husmeado entre su ropa y proferido chillidos estridentes, que al principio le resultaron tremendamente desagradables. Enseguida se dejó hacer, como una voluntaria que se presta a ser conejillo de indias. Uno tras otro, los monos fueron estudiando el contorno de su cuerpo, palpando su rostro y su figura enjuta, menuda, delicadamente vulnerable. Cada vez eran más y se subían encima de ella provocándole cosquillas en todas partes. Olisquearon su pelo negro, su espalda, sus piernas, y el lugar más íntimo de su anatomía bajo el vestido, donde una mujer podía sentirse amada y también agredida. Era solo una niña, no sabía gran cosa de la naturaleza humana, y jamás hubiera imaginado lo que acababa de sucederle a su amiga Alisha. Nunca hubiera pensado que el hombre era más animal que aquellos pequeños mamíferos que jugueteaban entre su ropa. Rió a carcajadas, y los monos saltaron de un lado a otro como si compartieran la risa. Enseguida volvieron a hurgar con las naricillas rosadas debajo de su vestido, y entonces se desató un ligero temblor muy profundo que anunciaba la repentina transformación de su cuerpo.

El *impasse* de transición crepuscular había culminado en noche de luna llena, luna en ebullición, luna expansiva que ofrecía una serena y mágica comunión con el alma. Indira se hacía mujer bajo el velo amoroso del astro que bañaba de luz su cuerpo tendido en la yerba, ingrávido y confiado al abrigo de un simple recodo de leña viva, fuertemente enraizada en la tierra: un abrazo de padre.

XIX

Alter ego

Aquella noche, la luna llena en el centro vital de William Shade había revuelto sus peores instintos. Yacía inmóvil en la cama de ochenta centímetros, encajada entre una mesilla de noche de madera vieja y la pared al fondo de su habitación, tan escueta y humilde como el resto de las dependencias de Fátima. Trataba de conciliar el sueño mientras el rostro sin vida de Alisha se deslizaba en la mente a su propio capricho. Imaginó que su piel aún conservaría cierta tibieza. Al ver la mancha de sangre en la tela de su vestido se le había despertado un anhelo aún más sombrío, más primitivo que su habitual impaciencia cuando le asaltaba aquel imparable apetito sexual. Lo sintió en los labios, rezumando saliva en las comisuras de animal sediento y en el interior de sus muslos lacios de viejo. Después de tantos años, no había sido capaz de aplacar el ansia de un perro enjaulado, y ahora parecía desatarse una necesidad todavía más perversa.

Corrió al exterior, donde el hermano Sachet preparaba el discreto entierro de la niña. Bajó las escaleras adentrándose en un torbellino exaltado de emoción primitiva, animal; la sed recorría cada centímetro de su cuerpo avejentado, insaciable a pesar de los años durante los cuales ya había descargado lo más básico de su instinto. ¿Era posible llegar a más? La banda sonora que acompañaba la deleznable trama que daba sentido a su vida, era una melodía *in crescendo* que había terminado por hacer de él un sabueso, un perro de caza. ¿Y ahora? Sentía que algo verdaderamente sórdido aplacaría el ansia desatada con la visión de la mancha de sangre sobre el vestido de la niña muerta en extrañas circunstancias. Era cierto; nadie buscaría a una huérfana india sepultada en la tierra. El diálogo interior había cesado, y a la luz de la luna, solo una presa sofocaría el desgarro bajo el grito animal...

–¡Hermano! –exclamó abalanzándose sobre el religioso, que estaba ultimando el entierro del cuerpo sin vida–. Lleve por favor a la niña a la enfermería. Creo necesario estudiar el cuerpo para valorar las circunstancias de la muerte antes de darle sepultura.

El joven Sachet lo miró con extrañeza.

–Pensaba que la niña había ingerido por accidente alguna sustancia, doctor...

–¿De dónde ha salido esa información?

–La hermana me contó que la niña estuvo con ella en la enfermería y que la dejó allí para salir a atenderle a usted. También los niños dijeron... Parece que todo sucedió muy rápido. No se dieron cuenta hasta que la vieron tambalearse y caer desvanecida en el suelo...

–Bien, bien, déjelo por ahora –repuso con nerviosismo–. Lleve por favor el cuerpo a la enfermería. Ya le avisaré cuando haya concluido para que proceda al entierro.

Shade regresó al interior del edificio, y por un momento algo racional le atravesó el pecho y ascendió hasta su mente, y le dijo que parase todo aquello enseguida. Parar... Hacía ya mucho tiempo que debía haber parado algo que también a él le hacía daño, pero no se había entrenado para el autocontrol sino para la búsqueda de un placer momentáneo y profundamente intenso, como la dentellada en la yugular que le asesta un depredador a su presa. Saboreó por unos instantes el recuerdo de ocasiones pasadas hasta llegar al origen. No siempre había sido de aquel modo, y tampoco había podido conciliar un sueño tranquilo desde aquella primera vez. Estaba perdido. Ahora cerraba los ojos y se entregaba a una sinrazón tras la cual solo le quedaba la muerte, desaparecer algún día y librar al mundo de sí mismo. Mientras aguardaba la llegada del cuerpo, no pudo evitar imaginarse allí tendido, convulsionándose con desazón sobre la niña ya fría... Sintió una punzada en el estómago ante la repentina visión de una tez marmórea, sin vida. No podría. Se agachó sobre sus vísceras con las manos rodeando el estómago a punto de la náusea, y por fin rompió en vómito sobre el suelo de la habitación en penumbra. Sachet abrió la puerta y lo encontró de rodillas, derrotado en el suelo.

–¡Doctor...!

–Váyase de aquí, Sachet. Lo he pensado mejor –exhortó el médico, manteniendo aún la flema que era en él habitual–. Termine lo que estaba usted haciendo. Dejemos que descanse por fin.

–Muy bien, doctor. Si me necesita...

–No se preocupe, ya estoy mejor. Le ruego que adecente este lugar cuando termine.

–¡Claro, doctor! No se preocupe... Márchese a descansar, ha sido un día duro para todos nosotros.

En ese momento, Shade sintió un escalofrío recorriéndole todo el cuerpo. El vómito le rodeaba como una ponzoña recién purgada y el insoportable hedor le hizo sentir limpio de piel hacia dentro. Con el veneno ya fuera se sintió desfallecer y trató de levantarse ayudándose con las manos, debilitadas de pronto. Caminó a tientas hasta su dormitorio y se dejó caer sobre el camastro que le pareció frío. La imagen del rostro de mármol le llevó entonces muy lejos, a un pequeño pueblo al norte de Londres, hacía exactamente cincuenta y ocho largos y desapacibles ciclos de cuatro estaciones, todos iguales. Tenía entonces seis años y su madre había caído en el suelo de un golpe seco, uno de tantos. Esta vez su padre había abandonado la sala dejándola tendida sobre el suelo y él se había abalanzado sobre el cuerpo muerto y cubierto de sangre de la madre, hasta que fue quedándose frío y alguien lo tomó en brazos y lo sacó de aquel hogar para siempre.

Shade derramó una lágrima tímida y silenciosa que se deslizó por el contorno de su nariz hasta llegar a la comisura de los labios entreabiertos, y allí quedó suspendida momentáneamente, hasta que la sal se diluyó entre la saliva y su sabor le recordó la tristeza, silenciada durante toda una vida. Sintió rabia. Apretó los párpados y abrió la boca en una mueca de dolor incontenible. El llanto aguardaba su deseo de soltar la infancia destruida, a las órdenes de un William Shade endurecido, demasiado tarde ya para dar marcha atrás. Fueron solo unos instantes, décimas de segundo, y enseguida contuvo de nuevo la desazón; enseguida olvidó cualquier vulnerabilidad anclada en aquel trágico inicio. Dejó que las facciones del rostro se fueran recomponiendo al fin por sí solas hasta relajar completamente la expresión, que se le había hecho trizas. No estaba acostumbrado a perder la compostura de aquella manera. Cuando se hubo calmado, se quedó dormido encima de la sábana vieja. Debían ser más de las doce.

Aquella noche, William Shade no tuvo que acallar voces de protesta durante el sueño. Se despertó aún más temprano que de costumbre, y el dolor en cada músculo del cuerpo le recordó su habitual espacio para el ejercicio que solía practicar a primera hora de la mañana, antes de que el sol hubiera asomado siquiera en el horizonte. Llevaba días sin poder realizar ningún ejercicio físico y sentía que todo su cuerpo estaba entumecido y pedía a gritos un poco de oxígeno. Había tenido que atender tal cantidad de cuestiones que no había tenido un minuto de tiempo para sí mismo. Las palabras de Siso la tarde anterior todavía resonaban en su cabeza, como un quejido en la conciencia que hubiera despertado al recibir la llamada de atención de la hermana, su cómplice en toda la trama. ¿Qué estaba pasando? Ella era parte implicada y había estado siempre de acuerdo. Aquello era algo pactado hacía ya mucho tiempo. ¿Cómo podía responsabilizarle a él solo de todo? ¿¡Quién creía que era!? Al final, la monja no era más que una simple perdedora. Otra más en aquel mundo de pobres diablos que no llegarían a entender nunca como funcionaban realmente las cosas. Había pensado que algún día comprendería lo ridícula que era su idea... ¡Pero no! La vieja era terca como una mula. ¿Y creía que aquellas insinuaciones sobre su culpa la salvarían? ¡Ja, ja, ja, ja! ¡Era ridícula! No le bastaba con las buenas obras que habían llegado a hacer en Kullu. ¡No! ¡La muy estúpida iba a tirar por la borda todo lo que habían hecho juntos! ¿¡A quién demonios le importaban aquellos mocosos!? ¿Es que no era capaz de entender lo difícil que era entregar un solo niño en Europa? Se lo había explicado ya tantas veces que había llegado a aburrirlo. Pero al final ¿qué? En el fondo, ¿qué más daba que llevaran a los niños a la cantera o que los entrenaran en el Norte para convertirse en soldados? ¿Es que no era consciente de hasta qué punto aquellos ejércitos habían tomado ya el control sobre el viejo mundo? En cualquier caso no habría futuro para esos niños; ¡qué importaba que alguien sacara beneficio de aquello! Al menos los mocosos comían algo decente y tenían un sitio donde dormir. Solo era la realidad de la guerra y no había sido él quien encendiera aquel fuego. Hacía mucho que la Humanidad estaba rota. ¿¡Quién se creía que era ella para dar lecciones a nadie!? ¡Para decidir qué causa era mejor o peor en un mundo hecho trizas! Después de todo, solo eran niños de la basura, de las calles, del peor de los comienzos en un planeta donde nunca reinaría la perfección que deseaba la monja. Niños con traumas. La única perfección posible era la de un gobierno de Dios en la tierra. Pero no un Dios como el suyo, un Dios tan perdedor como ella...

De pronto, las palabras que la monja había pronunciado esa tarde daban vueltas en el interior de su mente golpeándose con las paredes del cráneo como si él mismo estuviera golpeando su propia cabeza contra las paredes grises de aquel dormitorio. Estaba confundido. Odiaba reconocer que la monja le había asustado. Cabía esperar que tal vez hubiera cambiado de parecer y ya no quisiera participar en el negocio de los niños. Aquello amenazaría con tirar por tierra el trabajo de meses... ¡De años! Tal vez tuviera que deshacerse de ella y buscar algún sustituto. Necesitaba salir a estirar las piernas y aspirar un poco de aire fresco del campo. Aquello refrescaría sus ideas y le ayudaría a ver alternativas con claridad.

Se puso algo de ropa deportiva y salió al pasillo, donde aún dormía todo en un plácido mar de silencio. En pocas horas aquello sería un hervidero ruidoso y lo suficientemente incómodo como para que deseara salir de allí cuanto antes. ¡Menos mal que habían reducido el número de mocosos que vivían en la casa a un pequeño puñado! Era inútil tratar de mantener el orden entre tanto crío. Por eso necesitaba huir de allí con frecuencia. El día a día en Fátima le hubiese vuelto loco. ¡Aquel hogar era un nido de locos!

Al cruzar frente al dormitorio de la hermana Siso, oyó un ligero gemido que procedía del interior. Se aproximó a la puerta y se recostó sobre ella ligeramente para acercar el sonido que provenía del otro lado, pero todo cuanto pudo escuchar fue la respiración entrecortada de la hermana. Parecía que estuviera teniendo algún mal sueño. Las pesadillas en el hogar pululaban por los pasillos y se colaban por debajo de las puertas cuando el silencio y la oscuridad reinaban en todas partes. Y, a veces, el llanto de uno de los niños contagiaba a los demás el miedo a la noche, hasta que alguien consolaba aquellas pequeñas y frágiles mentes que parecían habitar un mundo paralelo a su entera medida. «*¡Qué seres tan débiles son esos niños!*», se dijo... De pronto sintió una presencia a su espalda...

–¿Quién eres? –inquirió con su habitual arrogancia.

–Soy tú. Ya me conoces...

–Entonces sabrás que deseo estar solo –manifestó con aquella estudiada soberbia en la que podía sentirse seguro.

–He venido a prestarte apoyo. William; no deberías despreciar mi compañía cuando estás a punto de enfrentarte a una verdad que no esperas.

–No he necesitado tu apoyo todos estos años, puedes marcharte.

–¡Insolente! ¿Quién crees que te arrebató del abrazo de tu madre muerta? Fui yo quien te sacó para siempre de aquella casa...

Shade se quedó mudo, mirando fijamente al fantasma, un *sí mismo* pálido, semioculto en la sombra.

–No hubieses sobrevivido a todo aquello sin mi ayuda –prosiguió aquel espectro–. No parabas de llorar como una niña...

–¡No quiero escuchar toda esa basura! ¡No eres más que...!

–Ten cuidado, William... Llevas un alma demasiado poderosa en el centro de tu cuerpo y está a punto de emprender su propia batalla. Si me desprecias, esta vez estarás solo ante ella...

Shade aguardó unos instantes, observando al fantasma en la oscuridad densa del pasillo mientras ordenaba su discurso en la mente, unos segundos para la comprensión de lo que estaba sucediendo, sin que apenas inmutase su aparente calma tras el desequilibrio de la noche anterior.

–¡Márchate! –bramó finalmente como si quisiera amedrentar al espectro–. Quiero estar solo.

El fantasma desapareció en la profundidad de la noche, y William salió al exterior tratando de ignorar sus propios delirios. Una vez fuera, caminó como un autómata hacia el cementerio, donde había enterrado el cuerpo de Alisha la noche anterior. Desde allí tomaría el camino por el que solía internarse para practicar el ejercicio que necesitaba su mente para sentirse en paz. El camino ascendía ligeramente desde la parte trasera del edificio. Habían hundido cruces en la tierra para demarcar aquella ascensión como una metáfora de la ascensión a los cielos, pura parafernalia cristiana. La vegetación era densa en toda la zona, y habían aprovechado un pequeño claro rodeado de intensa arboleda para cavar las tumbas de los difuntos. Al rebasar el último crucifijo de madera enclavado en el suelo, abrió los ojos con espanto y profirió un grito. Una inmensa cruz, confeccionada parcamente a base de un tablero sujeto a un grueso tronco de madera, se había levantado sobre la última tumba excavada en aquel claro. Corrió enfurecido y arrancó el tronco asestado en el centro de la tierra recién removida que cubría el cuerpo de la niña, y lo lanzó tan lejos como pudo en un arranque vesánico que le hubiese permitido incluso matar, un repentino estado de demencia provocado por el recordatorio tallado en el centro del tablero:

«*Aquí yace Alisha, hija del doctor William Shade...*»

XX

Tercer encuentro: reencuentro

En aquellas montañas, todo moría bajo una neblina gris, pero no Alisha. Ella había caído en el suelo como si se recostase sobre un cálido manto verde, y todos habían podido contemplar un morirse plácido, casi pactado, que les daba una visión de la muerte muy diferente. Algunos se preguntaron qué le había sucedido aquella noche a la contadora de historias, y qué sería de ellos en adelante, porque si algo había conseguido Alisha durante su corta vida, era que a través de sus palabras los demás niños creyeran, como ella lo hacía, que la oscuridad en los pasillos era solamente una estación de paso, un fenómeno inusual que se había instalado en el hogar de Fátima, pero que pronto pasaría de largo dejando paso a la luz.

Y así había muerto la niña, con la certeza en el pecho de ser como una heroína llamada a cambiar el curso de los acontecimientos. Al día siguiente, con la primera claridad que ofrece la madrugada, algo había cambiado en la atmósfera de la casa. El silencio posterior a la muerte de la pequeña Alisha se vio roto inusualmente temprano. No se había previsto que hubiera una ceremonia de despedida, pero una de las niñas se despertó al oír cantos de pájaros que parecían proceder del interior de la casa y fue corriendo a despertar a los otros. Con sigilo, un puñado de niños vestidos con su ropa de cama, salieron al exterior y recogieron flores para llevarlas a la tumba de Alisha. La monja oyó susurros al otro lado de la puerta de su dormitorio y se vistió para salir a ver qué pasaba... Una lágrima rodó por su ajada mejilla, y fue a caer sobre la boca anciana, devolviéndole una sonrisa límpida que hacía mucho tiempo había abandonado aquel rostro. Uno a uno, los niños fueron colocando flores y ramas frescas sobre aquel pedazo de tierra donde ya descansaba el cuerpo de la pequeña Alisha. Un agujero en el centro evidenciaba que la cruz había sido arrancada, pero la monja les explicó que en aquel agujero era donde crecería el árbol que un día llevaría el nombre de Alisha. Todo ello cuando muchos ciclos de sol hubieran transcurrido, con el paso de otras tantas lluvias, nieves y floraciones. Hasta que un día alguien descubriera al fin un pequeño brote en la tierra y una nueva forma de vida desvelara, una vez más, el misterio insondable de la existencia.

Con aquellas palabras, todos fueron dejando su ofrenda para la pequeña Alisha, y Sister Soul sintió de nuevo humedad sobre la piel rugosa de sus mejillas. Lloró con ahogo y profundidad, segura de que estaba a punto de cerrar para siempre aquel horrible capítulo de su vida. Un poco más arriba, donde acababa el pequeño cementerio en el que habían enterrado a la niña junto a otros cuerpos, alguien había tirado el par de troncos en forma de cruz. La monja miró aquellos troncos y pensó en William Shade. «*El final está cerca*», se dijo.

A mucha menos distancia de aquello de lo que imaginaba, Manuel sintió renovadas las fuerzas y decidió proseguir su camino. Al zambullirse en la corriente, el agua del río le había revitalizado los músculos, que sentía agotados. Agarrotados también. La excitación de los últimos días había encogido su cuerpo, que parecía haberse replegado hacia sí mismo. Conocerse había llegado a ser una gesta delirante que de algún modo sobrepasaba todos los límites de la realidad conocida, como si siguiera el guión escrito en las hojas de los árboles, en el viento, en el influjo plateado de la luna, dejando a un lado cualquier atisbo de cordura para adentrarse de lleno en el más insólito absurdo.

Era como si caminara en el interior de una pintura de boscaje surrealista, que a su paso cobraba densidad y presente. A esas horas el sol todavía se desperezaba bajo el manto negro del cielo y al estirar los rayos como cientos de brazos de fuego, las copas de los árboles se llenaban una vez más de destellos rojos y anaranjados, como llamaradas del día cuando el bosque permanece aún dormido...

Serían aproximadamente las seis de la mañana. Todo a su alrededor era recuerdo, una evocación gozosa de aromas de montaña. En aquellos montes había transcurrido su infancia y allí había aprendido a valerse también por sí mismo. A hacer del manto de la tierra un camastro donde pasar la noche al abrigo de las lluvias, cubriéndose con hojas de palma bajo las cuales el sonido de las gotas se grababa en la memoria junto a la sensación apacible de la soledad en su medio. El bosque era sin duda su hogar.

Decidió proseguir río arriba, disfrutando del murmullo del agua en su curso, que siempre encontraba un modo de fluir libremente. No había muro lo bastante alto, roca lo bastante sólida, o artificio lo suficientemente ingenioso que frenara su locura, probado el sabor de la libertad, siendo libertad ella misma. Conforme la luz solar avanzaba hacia lo alto, la claridad aumentaba y el río se llenaba de matices. ¡Se sentía igual que entonces! El mismo río, los mismos árboles, las mismas variedades de insignificante vida, que para él habían conformado la única realidad posible desde la mañana en la que Eesha desapareció para siempre. La carretera que había descubierto de niño ascendía no muy lejos de allí, pero no era capaz de identificar el lugar exacto. Le vino la imagen de los puntitos negros que observaba desde lo alto y que le parecían zánganos, y enseguida pensó en los niños de la carretera. ¿Qué habría sido de ellos? En otros lugares también había visto aquel proceso para machacar piedra, pero no recordaba haber pensado nunca en su hogar, o en el día en el que descubrió aquella carretera. ¡Qué nítido le resultaba ahora el recuerdo! Sin embargo, se sentía incapaz de recordar el lugar exacto donde se abría aquella pista de asfalto que había visto ir engullendo el bosque a lo lejos. Durante todos aquellos años, la carretera ya debería haber llegado hasta el hogar de Fátima, aunque de pronto estaba confuso después de haber visitado Kullu y haber llegado hasta el orfanato en la aldea que llevaba el nombre de Fátima. El escenario era demasiado homogéneo por todas partes. Llevaba tres largos días caminando solo por aquellos bosques, y a veces le parecía estar recorriendo la misma senda hasta llegar al mismo enclave y sentarse en la misma roca, o tronco de árbol. ¡Qué identidad tan insólita que permitía la evocación incesante de nuevas sensaciones, visiones y recuerdos!

Pensó que sería una auténtica bendición si pudiera llegar a esa carretera y tomarla como punto de referencia. Se le ocurría que de niño tampoco habría podido alejarse demasiado de la casa donde vivían. De hecho, había tomado una carretera desde Kullu que le había internado en el bosque, pero enseguida había comenzado a descender en lugar de subir, y si algo podía recordar con total claridad era que su antiguo hogar casi dominaba el valle, aunque todavía se podía llegar más alto de donde ellos estaban.

Por eso había dejado atrás la carretera que le habían indicado en Kullu, y había confiado en que su intuición lo llevaría hasta el orfanato, si es que quedaba algo de aquellos muros. Se le había pasado por la cabeza la idea de que tal vez hubieran trasladado el hogar a la aldea. En ese caso, no encontraría nada allí arriba. Pero necesitaba llegar.

Oteó alrededor. Recordaba que de niño solía sentarse en cuclillas para observar la vida de los insectos. Estaba seguro de que por mucho que hubiera mutado aquel bosque durante esos años, aún podría reconocer alguno de aquellos espacios, como si fueran fotogramas aislados que a buen seguro tendría grabados en la retina. Además, si las palabras del mercachifle tenían algún sentido, en algún punto del viaje tal vez podría incluso reconocer el arbusto donde cogió las moras. Aquel instante seguía siendo un enigma, como también lo eran las palabras del viejo buhonero. ¿Por qué había insistido tanto en que fuera en busca de la zarza? ¿O tal vez la zarza era una metáfora de la memoria perdida? Quizá sí. Tal vez lo que el viejo había puesto en marcha era un mecanismo eficaz de recuerdo y por eso había vuelto todo de golpe, secuencialmente y a una velocidad asombrosa. ¡Después de años de olvido!

Caminó improvisando una brújula a partir de su propia intuición. El bosque era demasiado profundo como para poder saber con certeza dónde se hallaba; sin embargo, se movía en su interior con la comodidad de un pez en el agua y algo le decía que no estaba tan lejos de su objetivo. Había en su emoción una mezcla rotunda de sentimientos. El ansia por llegar a alguna parte de un viaje donde el verdadero destino se hallaba dentro del pecho. La melancólica añoranza que antecede a todo recuerdo, y que en ocasiones convive irremediablemente también con el propio recuerdo y con el miedo a los encuentros no pactados, a fantasmas como los que le habían acechado en el sueño durante años. No, no estaba preparado para los fantasmas, aunque supiera que vagaban por todas partes rodeándolo a uno de visiones adversas y de la más difícil digestión.

Necesitaba tomarse con calma todo aquello, recordar en pequeñas dosis, como haces de luz; no hacerlo entre sombras que de pronto descorrían el telón de un escenario espectral que te ponía el alma patas arriba. Pero poco podía elegir. Parecía un muñeco en manos de su pasado, accionado a distancia. Lo último que había podido recordar era la mirada de Eesha varios años atrás, y eso había sido más que suficiente para lograr evocar, sin riesgo a equivocarse, el trágico episodio de su desnudo como mujer, siendo todavía una niña. ¡Cómo no se había dado cuenta entonces! Hubiese peleado, gritado, golpeado hasta hacerse sangre en los nudillos. No haberlo hecho le desangraba lentamente por dentro, conforme la imagen iba y venía junto a otras secuencias de imágenes que poco a poco narraban toda una historia sin dejar comas en el camino. No dejaba de ser casual que su única amiga en Delhi, hubiera sufrido el mismo ataque brutal en su infancia. Le sorprendía la cantidad de pistas que iba dejando la historia para que uno pudiera reencontrarse con cada eslabón perdido. Era como un trayecto de regreso al origen de uno mismo, un emprender la vida para perderse en ella, y entonces empezar a buscar hasta llegar al punto de inicio. Tal vez como él mismo en aquel preciso instante, dando vueltas en círculo alrededor de un punto indeterminado que emergería repentinamente en cualquier inesperado momento.

Oyó pasos a lo lejos. En el silencio del amanecer, cualquier chasquido en la tierra parecía un estruendo, de manera que no podía calcular fácilmente la distancia a la que se producían las pisadas. Parecía una marcha urgente, difícil en aquella profusa vegetación que le rodeaba. Se detuvo a prestar oídos, y los pasos parecieron acercarse aún más, a mayor velocidad, a mayor voracidad también... «*¿Doctor?* –dijo para sí–. *¡No puedo creerlo! ¿Qué hace...?*»

–¡Doctor! –gritó entonces corriendo a su encuentro–. ¡Doctor, soy Manuel! ¿Me recuerda?

William Shade volvió la vista en la dirección de aquella inesperada y también inoportuna llamada. ¿Cómo era posible un encuentro fortuito en medio de aquellos bosques cuando todavía no eran ni las siete de la mañana? ¿Quién, además de él, huía del hedor infecto de algún fantasma?

–¡Doctor, qué maravillosa coincidencia! ¿Me recuerda?

–Uhmm... Sí, claro, creo haberte visto...

–¡En el aeropuerto, señor! Me preguntaba quién andaría por el bosque además de yo mismo y... en fin, ya veo que practica usted...

–¡Sí, sí! Uno es viejo pero... ¿Qué haces por aquí, chico? ¿Qué se te ha perdido en este lugar? ¿No estás muy lejos de Nueva Delhi? –preguntó con el mismo gesto de superioridad que había mostrado aquella mañana en el aeropuerto.

–Vine a visitar lo que fue un día mi hogar. Aquellas palabras con usted... ya sabe; de pronto sentí añoranza y me dije a mí mismo que ya era hora. –Se detuvo para dar tiempo a que Shade pudiera intervenir si lo deseaba, pero enseguida retomó su relato al comprobar la indiferencia del médico–. Hace dos días que llegué hasta Kullu y alguien me guió hasta la puerta del orfanato de Fátima. Enseguida supe que aquel no era el lugar donde yo crecí, pero resultó que a usted sí lo conocen... –De nuevo hizo una breve pausa sin que el viejo doctor hiciera ningún comentario–. Me pareció todo muy extraño. Al principio pensé que me había equivocado de aldea, pero el perfil de estas montañas no miente. ¿Comprende lo que le digo, doctor? En fin –prosiguió en vista de que el médico mantenía el mismo silencio aséptico–, solo quería volver a recorrer estos bosques; aquí es donde yo jugaba de niño...

–¡Sí, sí, claro! –respondió el hombre finalmente–. Entiendo esos sentimientos, muchacho. Los recuerdos de infancia habitan muy hondo.

–Eso es, doctor. ¿Y usted, cómo se enc...?

–¡Bueno! ¡Pues bienvenido a casa! –exclamó el médico sin prestarle más atención.

Se miraron el uno al otro. Manuel trataba de atisbar algo en el fondo de los ojos de aquel hombre que no le había gustado desde el primer momento en el aeropuerto. Su indiferencia mientras él hablaba poniendo todo su entusiasmo en la narración, le había recordado la impresión primera que le causó el médico durante el interrogatorio al que lo había sometido Sabal hacía solo unas pocas semanas. Entretanto el doctor Shade pensaba que tal vez la llegada del visitante podía jugar a su favor esa mañana, y trataba de dibujar un plan de acción para que el forastero no se hiciera preguntas sobre el aislamiento de aquella edificación en mitad de la nada. Mejor aún, que olvidara aquel lugar cuando regresara de nuevo a su vida. Lo mejor hubiera sido deshacerse de él allí mismo, pero también quería pasar de largo cuanto antes respecto a lo acontecido la noche anterior, y quizá le fuera de utilidad la inesperada visita de uno de sus chavales. Ya no le cabía la más mínima duda: aquel era el chico que había huido del bosque hacía años. El único que había salido por su propio pie de aquel remoto lugar. ¡Le resultaba imposible creer que el mocoso hubiera sobrevivido al bosque hasta llegar nada menos que a Delhi! Parecía confiado. ¿Por qué temer nada? No era probable que llegara a conclusiones de ningún tipo, ni cabía esperar que a nadie además de a él le interesara una casucha perdida en las montañas donde vivían un puñado de niños. Se marcharía después de haberse encontrado con sus recuerdos, y después de haber probado nuevamente la leche de búfala que era deliciosa gracias a la virginidad de la tierra en aquella altitud. La hermana Soul sabría cómo deshacerse de él con exquisito cuidado. Debía confiar en que la monja haría bien su trabajo.

–¿Por qué no me acompañas, chico? –se apresuró a invitar al muchacho pretendiendo resultar espontáneo–. ¡He practicado ya suficiente ejercicio para toda una semana! ¡Ja, ja ja! –rió con exagerada petulancia.

–Bueno, yo...

–¡Venga, chaval!

Manuel sintió una corriente helada en el pecho al oír aquellas palabras, como si un vendaval de nieve lo azotase de pronto. «Venga, chaval...» «Venga, chaval...» «¡VENGA, CHAVAL!» ¿¡Qué era todo aquello!? La puerta se cerraba y el hilo de luz quedaba hecho añicos, Eesha al otro lado, sus ojos asustados tras el cuerpo de una sombra imponente, imágenes a gran velocidad y aquellas dos palabras resonando como un coro de voces hasta perderse al fondo del pasillo donde al fin quedó solo y confuso. Un simple instante de vida reducido a las sombras. «V e n g a c h a v a l...» ¿¡Estaba ante el monstruo que había destruido la infancia de Eesha!? ¡Era él! ¡Solo podía ser él! No necesitaba pruebas, ni siquiera el testimonio de Eesha sobre lo que ocurrió en el interior de aquel comedor. Los ojos de un hombre le bastaban para saber que aquel bastardo había violado a su amiga mucho antes de que pudiera haber atisbado la adolescencia, la juventud, y más adelante la madurez en toda su plenitud y merecido esplendor. Toda una carrera de fondo resuelta con un simple pistoletazo de salida con inminente llegada a la meta. El fin del trayecto nada más comenzar la vida.

–¡Anda, vamos! –repitió el individuo con premura–. Todos querrán saber que la vida te ha tratado bien, chico. ¡Eres uno de nuestros chavales!

Manuel sintió náuseas. Pudo verlo al desnudo, un monstruo. ¡Cómo podía nadie...! «*A ver, a ver* –pensó...– *¿Estoy loco?*» ¿Cómo era posible aquella certeza de pronto? Certeza era más que conocimiento, mucho más que lo aprendido a lo largo del tiempo. Era un saber desde algún lugar dentro de uno mismo, tan directo a la verdad que no cabía la incertidumbre o la duda. Era más que fe, más que creencia... Trató de inventar una sonrisa en el rostro. No era momento de tomar decisiones. Incluso allí, solos los dos, y a pesar de la diferencia de edad, Shade era mucho más corpulento y pesado. Le habría reducido a la nada con sus propias manos.

–Sí, doctor –dijo tragándose las náuseas para no vomitar encima–. Me alegrará recordar...

El olvido era desde luego un acontecimiento asombroso, un eficaz sistema de protección que le había permitido llevar una vida normal aún siendo dueño de una historia hecha pedazos. Sin embargo, el olvido tenía grietas que habían dejado también un rastro a través del sueño, y aquella voz, aquellas dos palabras, eran una compañía habitual en sus pesadillas. No había ninguna duda: aquel inglés había violado a una niña india en el interior de un hogar para huérfanos al que alguien puso una vez el nombre de Fátima. ¿Habría justicia para algo así? Lo sintió tan dentro como algo suyo, como un atentado a su propio cuerpo, a sus vísceras, una invasión. Recordó a Sabal en aquellos habituales soliloquios con los que denunciaba la capacidad ilimitada de destrucción de ese llamado «Imperio Británico» que tanto odiaba. Había discutido con él hasta agotarse tratando de hacerle comprender. No era un pueblo ni ningún pueblo sino la esencia del hombre. La maldad, la destrucción, la ceguera ante el dolor de los más débiles, estaba en realidad en las células de los seres humanos. Sin embargo, de pronto era capaz de entender aquel odio irracional de Sabal por el que siempre le había juzgado. Esta vez era incluso capaz de compartirlo.

Caminaron en silencio hasta llegar a un sendero bien trazado aunque estrecho y sinuoso. Una vez en él, emprendieron su trayecto en ascenso, mientras el doctor le narraba como había cambiado la vida de aquellas montañas en los últimos años.

–Ya sabes lo que es la vida del campo, muchacho; y puedes imaginar lo que significa cada inundación para todas esas familias que viven pobremente de lo que les deja la tierra...

De pronto hablaba sin respiro, acaparando toda la conversación. Y en su discurso dejaba entrever su visión a favor del progreso gracias al cual habían organizado el trabajo de aquellas familias, y la producción era ahora sostenible y creciente...

–Sin embargo –intervino de pronto Manuel–, aún se vive míseramente en estas montañas, ¿no es cierto?

–Chico, chico... Siempre hay miseria junto a la riqueza, operarios y jefes, débiles junto a los fuertes. Los contrarios permiten el equilibrio de este planeta, chico. El depredador y la presa.

–¡Pero eso no tiene ningún sentido! –se exaltó el muchacho de repente.

Shade lo miró interrogante. ¿Realmente era tan difícil comprender cómo funcionaban las cosas? Se sintió extrañado y a la vez expectante. Últimamente le forzaban a dar más explicaciones de las que había dado en toda su vida. Parecía que todo se estuviera confabulando para hacerle perder su preciado tiempo... Primero el tipo aquel en el aeropuerto, la tarde anterior la monja y en la madrugada había ido a toparse consigo mismo en la oscuridad del pasillo... ¿A qué venía ahora la visita de aquel don nadie? ¿¡Qué demonios estaba pasando!?

–¿No lo tiene? –preguntó de forma sarcástica.

–No, señor, no lo tiene. Eso no es equilibrio –respondió Manuel retándolo con la mirada.

–¿Ah, no? –volvió a cuestionar él, esta vez con decidida arrogancia–. Yo te diría que corrieras, chico, pero quizá prefieras hablarle de todo esto a ese leopardo –dijo señalando a la espalda del chico, que se volvió sobresaltado para darse cuenta de que el anciano estaba riéndose de él.

Manuel se sintió humillado por la jactancia del viejo, que le recordó las veces en que otros también se habían reído en su cara. Sin embargo, trató de evitar que la burla le pesase hasta llegar a aplastarle. Así era como el fuerte destruía, aunque para él, la fuerza de la que hablaba William Shade era solamente oscuridad, una especie de canibalismo que arrasaba todo atisbo de luminosidad. Su otro «yo».

–La riqueza y el control de la acción están en las manos equivocadas, doctor. Esa es la única realidad.

Shade no esperaba aquella respuesta. El indio no parecía dispuesto a arrugarse. ¿A qué venía ahora semejante estorbo? Ni siquiera le apetecía tener que pensar. La noche había sido agotadora, y al despertar, su propia mente le había jugado una mala pasada. ¡Lo que menos deseaba era la presencia de ningún filósofo de los pobres cuestionándolo todo!

–Las manos equivocadas son las manos del hombre –prosiguió Manuel–. Toma por la fuerza lo que no es suyo, es un carnívoro implacable, una simple alimaña...

–¡Hemos llegado! –exclamó William Shade esquivando los ojos de su inoportuno contrincante, que insistía en buscar su mirada–. ¡Vamos, chico!, desayunaremos unas tostadas con mermelada. ¡Un auténtico desayuno británico!, ¿qué te parece? –dijo, golpeando con fuerza el hombro de Manuel.

El día se abría paso en el hogar de Fátima bajo un revuelo inusual. Alguien acababa de encontrar a Indira a pocos metros a la espalda de la casa, y la niña aguardaba en el comedor la reprimenda de Sister Soul. Aquella mañana, la hermana hablaría con todos durante el desayuno y les recordaría el peligro del bosque al caer la noche. Al entrar, Manuel sintió una extraña mezcla de tedio, cotidianidad y agitación infantil revoloteando por los pasillos. No había vuelto a recordar nítidamente aquel interior grisáceo lleno de garabatos y manchas por todas partes, pero al entrar se sintió como en casa y comenzó a recibir sensaciones de vida que habían tenido lugar en aquel apartado rincón. No esperaba revivir mucho más de lo que ya había recordado en el bosque, pero era cierto que el aire inundaba de matices sus recuerdos más viejos.

El olvido había cobrado sentido al tomar conciencia de haber perdido a Eesha mientras ella perdía la niñez bruscamente, como si todo fuera uno solo, como si el paso al frente de Eesha al despojarse de la mirada infantil la hubiera arrancado de su lado porque a partir de ese instante debieran pertenecer a mundos distintos. Aquello no significaba la muerte como creyó siendo niño. Aunque visto también desde sus ojos de hombre, sí había significado la muerte de la inocencia mucho antes de tiempo. Comenzaba a entender que la niñez era brutalmente arrebatada en todas partes, y era posible que de alguna manera la vida hubiera mantenido intacta en él una parte de aquella niñez, porque solo al sentirla en el interior de uno mismo era posible amarla hasta el punto de querer preservarla. En adelante estaba dispuesto a luchar cuanto hiciera falta. Solo le quedaba una cosa pendiente allí dentro: llevarse a Alisha con él, como le había prometido una vez cuando era todavía un niño.

XXI

La hermana del alma

Al entrar, alguien lo miró directamente a los ojos, y aquella mirada le trajo improvisadamente un aroma de arroz especiado.

–¡Mire lo que encontré en el bosque, hermana!

Sister Soul esbozó una leve sonrisa y con ella dibujó también una mueca que él hubiera interpretado como expresión de alivio. Parecía que estuviera esperándolo.

–*Namasté*, hermano –dijo la monja inclinando levemente su cabeza en señal de bienvenida.

Al decirle aquello, la hermana rememoró la primera vez que había realizado ese saludo. Había transcurrido una eternidad desde entonces. ¿Tantos años hacía también que conocía al doctor? Él era el motivo real por el que Manuel había vuelto a Fátima, aunque seguramente ninguno de los dos llegaría a entenderlo. El mismo William Shade había puesto en marcha el proyecto de adopción de Kullu, bajo la tutela de la diócesis anglicana de Canterbury. Para entonces, Siso pertenecía a una orden de religiosas de la Iglesia Española Reformada que habían sido destinadas a la India para combatir los ínfimos niveles de escolarización, especialmente entre las niñas, el noventa por ciento de las cuales abandonaban la escuela al cumplir los ocho o nueve años de edad. Eso, claro está, si llegaban siquiera a pisar una escuela en toda su vida. Había colaborado en diferentes proyectos, en los que la limosna era la principal fuente de subsistencia.

Hasta que William Shade apareció una mañana en la casa espiritual que las misioneras pertenecientes a la Iglesia del Buen Redentor habían levantado a las afueras de Calcuta, y habló con la hermana madre sobre el reclutamiento de misioneras para un gran proyecto humanitario de la mano de la diócesis de Canterbury. El proyecto pretendía convertirse en una red de ayuda a gran escala, que solo la visión cristiana de su Iglesia, libre de prejuicios confesionales y declaradamente comprometida con la dignidad humana, era capaz de concebir.

La sede operativa se establecería a caballo entre la ciudad de Barcelona y la capital india, con el amparo de la diócesis y el apoyo de su propia Iglesia en la Ciudad Condal. Aquella era una oportunidad de crecer juntos y hacer cambios reales entre la población mas desfavorecida de aquel país. En realidad estaba todo ya decidido. Las órdenes eran abandonar el proyecto de escolarización de Calcuta y trasladar el ochenta por ciento de los recursos a la ciudad de Kullu, mientras el veinte por ciento restante contribuiría a mantener la labor apostólica que la Iglesia del Buen Redentor había emprendido paralelamente. Durante un tiempo llegaron puntuales las ayudas económicas que Shade había prometido para que la casa de misioneras se mantuviese abierta. Hasta que una carta dirigida a la hermana madre informó de la necesidad de recortar gastos de manera inminente:

Sentimos informar de la necesidad de prescindir de la casa espiritual de Calcuta, por lo que a partir del primero de septiembre, todas las misioneras serán realojadas en Kullu, donde toda mano es poca.

¡Dios salve a la Reina!

William Shade.

Para entonces, ella se había convertido ya en la mano derecha del doctor Shade, la persona que él decía de su mayor confianza. Había sido una de las primeras en trasladarse a Kullu y pronto había creído entender el concepto de globalidad del que hablaba el doctor. Obedecía las directrices del proyecto con pulcritud extrema, y miraba adelante con esperanza, segura de que en algún momento se pondría en marcha el sueño por el que merecía la pena todo lo que estaban haciendo. No derramó una lágrima el día en que supo que la casa espiritual de Calcula se cerraba para siempre, aunque rezó por las almas de las niñas que habían encontrado refugio entre sus paredes, y que en ese momento eran enviadas de nuevo a las calles.

En el renovado Orphan House de la ciudad de Kullu enrolaron a un buen número de cooperantes indios desde el inicio del proyecto. Aquello favorecía la comunicación de la organización con aquellas gentes, poco acostumbradas a los visitantes, y que en general eran celosas de sus costumbres. Era vital que el proyecto pasara de ser un añadido extranjero a verse como una iniciativa autóctona; de otro modo resultaría prácticamente imposible comunicarse con ellos, y menos aún convencer a las madres de que les entregaran a sus bebés en lugar de matarlos como todavía hacían muchas. Era realmente brutal, pero ella misma había visto con sus propios ojos el entierro de niñas recién nacidas, que las propias madres ahogaban con el cordón antes incluso de que llegaran a estallar en su primer llanto. Les costaba entender que no eran simples cachorros que no podrían mantener. Era una verdadera locura, pero lo cierto es que la visión del doctor la había ayudado a comprender...

–En este mundo siempre subyace un negocio a todo emprendimiento, hermana. ¿Cómo si no subsistiríamos a esta brutal existencia? ¿No cree que estemos ayudando a esos pequeños? ¡Cierto, cierto! –proseguía con su bien perfilado argumento–. Le hablo a futuro...

Las palabras del doctor habían sido siempre confusas. Daban giros sobre sí mismas y entraban como si llegaran por la puerta de atrás, sin ser vistas. Las vio tarde, mucho más tarde de lo que hubiera deseado.

–Hay oscuridad en lo que hacemos, doctor –le dijo aquel día–. Nunca alcanzaremos la iluminación del Señor en la Tierra...

–Dios debe comprender las armas con las que lucha el hombre en la Tierra. ¡No sea demagoga, Siso! Su Dios también es mi Dios, y el Dios de los niños, y todos los dioses hindúes que dirigen la vida de esas gentes y les impiden ver más allá de sus propios instintos y supersticiones. Muchos no quieren progresar ni crecer, ¿no se da cuenta? No dejan de parir como animales, y sueltan los hijos sobre la acera como si fuesen una cosecha. ¡Un empujón y afuera! Si no pueden comprender el nido de miseria que son esas calles, alguien tiene que velar por ellos, ¿lo entiende?

Le pareció cruel aquella manera de hablar. Eran personas que necesitaban ayuda para mejorar sus vidas, y él hablaba de ellas como si fueran animales. Recordó haber tenido un enfrentamiento con él aquel día, pero después, no sabía cómo, el doctor había dado la vuelta a todo hasta lograr que ella entendiera las cosas desde su punto de vista.

–Hermana, disculpe que le hable con tal dureza –explicó–; sé que es usted una mujer buena y sensible... Verá, me gustaría contribuir a que todas estas personas puedan vivir dignamente. ¡Ayúdeme a lograrlo! Siso, usted sabe ver más allá. Un día, muchos lugares como este quedarán libres de enfermedad, abuso y miseria. Las mafias sesgan la integridad de los niños de un modo mucho más atroz que nosotros. Solo estamos dándoles un trabajo, ¿comprende? ¿Qué mejor alternativa les queda? ¿Las calles? Piense a futuro. Ellos contribuyen a la creación de algo que iniciará el nuevo mundo, ¿recuerda? ¡Deje de culparse y coopere! El fin es lo que importa realmente. Estamos evitando a esos chicos un mundo de tremenda crueldad.

Durante un tiempo, la hermana Siso pudo mantener la sonrisa. Hizo de cocinera, maestra, enfermera y madre, y aprendió a ver el lado más humano de todo aquello mientras los acontecimientos iban cambiando, y poco a poco demandaban una visión cada vez más laxa de lo ético. Cuando comenzaron los trabajos en la carretera estaba demasiado involucrada con todo aquello como para abandonar a los pequeños a su propia suerte. Hizo cuanto pudo y rezó cuanto supo para que Dios perdonase los medios que ella misma no podía perdonarse. Se sentía incapaz de ver el fin último de aquella barbarie que era el mundo. Fue así como mantuvo todo el tiempo que pudo aquellas dos existencias no sin remordimiento, aunque también fue aprendiendo a dejarlo de lado y mirar solo al frente.

Hasta que un día, Eesha fue a ella y recostó el rostro sobre su regazo como lo había hecho otras veces también. Solo que esa vez estaba temblando. La niña tenía solamente once años, y hacía dos o tres meses que había manchado su ropa interior con la sangre de su primera menstruación. Se había hecho mujer de repente, y aquella transformación parecía un absurdo de la Naturaleza en cuerpos infantiles que aún sentían la necesidad de jugar con sus muñecas de trapo sentadas sobre la tierra... Era la segunda de todas sus niñas que se convertía en mujer allí dentro, y sucedió mucho antes de que el proyecto hubiera avanzado lo suficiente como para que ya fuera posible atisbar un futuro autosuficiente. La otra de sus pequeñas en edad adolescente había sido llevada a Kullu por el mismo doctor Shade. Se había hecho demasiado mayor para poder formar parte de aquello. Eso había dicho el doctor. Nunca dudó de la palabra del médico hasta mucho tiempo más tarde, cuando comenzó a ver la secuencia de acontecimientos. Pero ni siquiera el día en que Eesha fue a verla había pensado en aquella otra niña y el tiempo que estuvo sola a cargo del médico.

Al ver que Eesha temblaba como una hoja, imaginó que quizá estaba menstruando otra vez, y que tal vez sentía dolor y necesitaba el calor de su regazo. Abrazó el cuerpo delgado de la niña, y acarició suavemente su cabello negro y sedoso.

–Háblame, niña Eesha... ¿Qué te ocurre, pequeña? ¿Te duele algo?

La niña no dijo nada, pero señaló la parte baja de su vientre con las dos manos y así se quedó inmóvil, hasta que Siso imaginó que podría estar queriendo decirle que algo le pasaba a su cuerpo. La miró en aquellos ojos profundos que tenía la niña y que hablaban aún sin palabras, y entonces se dio cuenta de la brutal realidad. La abrazó aún más fuerte y maldijo al monstruo que hubiera podido hacer algo así. La niña no pronunció una sola palabra, de manera que solo pudo tener sospechas de lo que había querido decirle realmente. Sin embargo, no quiso volver a salir de aquel cuarto ni ese día ni tampoco el siguiente. Vivió con ella entre esas cuatro paredes durante meses. Entretanto, dejó que pasara el tiempo y observó a la pequeña a conciencia. De hecho, examinó cada movimiento de todos, incluido el hermano Sachet y el propio doctor. Cuatro meses más tarde, el vientre de Eesha había comenzado a dar ciertas señales que resultaban inequívocas. El mismo doctor Shade le hizo una exploración que confirmaba lo que la monja ya sospechaba: la niña esperaba un bebé.

—¡Esto es una vergüenza! —gritó el doctor fuera de sí—. ¡A esta edad ya son rameras!

Recordaba que intentó procesar todo aquello rápidamente y volver atrás en el tiempo. Aunque en realidad era absurdo, buscó en sus recuerdos la imagen de los hombres que habían estado allí en los últimos meses. La cuenta era simple. Cabía la posibilidad de culpar al hermano Sachet, a quien había escrutado cada vez que pasaba unos días en Fátima desde que la niña vino a buscarla. Esa idea era un completo absurdo. No conocía hombre más devoto y leal a Dios. Sabía que dos hombres habían alternado en la conducción del camión que traía a los chicos de la carretera, aunque aquello contradecía el acuerdo de que solo una persona ajena al proyecto, y de total confianza, estuviera al tanto de que existía aquel lugar en medio de la montaña. Por último, existía también la posibilidad remota de que alguno de aquellos muchachos más precoz sexualmente hubiera aprovechado un momento de descuido para hacer algo así. ¿Cuántos chicos de aquella edad habrían podido tener algún tipo de contacto con la pequeña? Podía contarlos con una mano y le sobraban más de la mitad de los dedos. En todo caso, le parecía una locura pensar que ninguno de ellos podía haber llevado a cabo un acto como aquel.

—¡No creo que ella tenga nada que ver con esto, doctor! —Saltó la monja como si fuera un chacal sobre una pequeña presa—. Esta niña ha sido profanada.

–¿Y de qué piensa que va esto entonces, hermana? –preguntó él desafiándola con la mirada.

No era capaz de saberlo, pero estaba segura de lo evidente: Eesha había sido víctima de alguna brutal agresión. ¿Cuándo? ¿Por parte de quién? Las delicadas manos sobre su vientre aquel día eran prueba suficiente para deducir lo que había pasado. Sin embargo, fueron los ojos del doctor Shade los que confirmaron el resto. En realidad solo podía pensar en dos hombres: uno de los conductores de aquel camión y el imperialista doctor William Shade. Pero aquella mirada había dicho todo lo que necesitaba saber. Los ojos de aquel hombre no podían mentirle tan fácilmente. Había ferocidad, y había culpa. Aunque no siempre. A veces lograba llevarla hacia él y podía llegar a ver las cosas como él las veía. Había dedicado años a observarlo con detenimiento, y había ido trastocando sus planes como buenamente había podido, siempre rezando para que algún día todo el mal pudiera ser reparado.

–Debemos provocarle un aborto –había dicho entonces el monstruo.

Había estado tentada a enfrentarse a él allí mismo, pero pensó en los niños y tuvo miedo. Después le oyó hablar de una forma brutal pero había dejado de estar allí; su cuerpo sí estaba, pero no su espíritu ni su mente. Al final había logrado convencerle del riesgo para la niña si llegaban a someterla a una intervención de ese tipo sin los medios de higiene adecuados y habían convenido que él se haría cargo de asistirla en el parto y después se llevaría de allí a aquel bebé. Eesha no debía asumir esa carga, de modo que lo entregaría en Kullu para que fuera dado en adopción a una buena familia. Por su parte, ella se encargaría de sacar a la niña para siempre de Fátima, de enviarla con Sachet a cualquier otra parte, sin que nadie jamás supiera lo que había pasado.

Mantuvieron a Eesha aislada de todos durante los meses siguientes. El bebé nació antes de tiempo y entre llantos tuvo que entregarlo a sus manos, que para entonces ya estaban lo suficientemente manchadas. Había prometido a la niña volver a reunirla con su bebé cuando Dios interviniese al fin para reparar todo el daño que le habían hecho, y la pequeña Eesha había accedido a marcharse de allí sin hacer el más mínimo ruido. Salió de madrugada para no volver nunca. Ni siquiera Sachet había llegado a conocer toda la verdad, solo una parte. Pensó que sería mejor mantener la cuestión del nacimiento en secreto. Solo le había pedido que confiara en ella y llevara a la niña a un lugar seguro en las montañas y se hiciera cargo de ella de ahí en adelante. Gracias al hermano, sabía que Eesha había sobrevivido a la crudeza de aquellas montañas con la ayuda de Dios y con sus propios cuidados. Había levantado una choza que con el tiempo fue acomodando como mejor supo. Y la niña creció sola en el monte y allí se hizo mujer...

Después de aquel día, Sister Soul observó cuidadosamente a William Shade durante semanas, que enseguida se convirtieron en meses, y más tarde en años. Y cuando confirmó que su sed jamás se saciaba, protegió cuanto pudo a sus niñas de él. La noche que nació aquel bebé, tal como habían acordado, William Shade agarró el cuerpo de la recién nacida, lo envolvió en un montón de trapos y salió con urgencia al exterior. «*¡Ocúpese de la hemorragia!*», dijo únicamente. Aquella tarde, uno de los niños se había perdido en el bosque, y el sol caía vertical sobre la cordillera dejando un rastro luminoso en el cielo que pronto cedía a la total oscuridad de la noche. Quería a aquel chico como si fuera suyo. La madre le había entregado voluntariamente al nacer, presionada por la familia para que lo asfixiara y lo enterrase en la tierra. Era el último de siete hijos. Ella misma le había dado un nombre español que recordara el milagro del nacimiento. Pero el día en el que aceptó con los puños cerrados el destino de la recién nacida a manos del doctor Shade, la hermana Soul perdía también para siempre al pequeño Manuel, y algo se le desgarraba por dentro.

Al anochecer del día siguiente, encontró a la espalda de la casa un bebé envuelto en una camisa que podía reconocer. Llevaba su nombre escrito en un trozo de papel: Alisha. Tomó a la pequeña en brazos y la introdujo a escondidas en el interior de la casa. La mantuvo en su dormitorio hasta que el doctor emprendió su viaje a la capital, y después le resultó fácil hacerle creer que Sachet había llevado el bebé desde Kullu.

Habían transcurrido diez largos años y ahora Alisha yacía en un altozano del bosque a pocos metros del único hogar que había conocido. Manuel observó las facciones de la monja española que había sido siempre el alma de aquel lugar. Alma, como su propio nombre traducido al inglés al llegar por primera vez a Calcuta, y del cual no quedaba ya rastro. Se había convertido en Siso para todo el mundo.

Inclinó la cabeza para responder al saludo hindú de la hermana.

–Namasté –dijo, clavando la vista en el rostro avejentado de Sister Soul...

–Entremos –intervino William Shade–. Será bueno compartir un desayuno y saber qué ha sido estos años de nuestro amigo Manuel –prosiguió, acompañando sus palabras de una sonora palmada sobre la espalda del joven indio.

Manuel no dijo nada. Al entrar, se limitó a buscar con sus ojos la mirada triste de la hermana del alma.

XXII

También lo imposible...

Indira contó a todos como había descubierto la magia del bosque junto a un inmenso baniano de los deseos, y en el primer momento de excitación, sintiéndose protagonista única de todas las miradas por primera vez en su corta vida, olvidó completamente a su amiga Alisha. De pronto, miró alrededor y sintió la carencia... El pequeño Sanobar comprendió lo que Indira echaba en falta y se apresuró a responder:

–Se ha ido para siempre –le dijo.

Le miró extrañada y retiró la sonrisa del rostro.

–Ha muerto –aclaró el pequeño Pahal.

–Se cayó al suelo –completó Babita–. Y tenía la cara pálida, pero sonreía.

–¡Parecía que solo estaba dormida! –exclamó Sanobar.

Todos guardaron silencio unos instantes... Era la primera vez que veían morir; no la muerte sino el hecho en sí de ir muriendo, y les había parecido que la niña estaba feliz, y que la muerte era algo plácido y suave. Indira callaba. Solo quería llorar pero se sentía incapaz de hacerlo. Conservaba la tristeza suspendida del lacrimal como si no quisiera compartir el llanto con nadie excepto con la propia Alisha. ¡Había muerto! De pronto recordó su deseo en el bosque, el motivo de su viaje, aunque todos pensaran que se había perdido adentrándose más allá de lo permitido. Y, sobre todo, recordó el sueño de Alisha en el que otra niña sin rostro moría en la casa de Fátima.

No había podido llegar a la cima donde nacía la niebla, ni estaba segura de que nadie pudiera llegar nunca hasta allí, porque ella misma había comprobado como la niebla se alejaba cada vez más a cada paso al frente que uno iba dando. Sin embargo, y aunque la muerte de Alisha era lo más triste que le había sucedido jamás, acababa de darse cuenta de que la sombra iba retirándose y dejaba paso a la luz cegadora del sol. Lo vio en las ventanas al fondo del corredor y corrió a cerciorarse de que así era... Había soplado solo una vez, no desde lo alto de la montaña como ella esperaba, sino al lanzar sus deseos al aire la tarde anterior. ¡Y ahora la casa estaba llena de luz! Fue entonces cuando supo del poder del deseo, y a pesar del dolor, volvió a tener la esperanza de encontrar unos padres.

Indira caminó hacia su cuarto, sin atender ya a las palabras de nadie. Al llegar a la puerta, se desvió en dirección al escondite secreto, donde imaginaba que Alisha habría ocultado su libreta. ¡Allí estaba! Abrió el cuaderno por la última hoja escrita... «*Es posible que cuando llegues yo ya no esté. Había ruido y tuve que salir al pasillo, y entonces empezó a nevar, y era como si el cielo estuviera abierto y la oscuridad se hubiera marchado. Tenías razón. ¡Y lo has hecho, Indi! ¡Lo has hecho!*» Eso era todo. Cerró la libreta y volvió a ocultarla en el mismo lugar. Aquel día, comenzaba para Indira una etapa nueva. Ya no era la misma. Recordaba la última posibilidad anotada en su libreta el día antes de escaparse hacia su aventura. Había pensado que tal vez no regresara de aquel viaje, y había escrito la posibilidad de volver para no pensar en el miedo a vagar sola por aquel bosque. Lo que nunca se le hubiera ocurrido era la posibilidad de que Alisha ya no estuviese cuando ella regresara al hogar. Acababa de aprender que lo posible era inabarcable para la mente, y que por ese mismo motivo había que imaginar lo imposible.

Quería llorar la ausencia de su amiga, con quien hubiera compartido el triunfo y el momento mágico bajo el tronco del baniano, mientras era rodeada por una manada de monos, como una criatura más nacida en el bosque... Le hubiese contado que aquella noche había sangrado un poco entre las piernas, y que al sangrar, recordó la lección sobre ser madres y sobre el pecado que cometían al tocarse ahí abajo; aunque a ella le pareció que no había ningún pecado mientras los monos olisquearon todo su cuerpo y también esa parte. Aquel día, Indira ya no era la misma Indira, sino más bien la heredera del valor y la libertad de Alisha. Pensó que Alisha había sido una gran heroína, y que gracias a ella había conocido la verdad de aquel bosque. Se preguntaba por qué su amiga había sabido siempre que el verdadero peligro estaba en la casa y no entre los árboles, y se le ocurrió que tal vez era cierto que Dios entraba en el sueño de la contadora de historias. Era posible incluso que el mismo Dios se la hubiera llevado con él, porque solía tenderle la mano en el sueño. Al menos eso era lo que Alisha le había contado. Pero aquel era un misterio que ya no podría desvelar nadie.

XXIII

Último encuentro: las huellas del cardamomo

Manuel creía haber seguido la pauta marcada por Sister Soul. El tono aséptico de su voz le pareció intencionado, como si la monja estuviera invitándolo a dejar para más adelante lo que quiera que hubiera ido a hacer al hogar. La charla en presencia de William Shade discurrió de manera cordial pero neutra, de forma que nada hizo sospechar al doctor que la presencia de Manuel era también una sutil amenaza al orden de cosas.

La hermana Siso era la única mujer que Manuel había recordado con cierta añoranza de hijo, a pesar del insistente recordatorio de ella de que todos eran y debían ser iguales a sus ojos. Siempre supo que le quería como al vástago que nunca tuvo. La mañana fue lenta y él anduvo tediosamente también deambulando por el interior y alrededor de la casa, hasta que alguien vino a avisarle de que la hermana Soul lo esperaba en su humilde aposento. William Shade había partido inesperadamente hacia Nueva Delhi dejando en el hogar aquel nuevo entretenimiento, seguro de que aquello serviría para calmar los nervios de las últimas horas. «*Asegúrese de que olvide la existencia de este lugar, hermana*», le había susurrado a la monja. Después había excusado su repentina marcha y había salido a toda velocidad del hogar. La noche anterior había sido para el médico un auténtico infierno. Necesitaba recuperar su entereza o sería incapaz de dirigir todo aquello. Se sentía atormentado quizá por primera vez en su vida, y aquella sensación de pérdida de control le hacía sentir vulnerable.

Manuel caminó despacio siguiendo los pasos del niño que había ido a buscarlo. Al aproximarse al dormitorio de la monja, recordó el aroma que evocaba el regazo de Sister Soul y se llevó la mano derecha al bolsillo. Las diminutas semillas de cardamomo bailaron entre sus dedos; se las llevó inmediatamente bajo la nariz para aspirar su rastro y alimentar con él un único deseo después de aquel encuentro: saber qué había sido de Alisha. La puerta estaba entreabierta, y Sister Soul le daba la espalda frente a una ventana abierta por la que entraba el sonido primaveral de los bosques. Al oír los pasos, cerró los cristales y giró su cuerpo de espaldas a la ventana.

–Bienvenido, Manuel... Han pasado muchos años...

–Sí, hermana. Solo era un niño cuando salí de aquí.

–Toma asiento –invitó la religiosa–, charlemos un rato.

Manuel tomó asiento en una de las dos sillas que tenía en su aposento la monja

–Verá, hermana, yo...

–Te has convertido en un hombre guapo –lo interrumpió–. Siempre lo fuiste en realidad...

–Verá, hermana –insistió Manuel, queriendo resolver la conversación cuanto antes–, solo he venido a saber qué ha sido de...

–No tengas prisa, Manuel. En realidad eres el único que puede confirmar mi sospecha, así es que es posible que haya aguardado este momento tanto o más que tú.

Manuel quedó en silencio y se limitó a observar a la mujer. Había envejecido mucho esos años. El tono de su cabello se había aclarado hasta hacerse gris pálido, casi blanco, y su mirada parecía extremadamente agotada, como si ya lo hubiera vivido todo y se limitase a esperar. Los párpados caídos cerraban levemente los ojos, que recordaba más grandes, y parecían rehuir la mirada, algo que no recordaba. Al ver frente a él a una anciana, dejó que tomara su tiempo para hablarle.

–He llegado a las conclusiones gracias a la certeza de que Dios habría escuchado mi ruego. Quién sino el mismo Dios se habría negado a ejecutar un plan como ese, ¿no te parece?

Le hablaba como si supiera exactamente de qué iba todo aquello, como si hubiesen compartido una porción de algo secreto, inconcluso, y ahora se hubieran sentado a recordar y poner al fin la última pieza que quedaba pendiente antes de cerrar el enigma... Y, de repente, así era. Manuel acababa de descubrir que la hermana Soul compartía el secreto del origen de Alisha, y aquello le hizo aflorar un rencor antiguo. Tal vez supiera incluso el paradero de Eesha, si es que aún seguía viva...

–Desapareciste la noche antes, pero tu ausencia no era extraña, ¿recuerdas? Solías vagar por el bosque hasta el anochecer, aún sabiendo que te castigaría por desobedecer las normas... –Se detuvo un instante y esbozó una sonrisa evocando la travesura infantil–. Pero aquella vez no regresaste, y algo en tu lugar vino a ocupar el hueco...

–Quiero verla, hermana... Le prometí que volvería, y he venido a cumplir mi promesa.

Sister Soul guardó silencio y trató de ordenar la mente. Había esperado ese momento durante años. Solo Manuel podía confirmar que había sido él quien encontró a la niña en el bosque, y que él mismo había envuelto el pequeño cuerpo de la recién nacida prestándole su camisa. Ahora se confirmaba su hipótesis. El monstruo no había tenido valor para matar a la niña, y Dios había querido que Manu, como le llamaban entonces, vagara aquella noche entre la maleza como tantas otras veces lo hiciera. En los últimos meses previos a la desaparición del muchacho, había visto que el niño insistía en filtrarse entre las sombras igual que el agua a través de la tierra. Desaparecía a ratos cada vez más largos hasta que lo hizo definitivamente y no volvió más.

–Alguien arrojó un bebé a las zarzas –comenzó entonces–, y aquel día yo me hice hombre para salvarle la vida. Había caído el sol, a pesar de que puse todo mi esfuerzo en parar a tiempo y volver al hogar... El bosque fue mi único hogar durante muchos años, hermana... –La miró como si quisiera explicarle, pero de alguna manera también la culpaba–. Solo era un niño... ¿Comprende lo que quiero decirle? ¡Un niño que perdió a quien más quería bajo el olor putrefacto de aquel canalla...!

Sister Soul lo miraba con una dulzura olvidada, convertida a lo largo del tiempo en vejez y desencanto. ¿Cómo no iba a comprender? Si algo había logrado entre tanta pérdida, era comprender la mente de un niño. Cuando Eesha llegó a ella y le mostró su cuerpo violado, supo que había dejado la infancia para siempre, y entonces miró alrededor y reparó en la viveza grabada en los rostros de todos aquellos niños que saltaban alegremente sonriendo a la vida. Aquel día, algo se le rompió a ella también, y fue solo cuestión de tiempo el que terminara por congelársele definitivamente la sangre. Desde entonces había ejecutado cada instrucción, reservándose un espacio para su propia justicia, y así había transcurrido el tiempo suficiente como para que nada le impidiese ejecutar sin que le temblara el pulso.

–Ahora solo quiero ver a Alisha, hermana –prosiguió–. Quiero llevarla lejos de este lugar. Debiera haber conocido a su madre...

–¿Cómo sabes que...?

–No lo supe en realidad hasta ahora... Pero sé que oí voces en la puerta de Fátima aquella noche, y que tuve miedo de dejar al bebé en esta casa... Una de esas voces era la suya, hermana...

–Verás, Manuel, es difícil explicar todo aquello.

–No he comprendido del todo hasta ahora. Durante un tiempo solo recordé a través del sueño. Me despertaba empapado en sudor, rodeado de fantasmas e imágenes dispersas que construían una película deslavazada de mi propia vida. Todo era oscuridad alrededor, y escuchaba una llamada para que volviese a mi lugar de origen, que durante mucho tiempo no he recordado, tal vez porque el recuerdo era demasiado doloroso. –Se detuvo un instante, y alzó la vista por encima del cabello gris de la monja, fijando la mirada más allá de la ventana–. He dedicado tiempo a comprender cómo llegué a hacerme un hombre con el recuerdo de un niño clavado en el pecho. Pero ahora solo quiero parar y llevarme a la niña conmigo... Es el final de mi viaje, hermana. Quiero ver a Alisha...

–Le cambiamos el nombre –dijo instintivamente la monja–. La niña se llama Indira, y es una niña preciosa.

Ya estaba. Manuel se llevaría consigo el alma de Alisha, y también a la pequeña Indira. No había motivo para contarle a él que la niña había muerto. La historia terminaría con la adopción de Indira, como la niña siempre había soñado, y el otro final, la justicia, le quedaba reservado solamente a ella...

–Te llevaré hasta la niña, Manuel. Enseguida estarás con ella..., y lo arreglaré todo para que puedas adoptarla legalmente si así lo deseas. Pero a cambio quiero que me hagas una promesa.

Manuel asintió con la cabeza y recostó la espalda en el respaldo de la silla, dándole descanso a tanta emoción acumulada.

–Adelante, hermana –repuso–. Tiene mi palabra...

–Devuélvesela a su madre, y forma una familia con la mujer que aún te espera...

Manuel se desplomó sobre la mesa y rompió a llorar como un niño. Había evitado preguntar por Eesha por temor a una respuesta que confirmara que había muerto, o que no era posible conocer su paradero, o que la vida la había tratado aún peor de lo que él mismo había vivido junto a ella... Lloraba con desconsuelo, con alegría, con la intensidad ya insoportable que había necesitado soltar. Lloraba todo él, en cuerpo y alma. Y al llorar, iba dejando caer el lastre de la añoranza y llenándose de ilusión por vivir junto a Eesha cuanto ella quisiera darle... Cuando logró al fin reponerse, introdujo su mano en el bolsillo derecho del pantalón y tomó las semillas de cardamomo para mostrarlas a la vieja monja, que había sido como una madre en otro tiempo...

–Tenía razón, hermana –dijo, extendiendo ante ella la palma de su mano–. Esto fue lo que me hizo esperarla, el aroma del cardamomo...

XIV

Episodio final

Una mañana cualquiera escrita en algún lugar del firmamento, a las pocas semanas de que Manuel partiese para siempre de la mano de Indira, el doctor Shade regresó a Fátima, un orfanato perdido en la falda de una montaña, ubicada entre la imponente cordillera del Himalaya y un mundo que tal vez no existe, ni tiene forma ni frontera en los mapas. La hermana Soul lo aguardaba con la serenidad de quien no alberga dudas.

–¿Puedo ofrecerle un vaso de té caliente, doctor?

–Que sea con la leche aparte, por favor... El té ha de ser al estilo inglés, ya sabe...

–Sí, doctor, ya sé como le gusta.

–Ha sido un viaje agotador, Siso. Nos tuvieron retenidos en Munich durante casi tres horas. Algo relacionado con el tráfico aéreo que no he logrado comprender. Pero, ¿a quién le importa? Si llegas vivo del aire ya tienes cuanto necesitas. ¡Con tantos accidentes aéreos como están ocurriendo estos días! En fin, hermana, ¿qué novedades tenemos?

–Todo está en calma, doctor...

–Bien, bien. Hemos pasado una mala racha, pero de todo se sale, ¿verdad, Siso?

–De todo, sí –repuso ella de manera autómata.

–¿Está bien, hermana? –preguntó él sin demasiado interés al percibir el gesto adusto de la religiosa. –Cuénteme. ¿Qué ha sido de nuestro joven amigo? ¿Llegó a decirle lo que buscaba?

–Creo que nuestro joven amigo añoraba la infancia, eso es todo.

–Ya... No creo que sobreviva mucho tiempo en el mundo mientras siga anclado a los recuerdos de la infancia, ¿no está de acuerdo?

En realidad no lo estaba, ya no. Ella lo miró en silencio mientras sorbía el té en aquella medida justa que lo hacía perfectamente inglés, muy caliente y con una pequeña nube de leche fría que le daba el color caramelo justo, ni más oscuro ni más claro. Levantó la vista de la taza y la encontró mirándole fijamente.

–¿Le sucede algo, Siso?

–Solo aguardo a que acabe su té para decirle algo...

–¡Siempre tan considerada, Sister! –dijo socarronamente–. Hace años que la conozco, y aún recuerdo la primera vez que hablamos usted y yo... ¿Lo recuerda también, hermana?

Siso asintió sin mediar palabra.

–Discutimos acaloradamente. No parecía dispuesta a aceptar las reglas del juego... ¡A Dios gracias rectificó a tiempo! Hubiéramos perdido un valor irrenunciable. Hoy puedo comprenderla, hermana; puedo comprender su pesar al abandonar las antiguas creencias. Siempre es duro abrirse a un nuevo modo de ver las cosas, ¿no es cierto?

–Lo es –intervino ella–. Por eso quiero contarle cómo son las cosas en realidad...

–No comprendo lo que...

–¿Ha terminado, doctor? ¿Le retiro la taza?

–No se preocupe por la taza, Siso. La taza puede esperar, pero presiento que no así lo que tenga usted que contarme. Adelante, hermana. ¿Está todo bien? Diga cuanto tenga que decir...

–Hace años que compartimos usted y yo un secreto que nos ha vinculado todo este tiempo. Sin embargo, me temo que ninguno de los dos hemos sido totalmente honestos el uno con el otro...

–No sé dónde quiere llegar, Siso.

–Tenga paciencia, aún le quedan algunos minutos.

–¿Qué pretende...?

–Aquel día usted arrojó un bebé a las zarzas envuelto en un atadijo de trapos... ¿Lo recuerda, doctor?

–¿Cómo es posible...?

–Cállese, doctor. Le aseguro que le interesa cuanto a voy a contarle.

Shade tragó saliva y se hundió ligeramente en la silla...

–Aquel bebé regresó al hogar de manos de un niño llamado Manuel. El bebé se llamaba Alisha, y nadie salvo nosotros dos conocerá la verdad de su nacimiento...

–¡La niña está muerta!

–Lo sé, doctor, la maté yo misma...

William Shade palideció de pronto. ¿Podía creer lo que estaba oyendo? ¡Aquello era de locos! La monja era incapaz de matar a un simple insecto. Había rezado a Dios una y mil veces por la salvación de su propia alma y ni siquiera era ella quien había diseñado el negocio. ¡Cómo iba alguien así a matar a una niña!

–Y... –dijo titubeando–, ¿y las otras dos?

–Todas yo, doctor... Exactamente igual que a usted en este mismo instante...

–¿Qué está...?

–Su té contenía una dosis suficiente de cicuta. La trituré yo misma... En pocos minutos notará cierta sequedad en la boca, usted ya lo sabe; después le será difícil tragar su propia saliva, y un poco más tarde sentirá náuseas y cierta sensación de asfixia... Fui mucho más amable con las niñas, como puede imaginarse; pero esperaba que pudiera mantenerse lúcido hasta el último instante. Quiero que muera comprendiendo el dolor que ha causado... ¿Entiende lo que estoy tratando de decirle, doctor?

William Shade asintió con la cabeza mientras cerraba los ojos y se tragaba la rabia junto a las últimas gotas de saliva que producía su boca, cada vez más reseca...

–Las maté para que no pudiera tocarlas, y Dios me quemará en el infierno por aquellas muertes, y también por esta...

–Pudo denunciar en alguna parte, Siso. ¿Por qué no lo hizo? Yo no pude parar todo aquello. Era mucho más fuerte que yo, ¿comprende? Hay algo en mí que... Pero usted, usted pudo... ¿Por qué así?

–Lo que pudo ser es lo que hoy ya no es, doctor. Ahora preocúpese únicamente de usted. Está muriéndose, y le quedan todavía unos segundos para salvar su alma...

Sister Soul avanzó hacia la puerta y ya no volvió el rostro.

–¡Hermana! –gritó Shade. Pero ya no quedaba ninguna hermana bajo el hábito de Alma...

Olga Casado (Madrid, 1971) es licenciada en filología inglesa y master internacional en marketing. Escribe desde niña, influenciada por su abuela, la poetisa Nélida Casado, y es autora de El rapto de la mariposa (2012) y La realidad distinta (Kolima, 2015). Es una escritora versátil, polifacética y con una habilidad asombrosa para cambiar de registro y conducir una y otra vez al lector a desenlaces inesperados. Sus novelas entrecruzan historias llenas de matices, donde con frecuencia uno ve reflejado mucho de su propio mundo interior.

Esta vez, Olga Casado hace su primera incursión en el género negro, desde una perspectiva nada convencional. Las huellas del cardamomo es su tercera novela.

www.olga-casado.com
www.facebook.com/lashuellasdelcardamomo

KOLIMA
BOOKS

www.ingramcontent.com/pod-product-compliance
Lightning Source LLC
LaVergne TN
LVHW010428230826
846092LV00009BA/1089

* 9 7 8 8 4 1 6 3 6 4 9 9 2 *